Deutsche Version

Liebe Ohne Zugeständnisse

Maggy McAndrew

- Sphären-Serie Deutschland-

Liebe Ohne Zugeständnisse
(Sphären-Serie Deutschland)
Maggy McAndrew
1. Ausgabe, juni 2024

Unabhängig veröffentlicht.

Überarbeitete Fassung der Übersetzung

Für meine Ehefrau.

Kapitel 1

Sonntag, 6. Oktober

Jacqueline

"Noch einen", sage ich und halte mein leeres Glas in die Luft.

"Immer mit der Ruhe!" Trotz seines Kommentars stellt er ein Glas Gin vor mich hin und lehnt sich an die Bar, sein Gesicht nah an meinem. "Ich zähle nicht mit, aber es ist schon das dritte." Nach so vielen gemeinsamen Abenden ist Marcus mir ein guter Freund und Vertrauter geworden. "Stimmt etwas nicht? Ist alles okay bei dir?"

"Alles wie immer!", antworte ich ironisch.

"Die Arbeit?", fragt er und legt seinen Ellbogen auf die Bar, "Oder die Liebe?"

"Weder noch. Nur Nostalgie. Ach, vergiss es, es ist halt Sonntag. Wer ist das da drüben?", frage ich, schüttele den Kopf, als würde ich die Locken schütteln, die ich nicht mehr habe, und drehe meinen Körper leicht in Richtung eines der Tische, die an der Wand stehen.

"Von den beiden? Welche meinst du?"

"Die Blonde."

"Keine Ahnung."

"Und die andere?"

"Die kenne ich auch nicht. Ich glaube, ich habe sie beide noch nie hier gesehen", sagt er nachdenklich, als wolle er sich sicher sein, was er gerade gesagt hat.

"Warum fragst du dann überhaupt?!", rufe ich genervt über die geweckte falsche Hoffnung aus.

"Ich wollte nur wissen, welche von beiden dich interessiert", sagt er lachend, während er sich einem neuen Gast zuwendet, der gerade angekommen ist.

Nebeneinander sitzend, könnte man meinen, sie seien Mutter und Tochter, wenn da nicht die vertrauten Blicke und die zärtliche Vertraulichkeit der Hände wären, die aufeinander auf dem Tisch liegen. Sie reden und gestikulieren lebhaft, aber aus dieser Entfernung ist es unmöglich zu erkennen, worüber sie eigentlich diskutieren. Die junge Blonde beugt sich vor und küsst die Frau neben ihr sanft auf die Lippen, die sofort zurückweicht und einen weiteren Kontaktversuch abwehrt. Ich wende meinen Blick nicht ab. Während die Ältere aufsteht, bleibt die Jüngere sitzen, streicht sich die hellblonden Haare aus dem Gesicht, die es fast vollständig verdecken, und wickelt in einer nervösen, wiederholten Geste eine einzelne leicht längere rosa Strähne um ihre Finger.

Trotz des Lärms im Raum gelingt es mir schließlich, einige Sätze zu verstehen, die zwar beherrscht, aber in einem trockenen Ton vorgetragen werden: "Es reicht! Nichts davon entspricht dem, was wir vereinbart hatten. Ich habe deine Szenen satt. Ich habe schon genug eigene Probleme." Ich starre noch intensiver hin, als würde mir das helfen, besser zu hören. Die Frau, die aufgestanden ist, nimmt einen langen Mantel, der über der Stuhllehne hing, legt ihn sich um die Schultern, hält kurz inne und geht dann entschlossen zur Tür, ohne sich noch einmal umzudrehen.

Ich drehe mich auf meinem Barhocker, bis ich mit dem Rücken zum Tisch sitze. Ich schließe die Augen und nehme einen großen Schluck Gin, halte das Glas fester als nötig zwischen meinen Händen. Als ich die Augen wieder öffne, sehe ich ein vollständiges Spiegelbild des Tisches an der Wand mir gegenüber. Die junge Blonde hat ihr Gesicht verzweifelt mit den Händen bedeckt. Ihre völlig zerzausten Haare sind zwischen ihren verschränkten Fingern eingeklemmt, sie sieht sehr jung aus, vielleicht doch nicht ganz so jung, wie ich zunächst dachte, während ich bemerke, dass sie keinen Ehering trägt.

Ich sehe, wie sie sich auf ihrem Stuhl aufrichtet, mit den Händen über ihr Gesicht fährt und mehrmals blinzelt, während sie Marcus anstarrt, der mit großen Schritten näher kommt. Ohne je seine steife Haltung zu verlieren, stellt er ein Glas Whisky auf den Tisch und nimmt die noch vollen Biergläser weg. Sie runzelt die Stirn, sichtlich überrascht. Fast sofort macht er eine Handbewegung in meine Richtung.

Einen Moment lang passiert nichts. Marcus nimmt seine Tätigkeit wieder auf und geht zwischen den Tischen und der Bar hin und her, ich konzentriere mich auf meinen Gin und sie bleibt sitzen, ohne das vor ihr stehende Glas zu berühren.

Ich weiß nicht wie, aber ich bemerke nicht, dass sie aufgestanden ist, bis ihr Auftauchen mich überrascht, als sie sich auf den freien Barhocker neben mich setzt und das Glas auf die Bar stellt.

"Warum?", sagt sie, ohne mich anzusehen.

"Es sah so aus, als könntest du einen Drink gebrauchen."

"Ist das so offensichtlich?" Endlich hebt sie den Kopf und nimmt einen

großzügigen Schluck, während sie mich mit einem durchdringenden, haselnussbraunen Blick ansieht.
"Und du? Was brauchst du jetzt?"
Ich bemerke, dass sich ihr Gesichtsausdruck verändert hat. Die Falten auf ihrer Stirn sind verschwunden, ihr Blick scheint leichter und ein Anflug eines Lächelns zeichnet sich auf ihren Lippen ab. "Dass es endlich Montag ist", antworte ich, ohne nachzudenken.
"Das ist unvermeidlich..."
"Was?"
"Dass dein Wunsch bald in Erfüllung geht", beendet sie lachend. "Übernachtest du eigentlich hier im Hotel?"
"Nein", antworte ich, "Aber ich könnte, wenn es wirklich wichtig wäre", füge ich hinzu. Es wäre nicht das erste Mal, denke ich bei mir und erinnere mich an die Nächte, in denen ich entweder aus Müdigkeit oder wegen zu viel Alkohol dann doch noch geblieben bin, anstatt nach Hause zu gehen.
"Es ist nicht wichtig, aber es könnte durchaus interessant sein..."
"Sprichst du immer so?"
"Wie?"
"In Andeutungen...", ich schaue sie an, ohne meinen Satz zu beenden. Ihr Gesicht verschließt sich, ihre Kiefer verkrampfen sich und die Falte zwischen ihren Augenbrauen taucht wieder auf.
"Entschuldige", beginnt sie und unterbricht sich sofort, um den letzten Whisky auf dem Boden des Glases auszutrinken. Ich öffne den Mund, um noch etwas zu sagen, aber sie macht eine Handbewegung, um mich daran zu hindern. "Ich bin auch kein Fan von Sonntagen, und dieser hier war

besonders kompliziert. Ich habe schon zu viel geredet, darüber was ich sagen sollte und vor allem, was besser nicht. Deshalb fällt es mir jetzt wahrscheinlich schwer die richtigen Worte zu finden. Tut mir leid."
"Wegen deiner Freundin?", frage ich behutsam, da ich nur zu gut weiß, wie gefährlich die Frage sein kann.
"Ja, auch deswegen. Ich glaube nicht, dass ich sie wiedersehen werde..." Sie macht erneut eine Pause, aber diesmal wage ich es nicht, sie zu unterbrechen. "Schade. Aber gut, nimmst du noch einen Drink?", fragt sie und macht eine Geste in Richtung Marcus, der näher kommt.
"Ich glaube, ich habe genug getrunken für heute."
"Da stimme ich zu", mischt er sich ein, "Ein Sprudelwasser für dich Jacqueline und noch einen Whisky für die Dame", sagt er, ohne auf Widerspruch zuzulassen.
Als er sich entfernt, beharre ich erneut: "Habt ihr euch gestritten?"
"Nein. Ich glaube, ich habe sie einfach enttäuscht. Die Leute verstehen einen nie, sie sagen nein, aber in Wirklichkeit erwarten sie immer, dass sich alles jederzeit in etwas anderes verwandelt, als das, was es ist und wohl auch immer sein wird."
Sie spricht weiter ruhig, aber so sehr ich mich auch bemühe, ich kann nicht verstehen, worauf sie hinaus will. Ich begreife nicht einmal, auf was oder wen sie sich genau bezieht. Benebelt lasse ich mich von dem rauen, warmen Klang ihrer Stimme einlullen, ohne mich darum zu kümmern, dem, was sie sagt, einen Sinn zu geben. Ich sehe Marcus in unsere Richtung schauen und gebe ihm ein Zeichen, das er erkennen wird, das weiß ich. Einige Minuten später legt er den Schlüssel zu einem Zimmer neben mein Glas.

Die Geste bleibt nicht unbemerkt. Sie schaut auf den Schlüssel, dann auf mich, dann auf ihn. Sie sieht mich wieder an. "Du übernachtest doch hier im Hotel?", fragt sie sarkastisch.

"Sieht ganz so aus", antworte ich und steige auf ihr Spiel ein. "Möchtest du vielleicht noch mit hochkommen? Wir können oben noch einen letzten Drink nehmen."

"Na dann, gute Nacht!", ruft Marcus lächelnd, als wir an ihm vorbei in Richtung der Aufzüge gehen.

Der Teppich dämpft das Geräusch unserer Schritte. Auf dem Weg zum Zimmer gehen wir schweigend nebeneinander, bis auf den Klang einer Ballade, die leise im Hintergrund widerhallt.

Ich prüfe die Nummer mit einem Blick auf den Schlüssel und öffne die Tür. Ich lasse sie vor mir eintreten, nicht ohne selbst von einer Welle von Zweifeln überwältigt zu werden.

Sie nimmt ihren Mantel ab, legt ihn auf das Sofa und geht zum Fenster, angezogen von den Lichtern der Stadt, die sich über mehrere Kilometer vor uns erstreckt.

Ich betrachte ihre Silhouette im Gegenlicht. Ich weiß immer noch nicht, wie sie heißt, denke ich für einen Moment. Ich gehe langsam vorwärts, bis mein Körper ihren Rücken sanft in einer Art Umarmung berührt und sie gegen die Scheibe drückt.

Ich presse meinen Mund gegen ihren Hals, streiche die schulterlangen Haare zur Seite und küsse sie vorsichtig, wobei ich die Wärme und Weichheit ihrer Haut auf meinen Lippen spüre. Ohne ihr zu erlauben, sich umzudrehen, gleite ich mit meinen Händen an ihrem Hemd und ihrer Jeans entlang und bemerke die Muskeln eines offensichtlich gut trainierten Körpers. Sie bleibt regungslos stehen und atmet hier und da intensiver. Ohne zu sehen, was ich tue, lasse ich mich von den Empfindungen leiten. Ich lege eine Hand auf ihre Brust und öffne die Knöpfe, berühre ihre Haut mit den Fingerspitzen. Mit der anderen Hand greife ich erneut nach einer Haarsträhne, die im Licht der Straße weiß erscheint, und lasse sie dann zärtlich zwischen meinen Fingern gleiten. Während ich sie streichle, spüre ich, wie sich die Muskeln anspannen und der Atem stärker wird. Die Müdigkeit ist verschwunden und ich werde von einer Welle der Lust überwältigt, die sich steigert, genährt von dem Gefühl, dass sie alles zulassen wird, was ich will.

Ich ziehe sie zu mir, drehe sie um, und zum ersten Mal stehen wir uns von Angesicht zu Angesicht gegenüber. Sie sieht mir wieder fest und eindringlich in die Augen, mit derselben Intensität, mit der sie mich an der Bar konfrontiert hat. Keine von uns sagt etwas, anscheinend sind Worte nicht nötig. Ich ziehe meine Schuhe und meinen Pullover aus und stehe in Hose und BH da. Regungslos steht sie da, die Augen unverwandt auf mich gerichtet. Ich werde sie ausziehen und in meine Arme nehmen, sie mit meinen Fingern besitzen, bis sie nicht mehr kann und sich in Ekstase verliert, denke ich, spüre meine trockenen Lippen und mein rasendes Herz.

Ich mache einen Schritt auf sie zu und berühre behutsam ihr Gesicht, streiche die rosa Haarsträhne zur Seite, die hartnäckig über ihre Augen fällt. In einer unerwarteten Bewegung streckt sie ihre Hand aus und ergreift meine. Mir entgeht nicht eine kleine Tätowierung auf der Innenseite ihres Arms, "...5,6,7,8!"

Was könnte das wohl bedeuten? Ich berühre die Zahlen mit meinem

Zeigefinger, zeichne sie eine nach der anderen nach, aber sie bleibt wieder regungslos, still. Ich ziehe sie in eine innige Umarmung und streife dabei das offene Hemd ab, das mühelos zu Boden gleitet. Mit einer schnellen, geschickten Bewegung öffne ich den schwarzen Spitzen-BH und entblöße ihre Brüste vollends. Ich umfasse sie mit beiden Händen in einer sanften Liebkosung, die sich intensiviert, als ihr ein Stöhnen entweicht. Ihr Kopf ist nach hinten geneigt, die Augen geschlossen und die Zähne fest auf ihre Unterlippe gepresst. Ich beuge mich vor und umspielen eine ihrer Brustwarzen mit meiner Zunge. Überrascht kann sie einen Seufzer nicht unterdrücken und vergräbt beide Hände in meinem Haar. Wie lange ist es her, dass ich mich so gefühlt habe? Ich muss dieses Spiel beschleunigen, ich will sie für mich, ich will sie ganz spüren, auf meiner Haut, in meinem Mund. Ich kann sie mir schon hingebungsvoll auf den makellosen Laken vorstellen. Meine Gedanken werden unterbrochen, als ich ihre Hände auf meinen Schultern spüre. Bevor ich reagieren kann, ist sie es, die mich aufs Bett stößt und sich auf mich fallen lässt. Mit ihrem Körper auf meinem spüre ich die Wärme, die von ihrer Haut ausgeht. Ihre Hände wandern jetzt über meinen Körper, tasten buchstäblich jeden Zentimeter ab, ohne am Stoff des BHs, der noch an seinem Platz ist, oder an der Hose, die sie mir fast unbemerkt ausgezogen hat, innezuhalten.

"Was machst du...?" Mit ihrer Hand bedeckt sie meinen Mund und lässt mich nicht ausreden. "Du kannst doch nicht...", versuche ich zu sagen, werde aber erneut von ihrer Hand gestoppt.

"Shh", flüstert sie verführerisch nah an meinem Ohr. Bevor ich mich sammeln oder etwas anderes sagen kann, spüre ich ihre Finger an der

Innenseite meiner Schenkel. Sie gleiten zielstrebig, ohne um Erlaubnis zu bitten, als würden sie den Weg kennen, als wüsste sie genau, was ich brauche. In einem letzten Versuch, die Kontrolle zurückzugewinnen, richte ich mich auf, küsse sie leidenschaftlich, während ich mich von ihrer Hand entferne und meine stattdessen zwischen ihre Beine lege. Ich lasse ihr keine Zeit zum Nachdenken, geschweige denn zum Reden, und dringe mit immer schneller werdenden Bewegungen tief in sie ein. Den Wellen der Lust hingegeben, lässt sie sich fallen. Mein Körper zittert, es ist so lange her...

Kapitel 2

Montag, 7. Oktober

Elizabeth

"Scheiße! Verdammt! Warum hat der Wecker nicht geklingelt? Ausgerechnet heute! Es ist immer so, am schlimmsten Tag, im schlimmsten Moment, es scheint unmöglich!"
"Hör auf zu schreien!" Gloria reißt die Schlafzimmertür auf, mit völlig zerzausten Haaren und mürrischem Gesicht, nur in rosa Spitzenhöschen und einem Shirt über dem Bauchnabel. Es wäre komisch, wenn es nicht tragisch wäre. "Es ist sechs Uhr vierzig, was ist los mit dir?", fragt sie und reibt sich mit beiden Händen die Augen.
"Eben, es ist sechs Uhr vierzig! Und die Sitzung beginnt um halb acht. Ich kann nicht zu spät kommen, nicht heute."
"Das hättest du dir gestern überlegen sollen. Wann bist du nach Hause gekommen? Um drei? Um vier? Hör auf zu schreien, ich muss schlafen. Wo warst du eigentlich gestern?" Ohne mich antworten zu lassen oder mir die Gelegenheit zu geben, erneut zu protestieren, knallt sie die Tür mit derselben Wucht zu, mit der sie sie aufgerissen hat, und verursacht einen ohrenbetäubenden Knall in der noch immer herrschenden Stille.
Ich renne ins Badezimmer und versuche vergeblich, meine Ruhe

wiederzufinden. In Wirklichkeit kann ich nichts tun, außer mich zu beeilen. Ich putze mir sorgfältig die Zähne vor dem Spiegel und gehe im Kopf durch, was ich zu tun habe. Ich überprüfe den Inhalt meines Rucksacks, die Strecke zum Trainingszentrum, das Programm, und ich bete nicht einmal, dass kein Verkehr ist, denn ich bin nicht gläubig und ich habe keinen Zweifel, dass Gott wichtigere Dinge hätte, um die er sich kümmern müsste.

"Viel Glück!", höre ich Glorias Stimme in der Ferne, als ich den Flur durchquere.

Das werde ich brauchen, denke ich und lächle in mich hinein. "Danke!", antworte ich, ohne zu schreien, aber bezweifle, dass sie mich hört.

Ich öffne die Tür so leise wie möglich und halte den Türknauf fest umklammert, aber ich kann nicht verhindern, dass sich die Köpfe im Raum in meine Richtung drehen, in einer synchronen Bewegung. Ich setze mich in die letzte Reihe, stelle meinen Rucksack auf den Boden und versuche zu verstehen, was los ist. Der Saal ist relativ groß, so dass die etwa zwanzig anwesenden Personen in kleinen Gruppen verteilt sind. Einige machen sich Notizen, andere schauen aufmerksam nach vorne und hängen an jedem Wort.

Ein Mann in den Fünfzigern, mit einer so dunklen Haut, dass sie einen blauen Schimmer zu haben scheint, und einem rasierten Schädel, gestikuliert und beschreibt mit fester und ruhiger Stimme, was mir der Terminplan für diese Woche zu sein scheint. Auf der Leinwand werden die Zeiten für die Theoriestunden und das praktische Training projiziert.

Ich bin sicher, dass ich ihn kenne, aber ich kann mich nicht erinnern, woher. Nach und nach gewinne ich etwas Gelassenheit zurück, hole ein Notizbuch

und einen Stift aus meinem Rucksack und erlaube mir, mich umzuschauen. Mir fällt auf, dass es viel mehr Männer als Frauen gibt, also konzentriere ich mich wieder auf das, was er sagt.
"Sie müssen sich Ihrer Verantwortung bewusst sein. Sie waren die Besten von über dreihundert Bewerbern für dieses Programm."

Plötzlich geht mir ein Licht auf, wie konnte ich ihn nicht erkennen? Es ist Kapitän Grassi. Einer der besten orthopädischen Unfallchirurgen des Landes, ein Spezialist für Katastrophenmedizin, mit einer beeindruckenden Karriere als Militärarzt. Ich hatte ihn noch nie persönlich gesehen, aber ich bin sicher, dass er es ist. Ich lächle diskret, zufrieden mit mir selbst.
"Wie Sie wissen, dauert das Programm sechs Monate. Am Ende werden einige von Ihnen in eine Elitemission integriert oder dem Team des neuen Complex Trauma Center beitreten. Das CTC wird in weniger als einem Jahr eröffnet und an diesem Tag wird es den Unterschied ausmachen zwischen Leben und Tod, zwischen dem Athleten, der olympisches Gold gewinnt, und demjenigen, der seine Träume aufgeben muss." Kapitän Grassi unterbricht seine Rede kurz, ich weiß nicht, ob um Luft zu holen oder um einen dramatischen Moment zu schaffen. "Hier arbeiten vier Teams zusammen: Ärzte verschiedener Fachrichtungen, Krankenschwestern, Psychologen sowie Journalisten und Fotojournalisten. Mischen Sie sich, integrieren Sie sich, denn Sie werden es nicht ohne einander schaffen. Wenn Sie denken, dass Sie wichtiger sind als Ihre Kollegen, täuschen Sie sich nicht, Sie werden sie brauchen, um im Feld zu überleben. Die Hälfte der Gruppe wird in den nächsten Wochen aufgefordert werden, das Programm zu verlassen. Für die

anderen beginnen die Praktika im Ausland, dann beginnt das wahre Leben. Es liegt an jedem Einzelnen zu wissen, ob er das Zeug dazu hat, einer der Auserwählten zu sein."

Damit verlassen meine Kollegen eilig den Saal und scheinen genau zu wissen, was sie tun sollen. Ich bleibe an meinem Platz und packe mein Notizbuch wieder in den Rucksack, ohne ein einziges Wort geschrieben zu haben.

"Meyer, nehme ich an", sagt er, als er auf mich zukommt und mir die Hand zu einem festen Händedruck reicht.

"Entschuldigen Sie bitte die Verspätung. Das wird nicht wieder vorkommen, Kapitän Grassi."

"Da bin ich sicher", antwortet er ohne zu lächeln. "Diese Woche arbeitest du mit mir. Journalismus, richtig?"

"Ja. Genau genommen Fotojournalismus", erwidere ich bereits außerhalb des Saals, folge ihm den Flur entlang und renne fast, um mit seinem langen Schritt Schritt zu halten.

Es ist fast 16 Uhr. Ich bin erschöpft, aber zufrieden. Die Operation war atemberaubend, so etwas hatte ich noch nie gesehen. Ich habe mir tausend Pläne für die Kamera ausgedacht, tausend Fragen, die ich stellen wollte, und doch kann ich nur aus der Ferne beobachten. Das hat mich nostalgisch gemacht. Ich vermeide es, darüber nachzudenken, zucke mit den Schultern und atme tief durch, während ich mich auf den Weg zur Cafeteria mache und der gelben Beschilderung an den Wänden folge.

Der Raum ist groß und gut beleuchtet, also gehe ich hinein und erkenne einige der Gesichter wieder, die heute Morgen im Saal waren. An der Gier, mit der sie essen, erkenne ich, dass sie bis jetzt gearbeitet haben müssen, genau wie ich. Ich gehe langsam durch die Selbstbedienung, trotz der späten Stunde fehlt es nicht an Auswahl. Ich lege viel mehr Essen auf mein Tablett, als ich weiß, dass ich am Ende essen kann. Ich bleibe konzentriert und gehe auf einen leeren Tisch zu.

"Wo gehst du hin? Setz dich hier hin", höre ich jemanden sagen und merke, dass die Worte an mich gerichtet sind. "Wir haben uns heute Morgen vorgestellt, aber da warst du noch nicht da. Ich bin Camila, aus der Orthopädie, das sind Rafael aus der Neurologie und Paul, Psychologe..." sagt sie und zeigt nacheinander auf sie.

"Ich bin Mia", stellt sich ein rothaariges Mädchen mit sehr grünen Augen vor und unterbricht Camila. Sie sieht komisch aus, mit einem Stück Pizza in der Hand und einem Klecks Soße auf der Nase.

"Ich war zu spät", sage ich und stelle das Offensichtliche fest. "Ich bin Eli..."

"Elizabeth Meyer, Journalistin", unterbricht Rafael mit einer theatralischen Verbeugung. "Du wurdest vorgestellt, auch ohne uns mit deiner Anwesenheit zu beehren. Du solltest versuchen, das wieder gutzumachen, der Kapitän sah nicht zufrieden aus. Nichts, was du nicht lösen kannst...", sagt er und lässt den Satz in der Schwebe, während er mich von oben bis unten mustert, bis sein Blick auf dem Ausschnitt meiner OP-Kleidung hängen bleibt, die eindeutig zwei Nummern zu groß für mich ist.

"Was meinst du damit?", frage ich verblüfft und versuche zu verstehen, worauf er hinaus will.

"Du weißt schon", sagt er, schaut zu Paul und zwinkert ihm theatralisch mit beiden Augen zu, "Du wirst kein Problem haben."

"Hör nicht auf ihn...", erwidert Paul und klopft Rafael auf den Arm.
"Idiot!", mischt sich Camila ein.
"Idiot, aber einer der Besten", schließt Rafael und lacht, was die anderen ansteckt.
Ich füge nichts hinzu und tue so, als wäre ich auf meinen Hamburger konzentriert, nehme mehrere Bissen hintereinander, bis mein Mund so voll ist, dass ich kaum noch kauen kann. Ich fange an zu bereuen, mich hierhin gesetzt zu haben.
"Im Ernst, willst du dich mit mir zusammentun?", fragt Mia, die inzwischen ihre Pizza aufgegessen und sich das Gesicht abgewischt hat.
"Für was für ein Team?"
"Du hättest wirklich pünktlich sein sollen", mischt sich Rafael wieder ein. "Komm, wir holen uns einen Kaffee und ich fasse dir zusammen, was heute Morgen besprochen wurde." Seine Stimme klingt sanfter und ohne mir die Möglichkeit zu geben, abzulehnen, zieht er mich am Arm.
Während wir weggehen, höre ich Camila sagen: "Er ist ein Arsch und arrogant, aber ein Genie im OP. Wir haben zusammen im Praktikum gearbeitet." Er hält einen Moment inne und dreht sich um, zwingt mich auch, den Kopf zu drehen, gerade rechtzeitig, um zu sehen, wie er nickt. Sie lächelt und zuckt mit den Schultern.

§

"Tut mir leid wegen heute Morgen", sage ich, als ich nach Hause komme, noch bevor ich die Haustür schließe. Gloria liegt auf dem Sofa, konzentriert auf ihr Handy, mit einer Bierflasche auf dem Boden.
"Und, erster Tag überstanden, Schätzchen? Immerhin lebst du noch."

"Naja", nicke ich, schleppe mich langsam zum Kühlschrank und komme mit zwei weiteren Flaschen zurück. Zusammenhanglos erzähle ich ihr eine Zusammenfassung des Tages und ende mit einer detaillierten Beschreibung des Gesprächs in der Cafeteria. "Er ist unerträglich! Du würdest ihn keine fünf Minuten aushalten." Meine Verärgerung wird von der Müdigkeit besiegt, ich breche meine Beschwerden ab und trinke die Hälfte meines Biers, während ich meine Füße auf die Armlehne des Sofas lege, auf dem sie liegt.

Sofort erscheint alles weniger besorgniserregend und ich lasse mich von dem Gefühl der Behaglichkeit einhüllen, bei mir zu Hause zu sein.

Ich habe Gloria auf einer Fotoausstellung kennengelernt, kurz nachdem ich mich von Kate getrennt hatte. Ich bin zufällig in eine Galerie gegangen und sie war dort. Wir sind ins Gespräch gekommen, eins führte zum anderen und wir wurden Freundinnen. Ein paar Wochen später teilten wir uns eine Wohnung. Eine der besten Entscheidungen, die ich je getroffen habe. Ich auf dem einen Sofa, sie auf dem anderen, ein Bier in der Hand, das leise Geräusch des Fernsehers und stundenlange Gespräche sind ein wesentlicher Bestandteil, um ein gewisses Gleichgewicht in mein Leben zu bringen.

"Wirst du es schaffen?"

"Rafael zu überleben?"

"Nein, dieses Programm zu überstehen? Ich verstehe dich nicht. Du hattest ein Angebot, die Zeitschrift ist super und hat gut bezahlt, warum das? Hast du schon mal daran gedacht, was passiert, wenn du nicht ausgewählt wirst?"

"Darüber kann ich jetzt nicht nachdenken. Ein Tag nach dem anderen. Ich habe in all diesen Monaten Geld zurückgelegt", unterbreche ich und seufze,

bevor ich fortfahre: "Und außerdem werde ich den Club behalten."
"Wirklich?!"
"Niemand wird es herausfinden. Sie wollen Exklusivität, ich verstehe das, aber darauf bezieht sich das nicht."
"Was gibt es da zu verstehen? Exklusivität ist Exklusivität!"
"Ich kann nicht aufhören zu tanzen, ich würde verrückt werden. Und fett..., und arm", bekräftige ich, springe vom Sofa auf, hebe die Arme über den Kopf, drehe mich pirouettenartig, bis ich gegen den Tisch stoße und lachend auf dem Teppich sitze. "Auftritte am Wochenende und Proben am Dienstag und Donnerstag."
"Das klingt nach einem wahnsinnig guten Plan."
"Hör auf damit", mische ich mich ein, als ich das ironische Lächeln auf ihrem Gesicht sehe.
"Kate wird sich freuen", sagt sie sarkastisch, "Hast du ihr schon deinen neuen Zeitplan mitgeteilt?"
"Nein."
"Sie wird es hassen! Auch sie kennt den Begriff Exklusivität nicht..., sie wird nie aufhören zu versuchen, dich zu kontrollieren."
"Hör auf damit!", wiederhole ich, diesmal eindringlicher.
Ich denke an Kate und an meine Zeit in München, andere Zeiten, ein anderes Leben. Kate ist das, was sie immer war, eine außergewöhnliche Tänzerin, völlig engagiert und vielleicht gerade deshalb völlig auf sich selbst fixiert. Ein Star, um den alle kreisen, auch ich.
Gloria scheint nicht aufhören zu wollen und fährt fort: "Nein, natürlich ist sie es nicht, du findest einfach nie die richtige Person, seit ihr euch getrennt

habt. Es sind schließlich erst drei Jahre vergangen", sagt sie ironisch.
"Unsere Show im Club ist ein Erfolg und sie ist hauptsächlich dafür verantwortlich, der Rest ist in deinem Kopf. Essen wir jetzt oder lebst du nur von Bier?", frage ich und zwinge sie, das Thema zu wechseln.
Sie muss hungrig sein. Ohne zu antworten, steht sie auf und geht in die Küche, die nur ein paar Schritte entfernt ist. "Ein besonderes Abendessen an deinem ersten Tag. Pizza?", fragt sie rhetorisch, während sie den Ofen einschaltet und die Gefrierschublade öffnet.
Wir sitzen uns gegenüber auf den Barhockern, die das Wohnzimmer von unserer winzigen Küche trennen, und selbst der köstliche Duft, der in der Luft liegt, scheint sie nicht zu besänftigen. Ohne mir eine Verschnaufpause zu gönnen, sagt sie zwischen zusammengebissenen Zähnen: "Sind es nur die Shows, an denen du festhalten wirst?"
Ich hebe den Kopf und schaue sie direkt an, lächle und antworte nicht.

Kapitel 3

Freitag, 11. Oktober

Jacqueline

"Das ist eine interessante Gruppe, schade, dass du nicht bei uns bist. Heute Morgen haben wir die erste Bewertung gemacht. Abgesehen von ein paar etwas faulen Mädchen, die Armen, sind die anderen gut. Diese Mädchen von heute, ich verstehe sie nicht...", sagt Grassi und schüttelt den Kopf, um seine Worte zu unterstreichen. "Eine ist vor ein paar Monaten Mutter geworden, ich verstehe nicht, was ihr durch den Kopf geht, sich für so ein Programm zu bewerben..."

'Er ist kein schlechter Mensch', 'er ist kein schlechter Mensch!', wiederhole ich innerlich und versuche zu ignorieren, was ich höre. "Apropos, hast du die Bilder von dem Unfall letzte Nacht gesehen?", frage ich und nehme einen Schluck von meinem Bier.

"Klar hab ich die gesehen, ich weiß nicht, wie sie überlebt hat."

"Sie, es war eine Frau. Sie hatte Glück. Sechs Stunden im OP, ein paar Monate Reha und sie wird sich vollständig erholen. Die Motorräder..."

"Das Problem sind nicht die Maschinen, sondern die Menschen. Ich weiß nicht, was ihnen durch den Kopf geht", wiederholt er noch einmal und lässt mich ahnen, dass eine weitere Kritik folgt. "Mädchen, die nicht mal die Kraft haben, ein Fahrrad zu halten, glauben, sie könnten solche Motorräder fahren. Die brauchen jemanden, der sich um sie kümmert." Er zuckt mit den Schultern, streicht sich mit der Hand über das Kinn und leert dann sein Bierglas in einem Zug, während er seine langen Beine neben dem Tisch ausstreckt und den Raum um uns herum völlig dominiert.

Das ist auch kein gutes Thema, denke ich und beschließe, im Gespräch zurückzugehen: "Und die Gruppe? Ich möchte mehr darüber wissen, wer sie sind, was sie machen wollen."

"Das wollte ich dir gerade sagen, abgesehen von diesen Mädchen, die nicht mal hätten ausgewählt werden dürfen, haben die anderen Potenzial. Vier Orthopäden vom Universitätskrankenhaus, sehr gut vorbereitet, und zwei weitere aus der Herz-Thorax-Chirurgie, übrigens ist eine von ihnen ein sehr hübsches Mädchen, wenn du verstehst, was ich meine", sagt er lachend und macht eine Handbewegung. "Rafael Pérez, kennst du ihn? Ich habe mit seinem Vater zusammengearbeitet, ein Mann wie es wenige gibt, und einer unserer größten Unterstützer. Der Junge ist Neurologe, ein sehr intelligenter Kerl. Den musst du kennenlernen, er wird ein großer Gewinn sein. Dann gibt es noch andere Krankenschwestern, ein paar Psychologen und drei Journalisten. Die haben Mühe, im OP nicht umzukippen. Ich verstehe nicht, warum die Organisation auf Psychologen und Journalisten besteht, das ist eine Arbeit für Ärzte und Krankenschwestern. Die anderen stören nur, noch ein paar mehr, auf die man aufpassen muss. Diese Woche hatte ich ein Mädchen bei mir im OP, eine Fotojournalistin, gleich am ersten Tag hatten wir eine mehrfache Fraktur von Schien- und Wadenbein. Ich muss zugeben, dass sie sich viel besser geschlagen hat, als ich erwartet hatte. Sie sieht

komisch aus, aber vielleicht hält sie durch."
Es ist nach sieben Uhr und Grassi scheint nicht die Absicht zu haben, das Gespräch zu beenden. Er winkt zur Theke und bestellt zwei weitere Bier.
"Das ist das letzte", sage ich und schaue aus den Augenwinkeln auf das Telefon, das auf dem Tisch eine weitere Nachricht signalisiert, "Ich muss los."
"Natürlich. Du fährst noch, oder? Das ist nichts für mich. Eine halbe Stunde im Stau und das reicht, damit ich darauf verzichte, nach Hause zu fahren."
"Man gewöhnt sich daran, zwischen ein paar Liedern und ein paar Anrufen merke ich gar nicht, dass ich schon angekommen bin." Ich werde keine Erklärungen abgeben, ich möchte nicht, dass Grassi mehr weiß als unbedingt nötig.
"Und er? Stört es ihn nicht? Eines Tages sollten wir uns zu viert zum Abendessen treffen. Ich spreche mit meiner Frau, sie wird sich freuen. Schließlich konnte ich deinen Mann nie kennenlernen."
"Unter der Woche hat er seine Kurse und sein Zeug. Ich glaube, er zieht es sogar vor, dass ich nur am Wochenende da bin", antworte ich mit einem erzwungenen Lachen und zucke mit den Schultern. Die Wahrheit ist, dass es ungefähr so läuft, die meisten Wochentage bleibe ich am Ende im Krankenhaus oder in der kleinen Wohnung, die ich mitten in der Stadt habe.
Auf dem Tisch vibrieren die Bierflaschen, als das Telefon klingelt.
"Geh ruhig ran, lass dich nicht aufhalten", sagt Grassi, steht auf und schaut direkt auf das Display, auf dem 'Sanches' zu lesen ist. "Lass ihn nicht warten, sag ihm, dass du schon unterwegs bist. Männer warten nicht gerne", schließt er mit einem Lachen und streicht sich mit der Hand über den Kopf, als würde

er Haare zurechtrücken, die es nicht gibt.

§

Ich komme erst nach Viertel nach neun zu Hause an. Man muss nicht mal reingehen, um zu wissen, dass wir Gäste haben, wäre ja auch nicht Olga - und heute ist ja auch Freitag.

"Schau mal, wer da ist!", sagt sie in dem Moment, wo sie die Tür öffnet und ihre Lippen in einem schnellen Gute-Nacht-Kuss auf meine legt. "Komm Liebling, stell deine Sachen einfach im Flur ab. Auf geht's!", drängt sie, "Wir sterben vor Hunger."

So wie's aussieht, haben sie mit dem Essen auf mich gewartet, aber nicht mit dem Trinken. Olga reicht mir ein Glas Rotwein und führt die Gruppe zum Tisch. Es sind die üblichen Verdächtigen und sie legen direkt los.

"Der Unfall letzte Nacht war schlimm. Hast du operiert? Kommt das Mädchen durch?", fragt Antonio in einem Verhörton zwischen zwei Bissen.

"Ja, hab ich. Es ist gut gelaufen. Mehr kann ich dir nicht sagen."

"Du weißt, wie sie ist, wichtige Leute!", in letzter Zeit lässt Olga keine Gelegenheit aus.

"Vertraulichkeit", sage ich zwischen zusammengebissenen Zähnen und halte meine Verärgerung zurück. Nach all den Jahren geht's ihr auf die Nerven, aber das hindert sie nie an sarkastischen Kommentaren. Glücklicherweise ist das Gespräch bereits zu der Regierungskrise und der Bildungspolitik abgeschweift, ein einvernehmliches Thema an diesem Tisch. Als ich mich entspanne, merk ich, dass auch ich am Verhungern bin. Eines kann niemand leugnen, sie kocht meisterhaft.

"Du hättest damals bei Carl dabei sein sollen", kommentiert Antonio, der

eindeutig schon zu viel getrunken hat.
"Antonio!", unterbricht Olga in warnendem Ton, "Fang bloß nicht an."
"Du hättest deine Frau sehen sollen."
"Stimmt, ich hab's gesehen", sagt Carl und legt seine Hand auf Olgas, eine Geste, die mir nicht entgeht.
"Sie übertreiben. Ich hatte ein bisschen was getrunken und hatte Lust zu tanzen", sagt sie mit einem schrillen Lachen.
Antonio legt seine Hand auf meinen Arm, "Und sie war heiß!", sagt er und hält seinen Blick auf sie gerichtet, "Hättest mal sehen sollen, wie sie drauf war. Ist lange her, dass ich sie so gesehen habe. Ganz die Sanches aus der guten alten Zeit", fährt er lachend fort und besteht darauf, Details zu erzählen.
Komisch, denke ich und schaue mich um, Carl gehörte normalerweise nicht zu dieser Gruppe. Ich erinnere mich, dass Olga, als er an die Schule kam, sagte, er sei ein Faulpelz, der sich hinter einem hübschen Gesicht versteckt. Sie scheint ihre Meinung geändert zu haben, überlege ich.
"Ich geh mal kurz mit Ben Gassi", kündige ich an.
"Jetzt? Komm lieber mit uns eine rauchen, danach kannst du noch gehen", sagt Olga, steht auf und legt ihre Hände auf meine Schultern.
"Ich rauche nicht! Ich will jetzt gehen, danach hab ich keine Lust mehr. Ich vermiss ihn." Ohne ihr Zeit zu lassen, noch was zu sagen, stehe ich auf, gehe durch die Küche und verlasse das Haus durch die Hintertür. Sofort taucht Ben hüpfend von irgendwo auf. Ich will mich bücken, aber bevor ich ihm auch nur eine einzige Liebkosung zukommen lassen kann, überschüttet er mich mit Sabber und bringt mich fast zum Hinfallen, so groß ist seine

Freude. Was für ein liebes, verspieltes Riesenbaby. Ich liebe diesen Hund, denke ich und drücke ihn fest an mich.
Wir gehen langsam Seite an Seite durch die fast menschenleeren Straßen. Schön, weit weg vom Lärm der Innenstadt zu sein, meditiere ich, während ich auf die erleuchteten Fenster der niedrigen Häuser schaue, die die Straße säumen. Zwanzig Minuten später stehe ich vor dem Haus, das mein Zuhause war, als ich noch Kind war. Alles ist schon dunkel. Ich gehe noch ein paar Meter weiter und bleibe vor dem Haus meiner Schwester stehen. Drinnen kann man durch die dünnen Vorhänge, die die Fenster bedecken, Bewegungen sehen, sie ist in der Küche.
Das sanfte Licht einiger Kerzenleuchter auf dem Boden lässt den sorgfältig gemähten Rasen und die üppigen Blumen erkennen, die den kurzen Weg aus weißen Steinen säumen, der sich bis zur Haustür erstreckt. Mit dem erstaunlich braven Ben an meiner Seite gehe ich zur Tür und klopfe mit den Knöcheln gegen das Holz, um nicht zu klingeln.
"Jack!", sagt sie, so als müsste sie bestätigen, dass ich es bin, während sie mich in eine Umarmung hüllt, um sich dann auf die Knie sinken zu lassen, die Arme um Bens Hals zu legen und ihr Gesicht in sein braunrotes Fell zu vergraben.
Von hinten kann ich jeden Wirbel sehen. Das dünne T-Shirt, das sie trägt, lässt wenig Raum für Fantasie und verbirgt nicht die Knochen, die hervorstehen. "Jedes Mal, wenn ich dich seh, bist du noch dünner... Morgen essen wir zusammen zu Mittag. Nein, jetzt mach nicht so ein Gesicht, das ist beschlossen, wir essen einfach mal nur zu zweit zu Mittag!", sage ich, ohne sie zu Wort kommen zu lassen.

"Ich kann nicht. Ich esse bei meinen Schwiegereltern zu Mittag", antwortet sie und bemüht sich, ihrem Ton einen Anschein von Normalität zu geben. Ich weiß, dass ich Recht habe, meine Sorge ist nicht unbegründet, jede Waage würde meine Worte bestätigen. Sie ist blass, hat eingefallene Augen und jede Bewegung scheint zu viel Kraft zu erfordern.
"Wie geht's denn Herrn und Frau Schwiegereltern?", frage ich, während wir den Weg zwischen der Haustür und der Küche zurücklegen. Bei so einem großen Haus landet man unweigerlich in der Küche. Ich weiß nicht, was es ist, aber Küchen bieten eine Intimität, die schwer zu übertreffen ist. Ich nehme noch einen Kaffee an und setze mich bequem auf einen der blauen Stühle, die symmetrisch um einen knallroten Tisch angeordnet sind. "Kapier immer noch nicht, dass es keinen Sinn ergibt, dass ihr bei ihnen wohnen geht.", kommentiere ich und erinnere mich an unser letztes Telefongespräch. "Das kann dir nicht guttun. Außerdem seh ich den Vorteil nicht, sie wohnen doch um die Ecke."
"Du weißt, dass ich diese Idee hasse, aber was ist die Alternative? Thomas hat darauf bestanden. Er reist immer mehr, meine Proben beginnen in weniger als einem Monat, jemand muss bei Amy bleiben. Okay, sie sind nicht perfekt, aber als Großeltern sind sie die besten der Welt", sie atmet tief durch und sucht nach der Energie, um fortzufahren, "Thomas hat nun mal Recht."
"Recht womit? Und wo sind sie überhaupt?" Ich schaue mich um, das Haus ist still, das einzige Geräusch außer unseren eigenen Stimmen ist Bens schwerer Atem, der schlafend zu meinen Füßen liegt.
"Amy schläft schon seit Stunden und Thomas hatte ein Abendessen."

"Super, dann können wir ja in Ruhe reden", sage ich ohne Umschweife. "Beantworte meine Frage, womit hat er Recht?"
"Er hat Recht, wenn er darauf besteht, dass es nach allem, was wir gekämpft haben, um Amy zu bekommen, keinen Sinn macht, sie jetzt bei irgendwem zu lassen. Er sagt, da ich nicht zu Hause bleiben werde, sollten wir uns die Hilfe von seinen Eltern zu Nutze machen", Carol seufzt und zuckt mit den Schultern, wechselt abrupt das Thema, "Ich muss dir was erzählen, du hättest letztes Wochenende hier sein sollen, auf dem Abendessen der Schule..."
"Ich versteh das nicht", unterbreche ich barsch und ignoriere ihren Versuch, das Gesprächsthema zu ändern, "...er wollte was? Dass du zu Hause bleibst und dich um sie kümmerst? Ist das dein Ernst?"
"Natürlich nicht! So ist es nicht. Er weiß, dass ich zurück muss und die Einladung, die sie mir gemacht haben, ist unumgänglich, ich muss jetzt wieder anfangen", beeilt sie sich zu antworten, um nicht zuzulassen, dass diese Möglichkeit Gestalt annehmen kann. Manchmal muss man die Worte aus der Luft wischen, bevor sie real werden und für einen Moment wahr sein können. Sie atmet wieder tief durch und ich weiß, dass das Thema diesmal beendet ist. "Gehst du noch zu Mama?", fragt sie, als wäre das die normale Fortsetzung des Gesprächs.
"Heute nicht."
"Wie lange warst du schon nicht mehr dort? Einen Monat? Zwei? Falls du's vergessen hast, das Haus ist hier am Ende der Straße, ja?"
"Spielt das 'ne Rolle, sie wird sich sowieso nicht erinnern, also was bringt's?"
"Vermisst du sie nicht?"
"Was? Wie sie mich anschreit und alles schlecht macht, was ich getan habe?

Nein, die vermiss ich nicht. Wie geht's ihr?"

"Wie immer. Sie erkennt Amy nicht und neulich erinnerte sie sich nicht an Thomas. Ich weiß nicht, ob er noch mal hingehen wird..." Carol lacht, ich weiß nicht, ob wegen dem, was passiert sein könnte, oder einfach um die Stimmung aufzulockern.

"Schick mir die Rechnungen" ist alles, was ich antworten kann.

Sie scheint das Thema meiner Mutter ausgeschöpft zu haben und nimmt das vorherige Gespräch wieder auf: "Letzte Woche hat meine Schwiegermutter vorgeschlagen, dass wir alle bis zum Sommer bei ihr wohnen, zumindest unter der Woche. Das könnte die beste Lösung sein, damit Amy nicht hin und her muss. Sie hat Recht, der Schein ist wichtig, schließlich ist der Prozess noch nicht ganz abgeschlossen", ich sehe, wie sich ihre Augen mit Tränen füllen. Sie fährt sich unauffällig mit der Hand über das Gesicht und lächelt.

"Das wird dir wehtun!", wiederhole ich kühl und wende den Blick zu Ben, der friedlich schläft.

"Schluss mit mir und meinen Problemen. Und du? Wie geht's dir?", fragt sie mich, während sie aufsteht, um die leeren Tassen in die Spülmaschine zu stellen. "Du siehst super aus, Arbeit oder Sex?", schließt sie, als wären das die einzigen Alternativen.

"Sag mal, spinnst du? Lass Olga das bloß nicht hören", sage ich und kann mir ein Lächeln nicht verkneifen.

"Schon klar. Wer ist es?"

"Ich weiß es nicht. Da ist niemand."

"Jetzt erzähl schon! Komm, zier dich nicht, du erzählst mir doch immer alles", sagt sie, schüttelt den Kopf und lächelt, wobei sie eine Reihe sehr weißer Zähne zeigt.

"Doch echt, ich weiß es nicht." Mit wenigen Worten und unter Vermeidung von Details beschreibe ich ihr, was passiert ist.

"Das gibt's doch nicht. Die Zeit vergeht und du bleibst immer dieselbe!" Zum ersten Mal, seit ich angekommen bin, lacht sie herzlich.

"Was gibt's da zu lachen?"

"Ich dachte, eines Tages..., eines Tages wirst du dich verlieben, Schwesterherz", schließt sie ironisch.

Kapitel 4

Samstag, 12. Oktober

Elizabeth

Die Lichter gehen aus und ich schließe die Augen, obwohl es keinen Unterschied macht, ob ich sie offen halte. Die ersten Akkorde erklingen. Ich spüre die Vibration von Kates Hand auf dem Holzboden, die sanft den Takt angibt. Der weiße Lichtstrahl öffnet sich über unseren Köpfen und in einer einzigen Bewegung stehen wir alle auf. Ich strecke die Arme in einer geraden Linie von der Schulter bis zur Spitze des kleinen Fingers aus und lasse sie abwechselnd immer schneller im Kreis rotieren, begleitet von den Klaviernoten. Frei in einem vollen Flug überquere ich die Bühne, hole Schwung, erweitere die Bewegung, während ich mich drehe, bis ich springe und mit den Zehenspitzen in einer in der Luft schwebenden Bewegung den Boden berühre. Ich lande perfekt, tausche die Position mit Kate und bewege mich synchron mit dem Rest der Gruppe. Sie führt ihren Solopart perfekt aus, durchquert die Bühne diagonal in einer Folge von Pirouetten, rollt dann über den Boden und erhebt sich direkt hinter mir. Ein C-Dur ist mein Zeichen für den letzten Sprung. Ich halte die Luft in meinen Lungen an, schaue nach vorne, fixiere einen Punkt und springe ins Leere. Der Applaus ist sofort da. Als die Lichter angehen, kann ich zum ersten Mal das Publikum

sehen. Der Club ist voll und sie applaudieren im Stehen.
Wir kommen viermal zurück, bevor wir uns schließlich in unsere improvisierte Garderobe zurückziehen.
"Ich vermisse die richtigen Bühnen!", ruft Kate, zieht ihren Trikot aus und ein T-Shirt an, ohne sich darum zu kümmern, einen BH anzuziehen.
"Du wirst dorthin zurückkehren", antwortet eines der jüngeren Mädchen, das seit etwas mehr als zwei Monaten bei uns ist, "Du stehst auf der Liste für dieses neue Musical, oder? Wann kommen die Ergebnisse?"
"Es kann nicht mehr lange dauern. Aber die Chancen sind gering. Ich werde alt..."
"Alt, mit 34?", kann ich nicht umhin zu sagen, obwohl ich genau weiß, dass sie Recht hat.
"Gehen wir was essen?", fragt sie und schaut erst zu mir und dann zu den anderen. Es ist ihre Art zu zeigen, dass sie nicht weiter über das Thema reden will.
"Heute kann ich nicht", antworte ich sofort, als hätte ich die Frage erwartet.
"Klar, heute ist Samstag, oder?", antwortet sie sarkastisch und schüttelt das lange braune Haar, das ihr jetzt offen über die Schultern fällt.
Es ist mehr als fünfzehn Jahre her, seit ich Kate zum ersten Mal gesehen habe. Ich erinnere mich daran, als wäre es gestern gewesen. Meine Eltern hatten mir erlaubt, das Wochenende bei einer Schulfreundin zu verbringen, und ihre Mutter nahm uns mit zum Bayerischen Staatsballett. Ich hatte noch nie so etwas gesehen, Kate sah aus wie ein Vogel, sie flog, drehte sich mit einer Leichtigkeit, die den Eindruck erweckte, dass der Körper länger in der Luft blieb, als es die Schwerkraft erlauben würde. Weite, absolut perfekte

Bewegungen in einer schlanken Silhouette, die von einem glänzend weißen Trikot betont wurde, das Körper und Kopf vollständig bedeckte.

Ich war 16 Jahre alt. Ich war eine Teenagerin, aber nicht sehr problematisch. Ich war immer das gewesen, was meine Eltern von mir erwartet hatten, und ich lebte damit in Frieden. Einige Jahre lang hatte ich Ballett getanzt, aber nach und nach wurde es unvereinbar mit dem Fußball. Ernsthafter zu tanzen war keine Option, schließlich war ich die einzige Tochter einer der herausragendsten Fußballspielerinnen der deutschen Nationalmannschaft in den 90er Jahren. Meine Mutter hörte auf zu spielen, als sie schwanger wurde, und konnte nicht zurückkehren. Sie wurde schließlich eingeladen, Trainerin der Jugendmannschaften zu werden. Mein Vater hatte nichts mit der Welt des Fußballs zu tun, auch nicht mit der des Tanzes. Er ist ein zurückhaltender Mann, plastischer Chirurg, der das, was er tat, schon immer geliebt hat. Für sie gab es keinen Zweifel, ich würde Fußball spielen und Medizin studieren. Eigentlich war mein Schicksal von Anfang an vorgezeichnet.

Ich habe das Spielen nie besonders genossen, aber ich hatte nie den Mut, es zuzugeben. Ironischerweise war ich eine hervorragende Mittelfeldspielerin, klein und dünn, aber sehr schnell und beweglich. Wie konnte ich meinen Eltern damals sagen, dass ich lieber tanzen als Fußball spielen wollte?

Nach diesem Besuch beim Bayerischen Staatsballett verzichtete ich einen Monat lang auf die Schulsnacks, aber es hat sich gelohnt. Im Gegenzug überzeugte ich meine Freundin, mich in das Studio mitzunehmen, in dem sie probte, und mich den Lehrern vorzustellen. Dort angekommen, war es nicht schwierig, sie zu überreden, mich tanzen zu lassen, auch wenn ich nicht bezahlen konnte. Ich trainierte so, heimlich, mehr als zwei Jahre lang.

Gleichzeitig spielte ich natürlich Fußball, und ich spielte immer besser, bis ich in die A-Nationalmannschaft berufen wurde. Ich tat, was von mir erwartet wurde, und schrieb mich für Medizin ein. Nach und nach fing ich an, immer weniger zu tanzen, aber ich konnte nicht aufhören, ins Studio zu gehen, es war meine Zuflucht, mein sicherer Hafen.
Eines Tages, im Sommer, wurde ich eingeladen, an einer Aufführung teilzunehmen. Am Ende kam niemand Geringeres als Kate Stein zu uns. Sie sprach mit mir, als wäre ich jemand Wichtiges, und lud mich ohne Umschweife ein, den Rest der Ferien mit ihrer Gruppe zu proben. Es war eine Gelegenheit, die ich nicht verpassen konnte und wollte. Meine Mutter war bei einem Trainingslager mit ihrer Mannschaft, und mein Vater ging sehr früh ins Krankenhaus und kam erst abends nach Hause. Ich erfand hier eine Ausrede, dort eine andere, und ging jeden Tag von zu Hause weg, um zu tanzen. Als der Fußball wieder begann, ergab es sich zufällig, dass die Trainingseinheiten nicht zusammenfielen. Es waren perfekte Monate, ich war erschöpft, aber glücklich. Bis die Schule und die Prüfungen wieder begannen und die Dinge unmöglich wurden.
Ein paar Tage vor Weihnachten hatte ich eines der schwierigsten Gespräche meines Lebens und gab den Fußball auf. Meine Mutter war am Boden zerstört und Kate euphorisch.

Ich schaue auf die Uhr, es ist fast elf, ich habe gar nicht gemerkt, dass alle gegangen sind, überlege ich und stelle fest, dass ich allein bin. Ich gehe zur Toilette, forme meine Hände zu einer Schale und tauche mein Gesicht in das kalte Wasser.

Ich kehre in den Saal des Clubs zurück, der immer noch voll ist. Auf der Bühne, auf der wir getanzt haben, steht jetzt ein Pianist. Ich blinzle und versuche, mich an das Halbdunkel zu gewöhnen, und endlich erblicke ich die Person, nach der ich gesucht habe. An einem der Tische neben der Bar sitzend, in ein lebhaftes Gespräch vertieft, gestikuliert sie, als wolle sie die beiden Frauen bei ihr von etwas überzeugen. Ich glaube, ich habe sie noch nie zuvor gesehen, überlege ich.

"Ich dachte schon, du würdest uns heute nicht mit deiner Anwesenheit beehren", ist das Erste, was sie sagt, als ich näher komme. Ich kann nicht umhin zu bemerken, dass sie im Gegensatz zu sonst nicht lächelt.

"Entschuldige, ich habe mich da drin etwas verspätet", antworte ich und versuche mit einem gezwungenen Lächeln, die Atmosphäre aufzulockern, während ich die beiden anderen Frauen mit einem Kuss auf die Wange begrüße.

"Wir gehen", sagt fast sofort eine von ihnen und steht auf, "Luiza hat darauf bestanden, dass wir warten, um dich kennenzulernen. Du tanzt wundervoll, aber das musst du jeden Tag hören", schließt sie, zuckt mit den Schultern und schmälert damit ihr eigenes Lob. "Niemand kann leugnen, dass du einen guten Geschmack hast, Luiza".

Ich weiß nicht genau, was sie damit sagen will, aber ich mag den Kommentar nicht. Ohne Erklärungen gehe ich zum Tresen, um ein Bier zu holen, vielleicht hilft das, oder vielleicht sollte ich einfach gehen, Gloria hat Recht, ich brauche das nicht. Vor ein paar Monaten sah Luiza mich hier tanzen, fing an, jedes Wochenende zu kommen, es folgten ein Lob, ein Glas

Champagner, eine Notiz in einem in der Garderobe hinterlassenen Umschlag. Sie ist nicht die erste und wird nicht die letzte sein, die eine Scheinehe führt.
"Sie hat Recht, heute warst du besser denn je. Ich kann mich nicht erinnern, dich jemals so gut tanzen gesehen zu haben, das muss proportional zu deiner schlechten Laune sein", sagt Luiza, als wir allein sind und ich zurückkomme.
Für eine Sekunde schließe ich die Augen und erinnere mich an den letzten Sonntag. Der Streit, die Beleidigungen, wie sie aufsteht, ihren Mantel nimmt und die Hotelbar verlässt, ohne zurückzublicken. Der Whisky, diese Frau...
Luizas Stimme unterbricht meine Gedanken genau in dem Moment, in dem ich mich an den Rest dieser Nacht erinnere. "Bleiben wir hier? Möchtest du ausgehen?", fragt sie und streichelt liebevoll meinen Arm.
"Ernsthaft? Sind deine Zweifel verflogen?", kann ich nicht umhin zu sagen und ziehe meinen Arm weg.
"Lass das. Ich bitte um Entschuldigung. Ich weiß nicht, was mit mir los war."
"Schuldgefühle?" Ich bin noch nicht bereit, weiterzumachen, ich muss ihr Unbehagen noch ein wenig länger auskosten. Sie um Verzeihung bitten hören, auch wenn ich weiß, dass es ihr nicht leid tut.
"Entschuldigung! Gehen wir zurück ins Hotel? Ich habe unser Zimmer reserviert."
Wir gehen schweigend die zwei Häuserblocks, die uns vom Hotel trennen. Wir setzen uns an denselben Tisch, an dem wir letzte Woche saßen, aber diesmal bestellt sie Wein statt Bier. Das Gespräch dreht sich um verschiedene Themen, bis es sich auf Kate konzentriert.
"Ich erinnere mich, dass ich sie vor vielen Jahren tanzen sah. Ich war mit

meinem Mann in Berlin und wir gingen schließlich zum Ballett. Sie war großartig. Man sagte, sie würde der nächste große Star werden, aber nach der Verletzung war sie nie mehr dieselbe.", kommentiert Luiza in einem zu leichten Ton angesichts der Bedeutung, die das Thema hat, zumindest für mich.

"Denkst du? Meiner Meinung nach ist sie immer noch außergewöhnlich." Nicht einmal ich glaube, was ich sage. Der Sturz, die Knie-OPs, haben ihre Karriere zerstört.

Überrascht von Marcus' Annäherung hebe ich den Kopf. Hat er mich erkannt? Als ich genauer hinschaue, sehe ich, dass er ein Glas Whisky in der Hand hält. Sofort drehe ich den Kopf und lasse meinen Blick durch den Raum schweifen, um nach ihr zu suchen, aber die Bar ist leer.

Marcus stellt den Whisky vor mich und das Weinglas vor Luiza. Als er sich vorbeugt, um das Glas abzustellen, flüstert er mit den Lippen fast an meinem Ohr: "Ich dachte, du könntest ihn brauchen!" Angesichts meines erstaunten Blicks verzieht er die Lippen zu einem kaum wahrnehmbaren Lächeln und entfernt sich.

"Ich habe gar nicht gemerkt, dass du noch etwas bestellt hast", sagt Luiza stirnrunzelnd, "Whisky? Ich habe dich noch nie Whisky trinken sehen."

Wir fahren mit demselben Aufzug hoch, mit dem ich letzten Sonntag hochgefahren bin. Sie kommt näher und verschränkt ihre Finger mit meinen, ich schließe die Augen und zwinge mich, an die Gegenwart zu denken, an das Hier und Jetzt, und lasse nicht zu, dass eine Flut von Erinnerungen von mir Besitz ergreift.

§

Ich komme im Morgengrauen nach Hause. Ich möchte nur noch duschen und schlafen. Ich drehe den Schlüssel leise um, um Gloria nicht zu wecken, aber meine Sorge ist unbegründet. Sie sitzt am Esstisch, auf dem unzählige Fotos verstreut sind. Ich ziehe meine Schuhe an der Tür aus und trete vorsichtig auf den Teppich, wobei ich den Bildern ausweiche, die den Boden fast vollständig bedecken, bis ich mich auf den Stuhl neben sie setzen kann.
"Es ist spät! Was machst du? Von wem sind die?", frage ich und nehme ein Foto, das ebenso beunruhigend wie anziehend ist.
"Niemand weiß es."
"Wie, niemand weiß es?" Ich schaue auf das Bild und sehe eine unleserliche Unterschrift, die in einer Ecke handschriftlich eingetragen ist.
"Wir haben eine Chance..., sie ist zwar gering, ich weiß, aber wir haben die Möglichkeit, ein Original in der nächsten Ausstellung der Galerie zu haben. Das wäre der Wahnsinn!" Gloria lächelt und dreht sich auf dem Stuhl, bis sie mir gegenübersitzt, "Es ist fast drei. Darf ich fragen, was du so lange getrieben hast, oder will ich es lieber nicht wissen?", fragt sie ironisch und nimmt einen Schluck Coca-Cola.
"Das willst du wirklich nicht wissen!", antworte ich, ohne zu lächeln, und schaue auf mein Handy, um die Uhrzeit zu überprüfen. Eine Nachricht erscheint auf dem Bildschirm: "Danke!"
"Ich verstehe dich nicht, warum? Es ergibt einfach keinen Sinn", erklärt sie in ruhigem Ton und legt ihre Hand auf meine.
Ich klaue ihr das Glas und trinke den Rest der Flüssigkeit aus. "Du weißt, während des Programms kann ich nicht arbeiten."
"Das brauchst du nicht. Du hast doch die Ersparnisse und außerdem hast du

mich. Du brauchst es wirklich nicht!"
"Hör auf, immer dasselbe zu sagen, ich weiß, dass ich es nicht brauche. Aber es gibt mir ein gutes Gefühl, es gibt mir das Gefühl, nützlich zu sein."
"Es ist zu spät für eine Psychoanalyse. Du musst dir eine neue Liebe suchen, darauf solltest du dich konzentrieren."
"Ja, das hatte ich mir schon gedacht, ich gehe und suche sie.", antworte ich, schüttele den Kopf und streiche mir die Haare aus den Augen.
"Red nicht so einen Unsinn!", antwortet sie und gibt mir einen Klaps auf den Arm, während sie anfängt, die verstreuten Fotos einzusammeln. "Vielleicht wäre es ein erster Schritt, Kate nicht mehr jeden Tag zu sehen."
"Wir sind seit Jahren nicht mehr zusammen. Außerdem ist sie verlobt. Heute haben sie mir erzählt, dass ihre Freundin darauf besteht, dass sie heiraten."
"Seit ich dich kenne, seid ihr nicht zusammen und Kate ist in einer Beziehung, aber weder das eine noch das andere hindert dich daran, an ihr gefangen zu bleiben, und sie nährt deine Besessenheit. Sie liebt das, sie gibt dir einen Kuss, einen Orgasmus, und du gehst einfach nie richtig weg."
"Ich bin nicht mehr in sie verliebt. Das war ich, sehr und lange Zeit, aber das ist jetzt vorbei!"
"Großartig. Wenn du das wirklich glaubst, ist das schon ein erster Schritt."

Kapitel 5

Sonntag, 13. Oktober

Jacqueline

Es hat keinen Sinn, darauf zu bestehen, ich weiß, dass ich nicht wieder einschlafen werde. Ich schaue auf die Uhr, halb acht, draußen erwacht der Himmel, es herrscht dieses weiße Licht, das nur Herbstmorgen haben können. Ich stehe geräuschlos auf und nehme eine schnelle Dusche. Bevor ich das Zimmer verlasse, werfe ich einen letzten Blick auf Olga, die mit offenem Mund tief schläft und leicht schnarcht. Sie sollte weniger trinken, denke ich und erinnere mich an den gestrigen Abend. Wieder dieselbe Gruppe, wieder ein Abendessen. Es ist immer das Gleiche, jedes Wochenende, Abendessen am Freitag und Samstag. Nicht, dass es mir nicht gefällt oder gefallen hat, aber mit der Zeit habe ich die Geduld für die gleichen Gespräche, die gleichen Witze verloren. Ich weiß nicht, ob es an ihnen oder an mir liegt, aber selbst ihr Essen bereitet mir nicht mehr die gleiche Freude.

Gestern war es schon nach zwei Uhr morgens, als sie endlich gingen. Ich räumte den Tisch ab und machte die Küche sauber. Als ich ins Schlafzimmer kam, schlief Olga bereits. Ich stand da und betrachtete sie, wie sie auf dem Bett lag, mit nichts an außer ihrem Nachthemd. Zum Glück schläft sie schon,

dachte ich. Als wir uns kennenlernten, schienen alle Momente allein zu wenig, jetzt dreht sie sich um und schläft.
Ich bereite das Frühstück zu und öffne die Tür, setze mich an den Tisch auf der Veranda. Es ist kalt, stelle ich fest und ziehe die Jacke enger, die ich über meiner Kleidung trage. Gleichgültig gegenüber der Uhrzeit erscheint Ben und springt buchstäblich auf mich zu, sobald ich die Tür durchquere. Ich stelle die Tasse ab und versuche, die Jacke vor dem Speichel zu schützen, von dem ich weiß, dass er unvermeidlich sein wird.
Ich greife nach der Zeitung, die Olga auf dem Stuhl liegen gelassen hat, und richte die Blätter, bis sie wieder wie eine Zeitung aussieht. Obwohl wir schon so lange zusammen sind, besteht sie darauf, sie so liegen zu lassen, wohl wissend, wie sehr es mich ärgert, denke ich. Ich blättere sie durch, ohne viel Aufmerksamkeit, während Ben, bereits hellwach, einem Ball hinterherläuft.
Ich habe die Zeitung gelesen, ich habe gegessen und es ist zu kalt, um noch länger hier zu sitzen, überlege ich und sehe, dass es kurz nach acht ist. Trotz der Temperatur scheint die Sonne am Himmel, es ist ein fabelhafter Tag. Ich gehe zurück ins Schlafzimmer, um meine Schuhe zu wechseln, und Olga hebt den Kopf vom Kissen und stützt ihr Kinn auf ihre Hand. Ich kann nicht anders als zu lächeln, als ich die völlig zerzausten Locken sehe, die sie mit ihrem Eigenwillen wie eine Zeichentrickfigur aussehen lassen.
Ich gehe auf die andere Seite des Bettes und gebe ihr einen Kuss auf die Wange: "Möchtest du einen Kaffee? Ich fahre zu Carola."
"Du fährst zu deiner Schwester?", fragt sie, "Um diese Uhrzeit?"
"Ja. Ich rechne nicht damit, dass du mitkommst, falls das die Frage ist. Ich

fahre mit dem Fahrrad", antworte ich in einem schärferen Ton als nötig.
Mit Ben, der vorausläuft, wiederhole ich die Route von gestern Abend, muss jetzt aber einigen Kindern ausweichen, die laufen und lachen, ohne jegliches Bewusstsein dafür, dass sie mitten auf der Straße sind.
"Hier? Um diese Uhrzeit? Ist etwas passiert?" Carol öffnet die Tür mit Überraschung im Gesicht.
"Schön dich zu sehen, Schwesterherz. Geht es dir gut? Du siehst besser aus."
"Komm rein! Ich weiß nicht, was mit dir los ist, aber gut, dass du hier bist", sagt sie und zieht an meinem Ärmel, während sie sich bückt, um Ben zu streicheln.
"Amy?"
"Sie ist mit Thomas in den Park gegangen, ich weiß nicht, wie ihr euch nicht über den Weg gelaufen seid, sie sind gerade erst losgegangen", sagt sie und deutet mit der Hand zur Tür, als wolle sie das eben Gesagte demonstrieren.
Wir setzen uns unweigerlich an den Küchentisch, ohne mich etwas zu fragen, bereitet sie zwei Gläser Milchkaffee zu und füllt zwei weitere mit kaltem Wasser, nimmt mehrere Schlucke aus einem davon, bevor sie zu sprechen beginnt.
"Gut, dass du gekommen bist, vorgestern wollte ich dir etwas Wichtiges erzählen, aber dann hat das Gespräch eine Wendung genommen und ich habe es nicht gesagt." An dem kaum wahrnehmbaren Lächeln, das ihre Lippenlinie leicht nach oben biegt, erkenne ich, dass es nichts Schlechtes sein kann.
"Es ging um das jährliche Ehemaligentreffen der Schule, weißt du?", beginnt sie. Es stimmt, sie wollte etwas darüber sagen, und ich habe das Gespräch

abgeschnitten, denke ich und erinnere mich an den Freitagabend.
"Wirklich?", sage ich mehr, um sie zu ermutigen, als aus Zweifel.
"Willst du sagen, du hast die Einladung nicht bekommen?"
"Ich muss sie wohl bekommen haben, ich weiß nicht", antworte ich und verbrenne mich gleichzeitig an einem Schluck Milch.
"Du hättest aufpassen sollen. Und du hättest zum Abendessen gehen sollen."
"Warum? Ich gehe da nie hin. Du weißt, ich hasse diese Dinge."
"Da hast du was verpasst...", sagt sie und lässt den Satz in der Luft hängen, allein aus Freude daran, meine Neugier wachsen zu sehen.
"Es ist schrecklich. Steife Leute, sehr eingebildet. Dumme Gespräche, dumme Leben, Eltern noch schlimmer als die Kinder. Nein danke, die Zeit, die wir dort verbracht haben, reicht schon." Ich erinnere mich an das Gebäude in einer der Seitenstraßen des Hauptplatzes, mit seiner weißen Mauer und dem dunkelgrünen Eisentor, an die Uniformen, die Gespräche und die Erleichterung, endlich dort rauszukommen und zur Uni zu gehen.
"So fies, du bist genauso wie Mama", antwortet sie sarkastisch, "Vergiss die anderen, rate mal, wen ich getroffen habe? Er war noch nie bei einem Abendessen..., aber dieses Jahr tauchte er einfach so auf, aus dem Nichts." Sie lächelt halb und hält das Milchglas vors Gesicht, um sich zu verstecken, während sie meine Antwort abwartet.
"Wer?" Ich versuche, mich an unsere Mitschüler zu erinnern, an meine und ihre, und stelle mir vor, wer so einen Eindruck auf Carol machen könnte. "Manuel?" Manuel war in meinen letzten beiden Jahren in meiner Klasse, und meine Schwester war Hals über Kopf in ihn verliebt. Sie hat es ihm nie gesagt, und soweit ich weiß, hat er es nie vermutet, schließlich war sie elf

und er fast achtzehn.

"Nein..., von dem Kerl habe ich nie wieder etwas gehört. Ich habe keine Ahnung, was aus ihm geworden ist", antwortet sie, ohne zusätzliche Emotionen zu zeigen.

"Wer dann?"

"Anna!", sagt sie, stellt das Glas ab und schaut mich direkt an, in Erwartung einer Reaktion.

"Anna?" Ich habe nicht mit diesem Namen gerechnet und brauche ein paar Sekunden, um wieder sprechen zu können. "Ist sie nicht im Ausland? Hat sie nicht studiert und gearbeitet, weit weg von hier?" Es ist Jahre her, dass jemand mit mir über Anna gesprochen hat.

"War sie. Sie ist vor ein paar Monaten zurückgekommen. Sie arbeitet jetzt in Barcelona, im Zentrum für Molekularbiologie. Es klang nach einem sehr wichtigen Projekt, aber sie hat kaum etwas dazu gesagt..."

Unfähig, meine Neugier zu zügeln, verhaspele ich mich und spreche gleichzeitig wie Carol: "Was hat sie gesagt? War sie allein? Hat sie sich sehr verändert? Hat sie etwas über mich gefragt?"

"Uh...! Jetzt wird's interessant...", sagt sie langsam mit einem spöttischen Lächeln.

"Fang nicht an! Es ist nichts von dem, was du denkst, ich finde es nur seltsam, dass sie zurückkommt und plötzlich so auftaucht." Ich kann nicht genau verstehen, was ich fühle. Natürlich ist Anna mir nicht gleichgültig, aber es sind so viele Jahre vergangen.

"Wir haben uns über eine Stunde lang unterhalten, tatsächlich war sie am Ende die einzige Person, mit der ich wirklich gesprochen habe. Sie hat nichts

von ihren Qualitäten verloren, sie ist immer noch hübsch und hat denselben Sinn für Humor. Sie sprach über Deutschland, die Deutschen und was sie dort gemacht hat. Es scheint, dass sie sich nach Abschluss ihres Studiums einem Team angeschlossen hat, das Mutationen bei seltenen Krankheiten erforscht. Nebenbei habe ich erfahren, dass sie jede Menge Preise gewonnen hat und, soweit ich verstanden habe, sogar in Italien war. Ich habe nie verstanden, warum sie von einem Tag auf den anderen beschlossen hat, ihr Studium dort zu machen. Ich dachte immer, ihr würdet zusammen zur Uni gehen. Und ob du's glaubst oder nicht, sie hat nach dir gefragt", endet sie, als wäre es die logische Schlussfolgerung.
"Wirklich? Nach mir? Anna hat nach mir gefragt?" Ich weiß nicht, ob ich erstaunt bin oder ob ich nur Zeit brauche, um die Informationen zu verarbeiten.
"Natürlich hat sie nach dir gefragt! So jemanden wie dich vergisst man nicht so schnell!", erwidert sie ironisch und fährt in einem sanfteren Ton fort: "Ich weiß nicht, was sie schon wusste, aber sie hat so sehr nachgebohrt, dass ich am Ende eine Zusammenfassung dessen gemacht habe, was du getan hast, und ihr gesagt habe, dass du eine der Besten bist. Ich habe ihr diese Geschichte vom CTC erzählt, dass du ein neues Projekt beginnst und so, aber an einem bestimmten Punkt wurde mir klar, dass es nicht unbedingt die Arbeit war, über die sie reden wollte."
"Nicht?"
"Nein! Sie hat gefragt, ob es dir gut geht, ob du mit jemandem zusammen bist, solche Sachen. Ich habe dein Leben ein bisschen zusammengefasst. Die Rückkehr aus New York, die Zeit in Italien, Olga, Mama... Ich bin nicht ins

Detail gegangen, aber ich habe genug gesagt, damit sie auf dem Laufenden ist."
"Und sie?" Ohne ihr Zeit für eine Antwort zu lassen, stehe ich auf: "Lass uns hier rausgehen, gehen wir nach draußen? Ich muss Luft schnappen..."
Wir setzen uns auf die Stufen und Ben kommt sofort, um sich zu unseren Füßen hinzulegen. Die Temperatur ist gestiegen und die Sonne scheint hoch am Himmel und verleiht dem kleinen Garten einen gemütlichen Glanz.
Ohne darauf zu warten, dass ich noch einmal frage, beginnt Carol erneut mit ihrer Erzählung: "Als ich ihr von Amy erzählte, zeigte Anna mir ein Foto von Lucas. Wusstest du, dass sie verheiratet ist und einen Sohn hat? Der Junge sieht ihr sehr ähnlich, er ist 15."
Ich spüre einen Kloß im Hals und unterdrücke eine Träne, 'Annas Ehe'..., 'Annas Sohn'..., 'meine Anna'. Ich sage nichts, nur weil ich dazu nicht in der Lage bin. Carol sieht es nicht oder tut so, als würde sie nicht sehen, was, da bin ich mir sicher, deutlich in meinem Gesicht zu erkennen ist.
"Sie sagte mir, dass sie vor ein paar Jahren kurz davor war, zurückzukommen. Ich habe am Ende nicht verstanden, warum es nicht geklappt hat."
Ich weiß, warum Anna nicht zurückgekommen ist. Eines Tages, an einem regnerischen Nachmittag, erhielt ich eine E-Mail von ihr. Wir hatten seit Jahren nicht mehr miteinander gesprochen. Ich wusste nicht, warum sie gegangen war, ohne Erklärungen, ohne sich zu verabschieden. Wir hatten alles vorbereitet, um an der Medizinischen Fakultät in Barcelona zu studieren, wir wussten schon, wo wir wohnen würden, wir hatten tausend Pläne gemacht, und plötzlich, plötzlich war sie verschwunden, von einem

Tag auf den anderen hörte sie auf, meine Anrufe entgegenzunehmen. Natürlich bin ich zu ihr nach Hause gegangen, aber alles, was ihre Mutter mir sagte, war, dass sie eine Einladung zum Studium in München bekommen und angenommen hatte. Und nein, sie hatte keine Nachricht für mich hinterlassen, nichts. Ich habe auf jede mir mögliche Weise versucht herauszufinden, was passiert war, aber niemand schien es zu wissen, oder zumindest sagte es mir niemand. Als das Schuljahr begann, zog ich allein ins Zentrum von Barcelona und ging den Weg, den wir gemeinsam geplant hatten.

Ich wusste nicht, wo sie war oder was sie getan hatte. Sie erklärte mir in wenigen Worten, dass sie in München lebte und nach Barcelona zurückkehren wollte. Sie sagte, dass sie, so sehr sie es auch versuchte, nicht vergessen konnte und dass es vielleicht an der Zeit war, die Entscheidungen zu überdenken und das Schicksal selbst in die Hand zu nehmen. Ich verstand nicht genau, was sie damit sagen wollte, oder ich beschloss unterbewusst, es nicht zu verstehen. Ich war in Mailand, hatte meine Doktorarbeit abgegeben und die Prüfungen standen in zwei Monaten an. Ich war die jüngste Leiterin des Zentrums für Roboterchirurgie und hatte alles geregelt, um ein Praktikum in New York zu machen. Es war das, was "sein musste", was "sein sollte". Und wieder einmal siegte die Heuchelei. Ich hatte nicht den Mut, es ihr zu sagen. Ich hielt den E-Mail-Austausch wochenlang aufrecht, sah ihre Gefühle durch die Worte, die sie schrieb, und war so feige, dass ich ihr nie etwas sagte, nichts wirklich Wichtiges, nichts wirklich Intimes, nur lose Worte.

Meine Schwester spricht weiter und ich merke, dass ich den Großteil von dem, was sie sagt, nicht gehört habe. Ich fange einen halben Satz auf: "...irgendwann bat mich Anna, ein Foto von Amy zu sehen, ich zeigte ihr mehrere und gab ihr schließlich das Telefon, damit sie in Ruhe schauen konnte. Als ich es bemerkte, starrte sie regungslos auf den Bildschirm, auf dem ein Foto von dir leuchtete, das letztes Jahr hier zu Hause aufgenommen wurde. Sie wurde nervös, als sie merkte, dass ich sie beobachtete. Sie tat so, als ob nichts wäre, lachte und sagte, du wärst gleich geblieben. Ich weiß nicht, gleich wie was. Wie viele Jahre habt ihr euch schon nicht mehr gesehen?"

"Über dreißig."

"Wirklich? Habt ihr euch seit der Schule nie wiedergesehen?"

"Nein. Ich weiß nicht, was gleich geblieben sein soll, aber wer bin ich schon, um zu widersprechen", murmele ich.

"Willst du ein Foto von ihr sehen? Wir haben ein Selfie gemacht."

Ich bin nicht darauf vorbereitet, ein Foto von Anna zu sehen, aber ich habe keine Wahl. Carol holt das Handy aus ihrer Tasche und hält es mir vors Gesicht, mit einem Foto von sich selbst neben einer Frau, in der ich mich bemühen muss, Anna zu erkennen. Die Augen sind dieselben, der Gesichtsausdruck, der Mund, ja, es ist alles da, dreißig Jahre älter. Es ist nicht zu leugnen, wie hübsch sie ist. Vielleicht ist hübsch nicht das beste Adjektiv für Anna. Es ist nicht zu leugnen, wie attraktiv sie ist.

"Sie hat nach deiner Nummer gefragt und ich habe sie ihr gegeben, war das falsch?", fragt Carol, während sie das Handy wieder einsteckt.

"Nein, ich glaube nicht. Ich weiß nicht, was wir uns nach all der Zeit noch zu sagen haben, aber okay, wenn sie anrufen will, werde ich drangehen. Hast

du ihre Nummer?"
"Ja, willst du sie haben?"
"Nur um zu wissen, dass sie es ist, wenn sie anruft."

§

Ich sitze an der Hotelbar und schaue mich um in der Hoffnung, sie zu finden. Heute ist es früher und fast alle Tische sind leer. Ohne dass ich es merke, stellt Marcus sanft ein Glas Whisky vor mich hin. "Wie geht es dir?", fragt er rhetorisch, ohne mir Zeit zum Antworten zu lassen. "Sie war gestern hier."
"Wer?"
"Die Frau, die du suchst."
"Wie heißt sie?"
"Keine Ahnung. Für mich ist sie 'Pink'", sagt er mit einem Lächeln. "Ich habe an dich gedacht und ihr ein Glas wie dieses gebracht", sagt er und zeigt auf meinen Whisky. "Sie hat die gleiche Bewegung gemacht wie du gerade, hob den Kopf und suchte dich mit ihren Augen, schade, dass du nicht hier warst."
"War sie allein?"
"Nein."
Stunden später, als ich den Kopf auf das Kissen lege und die Augen zum Schlafen schließe, denke ich zuerst an Anna, dann an 'Pink', die Frau, deren Namen ich nicht einmal kenne.

Kapitel 6

Sonntag, 13. Oktober

Elizabeth

"Gut, dass wir fertig sind", sagt Kate mit einem erleichterten Seufzer, schließt die Studiotür und geht zum Spind.

"Was ist los mit dir? Geht es dir gut? Du warst die ganze Nacht unkonzentriert, du warst nicht du selbst. In der Pause standen alle um das Telefon herum und du hast dich nicht mal beschwert, du musst krank sein."

Ich lache, während ich das Handtuch und die Shampooflaschen aus der Tasche hole. Mit dem Rücken zu Kate sehe ich nur, dass sie sich auf die Bank gesetzt und das Gesicht in den Händen vergraben hat, als ich mich schließlich umdrehe. "Was ist passiert? Was ist los?"

Bevor sie mir antworten kann, kehrt der Rest der Gruppe lärmend aus dem Duschbereich zurück und nimmt den Raum um uns herum ein. Ich stelle keine weiteren Fragen und Kate konzentriert sich schweigend wieder auf das Innere des Spinds. Es dauert nicht lange, bis sich alle verabschieden und uns allein lassen.

"Sagst du mir, was los ist, oder soll ich raten?", frage ich, stehe mit dem Rücken an den Schrank gelehnt und balanciere das Handtuch um den Hals.

"Ich vermisse uns. Ich vermisse München."

Nichts könnte unerwarteter sein. Was meint sie damit, "uns zu vermissen"? Gloria hat Recht, die Gesetze des Universums spielen mit uns und es gibt kein Entrinnen. Nicht, dass ich das glaube, aber ich muss an die Karten denken, die sie darauf bestand, für mich zu legen: "Eine Frau wird dein Leben verändern". Natürlich wird sie das, sagte ich damals scherzhaft, du!
"Ich vermisse es, ernsthaft zu tanzen, die durchwachten Nächte, wenn du zu den Proben kamst und wir bis zum Morgengrauen redeten."
"Ich erinnere mich nicht, dass wir so viel geredet haben...", scherze ich und versuche, die Stimmung aufzulockern.
Kate nimmt meinen Arm und zieht mich neben sich auf die Bank, legt ihre Hand auf mein Bein.
"Ich vermisse München gar nicht so sehr...", sage ich, seufze tief und beende den Satz nicht.
"Deine Mutter? Hast du wieder mit ihr gesprochen?"
Kate kennt mich zu gut. "Nein. Wir telefonieren an Weihnachten, und das auch nur, weil mein Vater sehr darauf besteht. Sie wird es nie verstehen, sie wird mir nie verzeihen, niemals."
"Ihre Mannschaft steht im Halbfinale, sie haben Chancen zu gewinnen. Hast du das Spiel gesehen?"
"Nein, habe ich nicht. Ich sehe sie nie", antworte ich und lüge. Ich wünschte, es wäre mir egal, ich wünschte, ich wollte es nicht wissen, aber das ist eine Lüge. Sie haben gut gespielt, es sind gute Mädchen und sie leistet außergewöhnliche Arbeit. "Lass meine Mutter und München, was ist mit dir los? Sind die Ergebnisse da?"
"Noch nicht, es werden wohl noch etwa zwei Wochen sein. Ich bin alt."

"Hör auf, dich selbst zu bemitleiden, das passt nicht zu dir. Du bist großartig und das weißt du, egal wie alt du bist."
"Sie hat mich verlassen... Gestern Abend kam sie spät nach Hause, sehr spät. Ich hatte schon etwas getrunken und Unsinn geredet. Ich weiß, ich hätte nicht mal die Hälfte sagen sollen, aber du kennst mich, du weißt, dass ich Dinge sage, ohne nachzudenken, und dann ist es vorbei."
Das stimmt, ich kenne sie, aber das hat nie verhindert, dass sie mich jedes Mal zutiefst verletzte, wenn sie beschloss, "Dinge zu sagen, ohne nachzudenken", nur weil sie wütend war, nur weil sie es konnte. Ich sage nichts und sie fährt fort: "Ich fragte sie, wo sie gewesen war, mit wem. Zuerst antwortete sie nicht, aber nachdem ich sehr darauf bestand, sagte sie mir, sie sei bei einer Arbeitskollegin gewesen, in ihrem Haus, in ihrem Bett..., sie sind seit Monaten zusammen. Sie will sich trennen, sie will ausziehen."
"Und du? Willst du nicht, dass sie geht?" Ich weiß nicht, warum ich das frage, aber ich habe das Gefühl, dass es Kate schon lange nicht gut geht.
"Sie hat mich betrogen, das ist falsch..."
"Ich weiß." Natürlich weiß ich das, denke ich und erinnere mich an den Tag, an dem Kate mir fast dieselben Worte sagte, mit dem Nachteil, dass ich diejenige war, die in ihrem Haus wohnte, also musste ich diejenige sein, die ging, damit sie ihre neue Liebe ausleben konnte. "Lass uns duschen gehen, es ist schon spät." Mehr kann ich zu diesem Thema nicht sagen.
Ich betrete die Dusche, schließe die Milchglastür und lasse das heiße Wasser auf meinen Kopf prasseln, versuche nur zu fühlen und an nichts zu denken. Ich schließe die Augen, tauche in den süßen Duft des Shampoos ein und erinnere mich an die Spiele, die Plätze, die Tore, die Umkleidekabinen. Ich

hätte gut sein können, ich war gut! Zweiundzwanzig Tore in den Juniorenteams. Meine Mutter wird mir nie verzeihen. Dass ich in der A-Nationalmannschaft spielte, war das Einzige, was ihre Frustration darüber hätte lindern können, dass sie aufhören musste zu spielen, als sie schwanger wurde, und ich... Ich habe den Fußball gegen den Tanz eingetauscht, gegen Kate.

Ich fahre mit den Händen über die Augen und wische das Wasser ab, das herunterläuft. Ich schaue auf die Scheibe und sehe die Bewegung von Kates Körperschatten. Sie ist immer noch schön. Zu meiner Überraschung merke ich, dass sie die Hand an der Tür meiner Dusche hat. Ohne mir Zeit zum Nachdenken zu lassen, öffnet sie sie und tritt ein.

Sie nähert sich und ich weiche nicht zurück. Es ist, als würden die Jahre zurückgehen und alles wäre wieder normal. Mit den muskulösen Armen hüllt sie mich in eine Umarmung, lässt ihre Brust meine berühren, ihre Hüfte sich an meine schmiegen, was mich vor Verlangen erzittern lässt. Ich lege meine Arme um ihren Nacken und verliere mich in der zarten Berührung ihrer Finger, die meinen Rücken entlanggleiten.

In einer ungestümen Bewegung, die mir nicht unbekannt ist, dreht sie mich um, und ich lehne Stirn und Hände gegen die Wand. Mit einem Bein spreizt sie meine, und ohne Vorspiel kniet sie sich hin, berührt mit der Zunge zwischen meinen Schenkeln, bahnt sich mit den Händen einen Weg und lässt mich nicht nur ihren Liebkosungen, sondern auch der Kraft des Wassers ausgesetzt.

"Langsamer. Ich werde nicht durchhalten können...", murmele ich in der Hoffnung, dass sie mich hören kann.

Die Worte zeigen Wirkung und sie steht wieder auf. Ohne mir zu erlauben, mich umzudrehen, lehnt sie ihren Bauch an meinen Rücken in einer provokativen Bewegung, die fast denselben Effekt hat wie ihre Zunge in mir. Wir bleiben beide noch ein paar Minuten unter dem Wasser, bis wir den Atemrhythmus wiederfinden können. Sie ist die erste, die hinausgeht, und ich finde sie schon halb angezogen auf der Bank neben den Spinden sitzend wieder. Ich gehe an ihr vorbei und lasse das Handtuch fallen, stehe nackt vor ihr.

Ohne zu zögern nimmt sie mich und küsst mich mit derselben Glut, die sie immer in jeden Kuss legt. "War es nicht genug?" ist mehr eine Feststellung als eine Frage.

"Was denkst du?", bringe ich hervor und beiße mir mit den Vorderzähnen auf die Unterlippe.

"Du forderst es heraus", stellt sie mit ernstem Gesicht fest, zieht mich, bis ich mit dem Rücken auf der Holzbank mitten in der nun leeren Umkleidekabine liege. Ich denke an die offene Tür, an die Möglichkeit, dass jemand hereinkommt, und an die vielen Nächte an so vielen anderen Orten. Meine Erregung steigt. Es ist Kate, sie hat diese Macht über mich und sie weiß es.

Ich tue genau, was sie verlangt. Ich spüre ihre Finger, ihre Hände, ihre Zunge, bis ich nicht mehr weiß, was ich fühle, bis ich mich in einer Abfolge von Wellen so immenser Lust verliere, dass ich das Gefühl habe, mein Körper wird in tausend Stücke zerbersten, sich in Luft auflösen.

§

Ich komme nach Mitternacht nach Hause, hungrig und müde. Gloria sitzt wie in den letzten Tagen am Wohnzimmertisch, umgeben von Fotos, einer Vielzahl von Gesichtern und Körpern in Kontrasten.
"Das Training ging heute lange. Dein Essen ist auf dem Teller in der Mikrowelle, du musst sie nur anschalten."
"Ich weiß nicht, was ich ohne dich tun würde."
"Du wärst fett. Du würdest Mist essen, nur aus Faulheit zu kochen", antwortet sie lachend und hebt den Kopf, sieht mich zum ersten Mal an. "Wow! Was ist das für ein Gesicht? Was ist passiert?"
"Gib mir eine Minute. Ich erzähle es dir gleich, aber zuerst muss ich essen, sonst falle ich hier auf der Stelle um."
Ohne ein weiteres Wort gehe ich in die Küche und schalte die Mikrowelle ein. Gloria hat viele Qualitäten, aber Geduld ist keine davon. Sie schiebt die Fotos beiseite, stapelt einige zu einem Haufen und folgt mir in die Küche.
"Komm schon, mach es nicht so spannend, was ist passiert?"
"Kates Freundin hat sie verlassen."
"Und?"
"Und sie brauchte jemanden."
"Das glaube ich nicht! Schon wieder?! Hast du es wieder geschehen lassen?"
"Diesmal war es anders", antworte ich zwischen zwei Bissen Reis und denke für mich, dass es vielleicht wirklich zum ersten Mal anders war.
"Anders wie?"
"Ein guter Orgasmus, das war's."
"Machst du Witze?!"
"Ok, vielleicht war es nicht nur einer", sage ich lachend.

"Das meinte ich nicht. Und ich will es ehrlich gesagt gar nicht wissen! Bitte erspare mir die Details."
"Du hast Recht, du hast immer Recht! Vielleicht ist es an der Zeit weiterzumachen", sage ich langsam kauend.
"Richtig. Gut für dich. Ich habe auch Neuigkeiten..."
"Entschuldige. Ich bin zu sehr mit mir selbst beschäftigt, Entschuldigung. Wie läuft die Vorbereitung der Ausstellung?"
"Die Kuratorin glaubt, sie kann ein Original von diesem Fotografen bekommen, über den wir gesprochen haben. Seine Agentin hat mit ihr telefoniert und es scheint, dass er Interesse hat, in Barcelona auszustellen. Wer weiß, warum!"
"Muss ein exzentrischer Amerikaner sein."
"Exzentrisch auf jeden Fall, aber genial."
"Weiß wirklich niemand, wer er ist?"
"Nein. Die Agentin ist von einer New Yorker Firma und das ist alles, was man weiß. Es gibt nicht den geringsten Hinweis, wann er angefangen hat zu fotografieren, wie alt er ist, wo er lebt, nichts. Die fotografierten Frauen wurden auch nie identifiziert. Eigentlich sieht man nie etwas, kein Gesicht. Ich finde die Situation sogar amüsant. Wenn er in unserer Galerie ausstellen will, empfange ich ihn mit offenen Armen, obwohl ich mir nicht vorstelle, dass er jemals durch die Tür kommen wird."
§
Ich komme zehn Minuten vor der Zeit an, aber seltsamerweise sind die meisten meiner Kollegen schon da und viele sogar schon in Uniform. Ich gehe mit schnellen Schritten, versuche, meine Bewegungen zu koordinieren,

was um diese Tageszeit und nach wenigen Stunden Schlaf eindeutig schwierig wird. Ich hasse Montage, denke ich und lasse dieses Gefühl der Wut meinen Verstand überfluten.
Das Briefing hält Kapitän Grassi, der laut spricht, in der Mitte des Halbkreises, in dem wir hier draußen auf dem Hof stehen. Mehrere Krankenwagen stehen Seite an Seite in perfekter Symmetrie. Das wäre ein perfektes Foto, überlege ich, was für ein Szenario ist das? Da sind Menschen darin, das ist sicher, aber niemand zeigt irgendeine Aktivität, sie stehen einfach nur da.
"Guten Morgen! Schön, Sie wiederzusehen. Ich dachte, einige würden aufgeben und mich Geld verlieren lassen", sagt er lachend.
"Wovon spricht er?", frage ich leise den Kollegen neben mir.
"Wetten."
Ich höre wieder den Worten von Kapitän Grassi zu: "Heute Morgen gab es einen Schneesturm, der mehrere Pisten traf und einige Touristen verletzte. Es fand ein Eliterennen statt und auch Athleten sind betroffen. Zwanzig Krankenwagen kommen hierher und in wenigen Minuten werden sie hier parken. Dort drinnen...", fährt er fort und zeigt auf das Hauptgebäude, dessen Türen, wie ich jetzt sehe, weit offen stehen, "...dort drinnen sind alle Simulationsräume geöffnet, Notaufnahme, Reanimation, OPs und Aufwachraum. Wenn die Krankenwagen eintreffen, werden die Sanitäter, die den Transport durchgeführt haben, eine Zusammenfassung der Vorgeschichte der jeweiligen Person geben. Teilen Sie sich auf und arbeiten Sie im Team. Sie haben den ganzen Tag vor sich, geben Sie Ihr Bestes. Vergessen Sie nicht, dass Sie auch die Kommunikation vorbereiten müssen,

es ist ein sehr medienwirksames Ereignis, wir müssen diejenigen sein, die die Erzählung kontrollieren." Ich weiß nicht, ob es nur mein Eindruck ist, aber ich spüre, wie seine Augen auf mir ruhen, während er die letzten Worte ausspricht.

Als ich die Ankündigung sah, dass dieses Programm ins Leben gerufen wurde, hatte ich keinen Zweifel, dass ich mich bewerben musste. Es schien wie für mich gemacht zu sein, es vereinte alles, was ich am meisten liebe, den Adrenalinkick an vorderster Front zu sein, die kritischsten Situationen und gleichzeitig als Fotojournalistin arbeiten zu können. In den Auswahlgesprächen wurde mehrmals die Bedeutung betont, Journalisten mit ausreichender Ausbildung zu haben, um in extremen Situationen helfen zu können und gleichzeitig zu lernen, sich von Unfallszenarien mit Verletzten nicht beeindrucken zu lassen und dem Stress standzuhalten. Ihrer Meinung nach ist das der einzige Weg, um eine menschliche und exzellente Medienberichterstattung zu gewährleisten. Ich habe keinen Zweifel, dass mir ein Medizinstudium, auch wenn niemand davon weiß, dabei helfen wird.

Als Grassi fertig ist, höre ich aus einer Ecke der Gruppe die unverwechselbare Stimme von Rafael: "Haben wir drinnen mehr medizinisches Personal?", fragt er, als würde er diese Übungen jeden Tag absolvieren.

"Ausgezeichnete Frage, Pérez!", kommentiert der Kapitän und zeigt eines seiner seltenen Lächeln, "Drinnen sind Profis, auf die Sie zählen können, aber denken Sie daran, dass Sie es sind, die entscheiden. Wenn Sie es nicht tun, werden Menschen sterben, werden Träume zerstört werden."

Kapitel 7

Montag, 14. Oktober

Jacqueline

Ich nähere mich der Gruppe und kann Grassis Worte schon von Weitem deutlich hören. Die Kandidaten sind so in seine Worte vertieft, dass niemand meine Anwesenheit bemerkt, bis Grassi in meine Richtung schaut und mitten im Satz innehält.

"Sieh an, sieh an, Doktor Jacqueline Brun! Herzlich willkommen!" Während er spricht, kommt er auf mich zu, gibt mir zwei Küsse und umarmt mich. Ohne mir Zeit zum Atmen zu lassen, zieht er mich in die Mitte des Hofs, sodass alle Blicke auf mich gerichtet sind.

"Guten Morgen!", rufe ich sofort und richte ein gezwungenes Lächeln an die Gruppe. "Ich möchte mich entschuldigen, dass ich mich bisher nicht zu Ihnen gesellen konnte, aber ich bin sicher, Kapitän Grassi hat Sie auf Trab gehalten."

"Danke. Willkommen, es ist eine Ehre, Sie bei uns zu haben." Ich schaue den Jungen an, der spricht, aber ich kenne ihn nicht. "Das ist Rafael Pérez, ich habe dir neulich von ihm erzählt, er ist Joseps Sohn", wirft Grassi ein, der meine Unsicherheit bemerkt.

"Natürlich! Danke, Rafael. Ich möchte Sie nicht bei dem unterbrechen, was Sie gerade tun. Bitte, Grassi, fahre fort."
Ich höre Grassis Erklärungen und die unzähligen Fragen, die aufeinander folgen. Unauffällig schaue ich auf das Blatt in meiner Hand und versuche, jeden von ihnen zu identifizieren. Rafael Pérez, Mia Costa, Paul Santiago, Elizabeth Meyer... Nein, das kann nicht sein! Ich schaue noch einmal auf das Foto und dann auf die Frau in der Uniform des Programms, die ein paar Meter rechts von mir steht. Zusammengekniffene Augen, blondes, schulterlang geschnittenes Haar und eine rosa Strähne, die mit einer Metallspange am Hinterkopf befestigt ist. Sie sieht jünger aus, ist alles, was ich in diesen Augenblicken denken kann, die sich zu einer Zeitspanne dehnen. Das kann nicht sein! Das kann nicht sein, aber sie ist es! Sie ist es. Wusste sie, wer ich war, als wir zusammen waren? Nein... ich war es, die ihr ein Getränk angeboten hat. Und jetzt? Sie hat mich mit Sicherheit schon erkannt.
"Brun, mit wie vielen Gruppen willst du zusammenarbeiten? Brun? Ist alles in Ordnung?"
Als ich Grassis Stimme wahrnehme, wird mir klar, dass er mich wahrscheinlich schon mehrmals gerufen hat. "Entschuldige, ich habe schlecht geschlafen. Ich brauche einen Kaffee, bevor ich anfange."
"Wenn es weiter nichts ist. Fangt schon mal ohne uns an, wir stoßen gleich dazu", sagt er, ohne Raum für Argumente zu lassen, und greift ohne Umschweife meinen Arm und führt mich in das Gebäude, bis zur Bar.
Wir sitzen bereits mit zwei dampfenden Kaffeetassen vor uns, als er wieder zu sprechen beginnt. "Ist alles in Ordnung? Du siehst blass aus."

"Es ist nichts. Eine schlecht geschlafene Nacht", antworte ich, ohne etwas hinzuzufügen, und rühre im Kaffee, um ihn schneller abzukühlen.
"Probleme zu Hause? Mit deinem Mann?"
"Nichts, was sich nicht lösen ließe", seufze ich und lehne mich im Stuhl zurück. "Kommen wir zur Sache", sage ich entschieden und wechsle das Thema. "Wie willst du uns aufteilen? Heute ist Simulation, richtig?"
"Heute ja. Den Rest der Woche werden sie im OP rotieren. Heute haben wir sechs Szenarien, plus deins und meins, also bleibt jeder Ausbilder bei dreien davon. Ich dachte daran, ein Team mit einem Arzt, einem Psychologen oder einer Krankenschwester und einem Journalisten zusammenzustellen. Wir werden das nicht immer hinkriegen, weil es mehr Ärzte als die anderen gibt, aber wir verteilen sie. Ist das okay für dich?" Er erwartet wohl keine Antwort, denn er fährt fort, fast ohne Zeit zum Atmen zu haben, und streicht sich über das Kinn. "Letzte Woche hat Mia Costa aus der Neurochirurgie mich gefragt, ob sie bei dir bleiben kann. Soweit ich verstanden habe, hast du ihre Mutter kennengelernt, als du in Italien warst, oder so. Ich sage dir, das Mädchen ist klasse. Ich glaube, sie ist eine derjenigen, die es schaffen werden."
"Für mich ist das in Ordnung. Ich weiß nicht, wer ihre Mutter ist, aber ich bin sicher, dass ich Zeit haben werde, es herauszufinden", antworte ich, zwinge mich zu einem Lächeln und trinke einen Schluck Kaffee.
Wir kehren in den Hof zurück, wo sich Ausbilder, Kandidaten und Simulatoren untrennbar vermischen. Man hört Alarmschreie und Hilferufe zur Wiederbelebung, es besteht kein Zweifel, dass es echt wirkt.

"Dein Team ist dort drüben", sagt Grassi und zeigt auf Mia, die durch ihr leuchtend rotes Haar auffällt, während sie auf dem Boden kniet und versucht, einen Mann zu intubieren.
Ich nähere mich, neben ihr steht ein Junge, den ich nicht kenne. "Brauchst du Hilfe?", frage ich leise und beuge mich über ihre Schulter.
Ohne die Kontrolle zu verlieren und die Simulation so annehmend, als wäre sie die reinste Realität, antwortet sie: "Ja, der Patient braucht einen zentralen Zugang, können Sie ihn legen? Dem Kollegen gelingt es nicht", sagt sie und macht eine Kopfbewegung in Richtung des Jungen, der zur Seite tritt, um mir Platz zum Handeln zu machen.
Ohne weitere Fragen tue ich, worum sie mich bittet. Ich weiß nicht genau, wie viel Zeit vergeht, bis es uns gelingt, die Situation ausreichend zu stabilisieren, um unseren Patienten ins Gebäude transportieren zu können.
"Meyer, komm, bring das Kind, wir gehen rein", höre ich sie sagen, als sie aufsteht. Fast gleichzeitig sehe ich Elizabeth Meyer aus dem Krankenwagen kommen, die einen kindlichen Simulator in den Armen trägt, eine Puppe, die leicht mit einem zwei- oder dreijährigen Kind verwechselt werden könnte.
Ohne sich jemals von ihrer Rolle ablenken zu lassen, fährt Mia fort: "Doktor Brun, die Kollegin Meyer ist Fotojournalistin, sie ist bei dem Sohn dieses Herrn drinnen geblieben, der Junge hat sich wahrscheinlich den Arm gebrochen, aber er war in Panik, wir dachten, es wäre besser, wenn sie bei ihm drinnen bleibt."
"Das war falsch", antworte ich trocken und vermeide es, Elizabeth anzusehen. "Das war falsch! Das ist nicht der Moment, um Kinder zu trösten. Und wenn der Junge noch etwas anderes hat, wie soll das eine Journalistin

wissen? Ihr habt eindeutig einen Fehler gemacht. Du hättest früher und mehr Hilfe holen sollen."
"Doktor Brun", höre ich zum ersten Mal ihre Stimme und ein Schauer läuft mir über den Rücken, "Ich stimme nicht zu. Mia hatte die Situation unter Kontrolle. Dem Jungen geht es gut, er ist nur verängstigt."
"Vielleicht, aber das müssen wir sehen! Ich glaube nicht, dass eine Journalistin eine große Hilfe sein kann. Deine Aufgabe ist es zu fotografieren und zu schreiben", der Ton meiner Stimme ist rauer als gewöhnlich, aber ich kann nichts dagegen tun. "Komm, wir müssen diesen Mann reinbringen, um im OP die Frakturen zu stabilisieren", sage ich an Mia gewandt.
Wir gehen gemeinsam bis zur Tür des Gebäudes, Mia beatmet den Patienten mit einem Beatmungsbeutel, während der Junge, von dem ich jetzt merke, dass er Krankenpfleger ist, die Trage sanft schiebt. Hinter uns trägt Elizabeth weiterhin das Kind auf dem Arm.
Wir betreten das Simulationszentrum und halten vor den Türen, die zu den Operationssälen führen. Elizabeth legt ihren Dummy auf einen der Stühle und kommt zu uns herüber, stellt sich auf die andere Seite der Trage. "Was glaubst du, was du da tust?", frage ich barsch.
"Wir gehen in den OP, richtig?", antwortet sie fast flüsternd.
"Wir gehen, ich, Doktor Costa und der Krankenpfleger. Du bleibst draußen. Pass auf das Kind auf", sage ich und zeige auf den Simulator, der regungslos auf einem Stuhl liegt. Mia setzt zu einer Antwort an, aber ich unterbreche sie, ohne sie sprechen zu lassen: "Bleibst du auch hier und kümmerst dich um das Kind oder kommst du mit mir rein?"

"Ich komme natürlich mit", antwortet sie fast murmelnd.
"Was uns beide angeht, Doktor Elizabeth Meyer, wir sehen uns morgen. Wenn du dazu in der Lage bist, bring das Kind zum Röntgen und schau, ob der Arm ruhiggestellt werden muss. Es ist gut, wenn die Kommunikationsfachleute alle Phasen des Prozesses sehen können", schließe ich sarkastisch. Bevor ich durch die Tür gehe, drehe ich den Kopf, Rafael steht jetzt neben ihr, den Arm um ihre Schultern gelegt und scheint ihr etwas ins Ohr zu flüstern. "Los! Schnell, worauf wartest du?" Mia sieht mich erstaunt an, wegen des schroffen Tons und vielleicht auch wegen dessen Unangemessenheit, aber sie beschleunigt ihre Schritte.
Schon im simulierten OP-Saal zeigt Mia eine Leistung, die weit über dem Durchschnitt liegt, was mich nicht aufhört zu überraschen. Nach den ersten Momenten enormer Schüchternheit übernimmt der junge Krankenpfleger seinen Part bei der Durchführung des Szenarios und auch er ist fantastisch. Ich hätte nichts dagegen, mit diesen beiden im realen Kontext zu arbeiten, überlege ich. Nach und nach gewinne ich meine Beherrschung zurück und versuche, nicht darüber nachzudenken, was gerade passiert ist. Elizabeth Meyer, das ist der Name von "Pink".
"Wir sind fertig", stellt Mia fest.
"Stimmt", bestätige ich, "und mit enormem Erfolg, muss ich sagen. Es hat mir gefallen, euch arbeiten zu sehen. Mir hat der technische Ansatz und die Art und Weise, wie ihr zusammengearbeitet habt, gefallen. Ihr werdet es weit bringen."
Gut, dass es vorbei ist, ich muss hier raus. Ich glaube, ich gehe direkt in meine Wohnung, ich will allein sein und versuchen zu verstehen, wie ich

mit dieser Situation umgehen soll, falls es da etwas zu handhaben gibt. Entgegen meinen Absichten wartet Mia am Ausgang auf mich: "Doktor Brun, ich würde gerne mit Ihnen sprechen." Sofort erinnere ich mich daran, dass Grassi heute Morgen etwas darüber sagte, dass ihre Mutter mit mir zusammengearbeitet hatte. Wer mag das sein?

"Darf ich Sie auf einen Kaffee oder einen Tee einladen?"

Auch wenn es ein Whisky wäre, denke ich, ohne ein Lächeln unterdrücken zu können, und antworte dann: "Klar, gehen wir in die Bar."

Kaum haben wir uns mit zwei dampfenden Teekannen hingesetzt, beginnt Mia zu sprechen. Es braucht keine zwei Minuten, bis ich mich ganz genau an ihre Mutter erinnere. Wir waren vor vielen Jahren ein paar Monate zusammen in Mailand. Sie war Militärärztin, Neurochirurgin, in eine Mission eingebunden, war in Mosambik gewesen und ging von Mailand wieder nach Afrika. Was ich nie wusste, war, dass sie, nachdem sie Mailand verlassen und in den Sudan aufgebrochen war, das Krankenhaus, in dem sie war, angegriffen wurde, sie verletzt wurde und es letztendlich nicht überlebte. Sie war eine rothaarige Frau, sprach und lachte laut und steckte uns alle mit ihrer guten Laune an. Wenn man genau hinsieht, sieht Mia ihr ähnlich.

"Meine Mutter hat viel von Ihnen erzählt. Damals haben wir fast täglich telefoniert, ich habe ihr von meinem Alltag erzählt und sie hat ihre Abenteuer geteilt. Im Nachhinein glaube ich, dass sie die meisten erfunden hat, denn ihre Geschichten endeten immer mit einem Happy End. Ich erinnere mich, dass sie sich auf Sie als 'meine Freundin aus Mailand' bezog."

Mia trinkt Tee, während sie spricht. Und ich verliere mich in Erinnerungen.

Ich erinnere mich besonders lebhaft an einen Abend, an dem sie uns nach ein paar Gläsern Fotos von einem jungen Mädchen mit Zöpfen und Sommersprossen zeigte, ein paar Tränen vergoss, um dann wieder in ihre immer starke, immer fröhliche Rolle zu schlüpfen. Dieser Moment eröffnete einen Raum der Vertrautheit zwischen uns. Ich sah ihre Tränen und erlaubte mir, meine mit ihr zu teilen. In den wenigen Monaten, die sie in Mailand blieb, kamen wir uns näher. Sie war die einzige Person, die von meinem Zweifel erfuhr, alles stehen und liegen zu lassen und Anna hinterherzufahren. Kurz darauf verließ sie das Krankenhaus. Sie schrieb mir zwei- oder dreimal und dann nie wieder.

Vielleicht liegt es an der Intensität des Moments, aber bevor ich mich versehe, habe ich die Frage schon gestellt: "Sag mal, Mia, wie alt warst du, als deine Mutter starb?"

"Achtzehn. Ich hatte gerade angefangen zu studieren."

"Und sie hat dir von mir erzählt? Von Mailand? Warum?"

"Hat sie es Ihnen nie gesagt?"

Kapitel 8

Freitag, 18. Oktober

Elizabeth

"Meyer. Meyer! Doktor Elizabeth Meyer!"

Ich höre meinen Namen, der meine fernen Gedanken unterbricht. Ich hebe den Kopf und treffe auf Jacquelines Blick, der auf mir ruht, jenseits des Gelächters aller, die sich über die Situation zu amüsieren scheinen.

"Schlafen Sie noch, Doktor Meyer? Vielleicht müssen wir die Uhrzeit dieser Sitzungen ändern, fangen sie zu früh an?", fährt sie sarkastisch fort. "Sie können herkommen", sagt sie und zeigt auf einen Simulator eines Autoinnenraums, den ich noch nicht bemerkt hatte.

"Entschuldigung", murmele ich fast unhörbar.

"Pérez, Mia Costa, Camila Russel, kommen Sie her. Camila, Sie können sich da reinsetzen und sich anschnallen. Wir vier sind das Rettungsteam."

"Sie haben keine Höhenangst und werden nicht seekrank, oder?"

"Nein", antwortet Camila mit einem begeisterten Lächeln und steigt in den Simulator. "Passen Sie auf, was Sie tun, lassen Sie mich nicht hier drin hängen und bringen Sie mich nicht um", scherzt sie und zwinkert Rafael zu.

"Großartig. Dieser Innenraum wird sich langsam drehen, bis er auf der Seite liegt, als ob das Auto umgekippt wäre. Wenn das passiert, Camila, werde ich

Sie bitten, sich nicht zu bewegen. Sie werden durch den Gurt an den Sitz gefesselt sein und unser Rettungsteam wird Sie aus dem Fahrzeug holen", fährt Jacqueline fort und nimmt eine Fernbedienung. "Sie haben ein illegales Straßenrennen gefahren, dieses Auto ist von der Fahrbahn abgekommen und so gelandet." Während sie spricht, drückt sie den Joystick in ihrer Hand und die Kabine beginnt sich zu bewegen, dreht sich langsam nach rechts, bis sie in einem 90-Grad-Winkel steht.

Camila stößt einen Schrei aus, als sie mit dem Kopf gegen die Fensterscheibe stößt und mit dem Körper zwischen Sitz und Tür gedrückt wird, sie scheint sich kaum bewegen zu können.

Jacqueline fährt ohne Unterbrechung mit weiteren Informationen fort: "Die Fahrerin ist bewusstlos, hat einen starken und regelmäßigen Puls und eine stabile Atmung. Wir wissen nicht, wie der Unfall passiert ist, daher haben wir keine Ahnung, welchen Kräften sie ausgesetzt war. Deshalb kann es bis zum Beweis des Gegenteils eine Wirbelsäulenverletzung geben."

Rafael ist der erste, der sich dem Auto nähert und sofort in seine Rolle schlüpft: "Wir haben keinen guten Zugangswinkel, es gibt keinen einfachen Eingang, wir brauchen jemanden, der die Seite aufmacht. Haben wir Unterstützung von der Feuerwehr?"

Ich nähere mich langsam dem Auto. "Vielleicht ist der Zugang durch die Frontscheibe einfacher. Wir sollten die Vitalzeichen trotzdem überprüfen", sage ich und versuche mich an die theoretischen und praktischen Kurse zu erinnern, die wir zu diesem Thema hatten. Wie Kapitän Grassi sagt, müssen wir alle wissen, was in einer solchen Situation zu tun ist.

"Ausgezeichnet. Wir werden darum bitten, dass sie die Windschutzscheibe entfernen und uns Zugang verschaffen. Von dort aus sehen wir, ob wir die Seite öffnen müssen. Es gibt keine Feuerwehr, aber wir haben etwas noch Besseres." Jacqueline greift wieder nach der Fernbedienung in ihrer Hand und drückt mehrere Tasten, woraufhin die Frontscheibe zur Seite gleitet und sich vollständig zurückzieht. "Seien Sie froh, Sie haben Zugang und müssen sich nicht einmal Sorgen machen, sich an Glassplittern zu schneiden", sagt sie mit einem trockenen Lachen. "Sie können vorgehen, Meyer."
Ich gleite bäuchlings in das Auto. Camila hält die Pose einer leblosen Person bei und reagiert nicht. Ich überprüfe den Puls und bestätige: "Regelmäßiger und kräftiger Rhythmus. Sie atmet." Vielleicht kann ich den Gurt lösen und den Sitz nach hinten ziehen, um ihre Beine zu befreien, denke ich, während ich versuche, den Sicherheitsgurt mit einer Hand zu lösen und gleichzeitig mit der anderen nach dem Hebel greife, der den Sitz nach hinten gleiten lässt, um Bewegungsraum zu gewinnen.
"Halt! Halt, Meyer! Raus da!", schreit Jacqueline in einem zutiefst gereizten Ton. "Wie kommst du dazu, den Sitz zu bewegen? Und zu versuchen, den Gurt zu lösen? Du hättest die Fahrerin töten können! Man braucht kein Medizinstudium, um die Grundregel zu kennen: Bewege das Opfer nicht!"
Jacqueline hat Recht. Ich wusste, dass ich sie nicht bewegen durfte, aber es ist, als ob alles, was ich gelernt habe, von einem Moment auf den anderen verflogen wäre.
"Sie muss in Verbindung mit dem Sitz immobilisiert herausgeholt werden", höre ich Rafaels Stimme.

"Genau, Pérez. Es scheint, dass es zumindest jemanden gibt, der sich die Mühe macht zu lernen. Wir wissen nicht, was passiert ist, ob es innere Verletzungen gibt, ob es Wirbelsäulenverletzungen gibt. Man muss die Vitalzeichen überprüfen, eine Vene legen und die Fahrerin und den Sitz so schnell wie möglich en bloc herausholen." Jacqueline ist rot im Gesicht und ihre Stimme klingt rau. "Du kannst gehen, die Sitzung ist für dich beendet. Vielleicht wäre es eine gute Idee, etwas zu lernen und morgen pünktlich zu sein. Ich bezweifle immer mehr diese Idee, Leute aus der Kommunikationsbranche hier zu haben. Sie sind nicht vorbereitet, sie wissen nicht einmal das Grundlegende."
Ich gehe mit zusammengebissenen Zähnen zu den Schließfächern. Wer ist diese Frau? Was will sie von mir? Wenn sie mich nur kennen würde, wenn sie etwas, und sei es noch so wenig, über mein Leben wüsste, würde sie verstehen, wie falsch sie liegt. Ich lerne, ich bemühe mich, und mehr noch, ich bin zwar Journalistin, das stimmt, und in dieser Eigenschaft bin ich hier, aber in einem anderen Leben, an einem anderen Ort und zu einer anderen Zeit habe ich ein Medizinstudium abgeschlossen.
Ich setze mich auf die durchgehende Bank mitten im leeren Raum und erinnere mich an einen sehr ähnlichen Raum in München. Es waren schwierige Jahre, nachdem ich mit dem Fußball aufgehört hatte, hörte meine Mutter praktisch auf, mit mir zu sprechen. Wir lebten alle im selben Haus, aber es war, als ob ich nicht existierte. Kate hingegen wollte immer präsenter werden, wollte, dass ich von zu Hause ausziehe, das Studium abbreche. Ich konnte nicht. Ich hatte Medizin angefangen, schon zwei Jahre hinter mir, ich würde das Studium nicht auf halbem Weg abbrechen, egal wie sehr ich sie

liebte. Ich wusste, dass sie eine Karriere als Tänzerin hatte, aber ich nicht. Ich würde nie gut genug sein, um vom Tanzen leben zu können, die sichere Wahl war, das Studium abzuschließen.

§

Ich stecke den Schlüssel ins Schloss, aber die Tür öffnet sich, ohne dass ich Zeit habe, ihn zu drehen.

"Gut, dass du schon da bist", sagt Gloria, die mir im Hauseingang gegenübersteht. "Hast du heute Proben? Du kannst mit mir in die Galerie kommen."

"Was ist los, es sieht aus, als würdest du jemanden retten?", sofort bereue ich, diesen Satz geäußert zu haben, als ich Jacquelines zorniges Gesicht vor meinen Augen sehe.

"Ich werde jemanden retten, oder besser gesagt, etwas, meinen Job. Zieh dich um und komm mit mir. Was hast du, du siehst nicht gut aus? Und warum bist du so früh hier? Endet das Programm nicht erst am Abend?"

Die gleiche Gloria wie immer, sie springt von einem Thema zum anderen, Fragen über Fragen ohne Platz für Antworten dazwischen. "Die Ausstellung ist in einem Monat, oder? Ist etwas Schlimmes passiert?"

"Schlimm, willst du es noch schlimmer? Sag das nicht, ein Monat! Ein Monat ist im Handumdrehen vorbei und es sieht so aus, als ob noch alles zu tun wäre. Und als ob das nicht genug wäre, besteht die Kuratorin weiterhin darauf, Platz für zwei Fotos offen zu lassen."

"Wie, Platz für zwei Fotos offen lassen?", wiederhole ich. "Eine Fotoausstellung hat doch Dutzende davon, oder?"

"Schon! Du weißt, was für Fotos das sind, von wem sie sind, und sie erzählen eine Geschichte. Du weißt, das ist der Wert der Ausstellung, es ist die Geschichte, die sie erzählt. Wie kann ich diese Geschichte erzählen, wenn es ein Kapitel gibt, das ich nicht kenne? Ich weiß nicht, ob es ein Drama ist, eine Komödie oder ein Horrorfilm. Im Moment ist es ein Rätsel." Gloria scheint in Fahrt gekommen zu sein und lacht laut auf.
"Warum das?", frage ich und gehe Richtung Schlafzimmer.
Sie folgt mir und öffnet die Tür meines Kleiderschranks, wirft mir Jeans und einen Pullover zu, als ob ich nicht wüsste, wie ich meine eigene Kleidung aussuchen soll. Ich werde nichts dazu sagen, wenn sie so drauf ist, ist es das Beste, ihr nicht zu widersprechen.
"Du hast keine Ahnung, was dieser Fotograf auslöst. Ich weiß nicht, ob es die Fotos an sich sind oder das Geheimnis, das sie umgibt. Los, beeil dich, zieh dich um, ich kann nicht zu spät kommen."
"Klar, Chef!", ironisiere ich und beeile mich, mich umzuziehen. "Ich komme mit dir, aber ich möchte um acht im Club sein, wir haben die Proben vernachlässigt und das macht sich bemerkbar. Es macht sich in den Shows bemerkbar und es macht sich in meiner fehlenden Form bemerkbar."
"Wenn du außer Form bist, weiß ich nicht, was man dann über mich sagen kann", antwortet Gloria, die schon auf halbem Weg zwischen Schlafzimmer und Haustür ist.
Die Kuratorin der Ausstellung ist eine Italienerin, bereits in den Siebzigern. Sie ist zumindest eine eigenwillige Person. Hart und introvertiert auf den ersten Blick, ist sie eine profunde Kennerin aller Themen der Kunstwelt, aber auch der Weltwirtschaft und -politik. Laut Gloria kennt sie überall

Leute. Vielleicht ist es deshalb nicht so abwegig, dass sie wirklich die Fotos dieses mysteriösen Mannes herbeischaffen kann.
"Elizabeth, was für eine Freude!", begrüßt sie mich, als ich eintrete. Die Galerie ist leer, voller Kisten, Leitern, Pinsel und anderem Material für die notwendigen Installationsarbeiten.
"Wow! Nicht wiederzuerkennen."
"Du warst bei der Ausstellung über Fotojournalismus hier, oder?", fragt sie lächelnd, während sie uns durch den Raum führt.
"Die war fantastisch. Ich habe sie geliebt. Danach habe ich letztes Jahr sogar einen Kurs gemacht."
"Mir hat sie auch gefallen. Und noch wichtiger, der Kritik hat sie auch gefallen. Dieses Mal wird es anders sein. Es sind fast alles unbekannte Künstler. Kontroverse Themen. Ich weiß nicht, ob die Kritiker uns Beifall spenden werden."
"Sagst du das wegen diesem Fotografen, den niemand kennt? Wirst du diese Fotos wirklich hier haben?", frage ich und achte darauf, nicht auf etwas Wichtiges zu treten, inmitten der vielen Papiere, die auf dem Boden liegen.
"Hast du die Fotos gesehen?", fragt sie.
"Ich habe sie gesehen, Gloria hat sie mir gezeigt. Sie sind erstaunlich."
"Stimmt, ich denke dasselbe. Es ist lange her, dass ich etwas so Verstörendes, so Beunruhigendes und gleichzeitig Beruhigendes gesehen habe, wie zwei Seiten einer Medaille."
"Wenn es jemand kann, dann sie", mischt sich Gloria ein und klopft ihr auf die Schulter. "Du kennst die Macht dieser Frau nicht!"

"Übertreib nicht, manchmal reicht es, die richtige Person am richtigen Ort zu kennen, es ist eine Frage der Ausrichtung", sagt sie lachend und zieht das Ende des Schals zurück, den sie um den Hals gewickelt hat.
Für einen Moment schalte ich mich aus dem Gespräch aus und bleibe an diesen Worten hängen: "Es ist eine Frage der Ausrichtung". Das Gegenteil von dem, was mein Liebesleben gewesen ist.

Kapitel 9

Samstag, 19. Oktober

Jacqueline

"Dieses beschissene Programm ist tausendmal schlimmer als deine Arbeit im Krankenhaus. Du bist nie da! Du kannst nie! Du kommst müde nach Hause, gehst mit Ben spazieren, ich glaube, er verbringt mehr Zeit mit dir als ich." Es ist nicht Olgas Art, sich zu beschweren, schon gar nicht, weil sie meine Abwesenheiten immer sehr gut zu nutzen wusste. Erst recht, wenn man bedenkt, dass es noch nicht einmal neun Uhr morgens ist.

"Was ist passiert?", frage ich, reibe mir kräftig die Augen, setze mich im Bett auf und versuche, ruhig zu bleiben und den Ton zu wahren.

Als ich gestern nach Hause kam, lag sie schon im Bett. Es gab keine Gäste, kein Abendessen, nichts. Es tat gut, das Haus mal für uns allein zu haben, aber ich hätte misstrauisch sein sollen, Olga isst nie allein zu Abend an einem Freitag. "Was ist denn nun passiert?", frage ich und kann eine gewisse Gereiztheit nicht verbergen.

"Nichts. Oder besser gesagt, alles! Wenn du hier wärst, wenn du wenigstens angerufen hättest, wüsstest du es schon."

Ich stehe auf, ohne weitere Fragen zu stellen, ich brauche eine Dusche und einen starken Kaffee, bevor ich dieses Gespräch führe, egal wohin es führt.

"Komm, lass uns. Lass uns im Garten frühstücken, das wird dir guttun. Zieh dir was an und lass den Rest mein Problem sein", sage ich ruhig, als ich einige Minuten später wieder ins Schlafzimmer komme und mir noch den Kopf mit dem Handtuch abreibe.

Die Strategie scheint aufgegangen zu sein. Sie ist ruhiger, trinkt ihren Kaffee und isst gierig einen Joghurt mit Müsli, während ich mich an einer Scheibe Brot mit Erdbeermarmelade erfreue, Dinge, die in ihrer ewigen Diät völlig ausgeschlossen sind.

"Was ist denn nun passiert? Du bist sicher nicht so gereizt, weil ich weg war. Warum wart ihr gestern Abend nicht hier?"

"Niemand war in Feierlaune. Schau, wie die Dinge sind, wie sich die Welt von einem Moment auf den anderen auf den Kopf stellen kann. Vorgestern Nachmittag wurde Carl in die Schulleitung gerufen. Ein weiches Gespräch, ein Hin und Her, bei dem er kein Wort verstand. Nach stundenlangem Hin und Her sagt ihm die Direktorin, diese Tussi, die sie auf den Posten gesetzt haben und die so aufgeblasen ist, dass sie jeden Moment zu platzen scheint, dass eine Schülerin ihn beschuldigt hat, rassistische Bemerkungen gemacht zu haben. Stell dir vor! Rassistische Bemerkungen! Als ob diese Kinder überhaupt wüssten, was dieses Wort bedeutet. Sie muss irgendein Video im Internet gesehen haben und dachte, sie könnte ein paar Punkte für die Note absahnen, das muss es gewesen sein."

"Warte! Warte mal", bitte ich, schlucke das Brot, das ich im Mund habe, und nehme einen Schluck Kaffee. "Das geht mir zu schnell."

"Das Mädchen ist fünfzehn, er sagt, sie macht sich seit Monaten an ihn ran, und natürlich hat er sie nicht beachtet, jetzt das, unglaublich! Aber noch

unglaublicher ist diese Tussi, diese Direktorin, die sich schlau vorkommt und das ernst nimmt."
"Bist du sicher?", frage ich und sehe sie an.
"Sicher worüber?" Olga stellt die Gegenfrage, legt den Löffel hin und fixiert mich mit einem Blick.
"Sicher, dass er keine rassistischen Bemerkungen gemacht hat?"
"Ich weiß nicht mal, warum ich mir die Mühe mache!" Sie steht auf und wirft den Stuhl so um, dass er schwankt und zu Boden fällt.
Ich atme tief durch, trinke den Rest des Kaffees, der noch in der Tasse ist, und lasse sie gehen, ohne noch etwas zu sagen. Minuten später höre ich, wie die Haustür laut zuschlägt, und in der Ferne ihre laute Stimme, die mit jemandem am Telefon spricht. Durch den Lärm hat sich Ben versteckt. Wie in Zeitlupe sehe ich ihn Schritt für Schritt hinter den Kisten hervorkommen, die hinten im Garten aufgestapelt sind und darauf warten, weggeräumt oder weggeworfen zu werden, und ich kann nicht anders als zu lächeln.
"Komm her, Kumpel. Alles ist gut. Nur schlechte Laune", sage ich und kraule ihn am Kopf. "Komm, lass uns eine Runde drehen."
Wir laufen über eine halbe Stunde ziellos herum, bis mir auffällt, dass ich vor dem Haus meiner Mutter stehe. Ich schaue durch die Holzlatten der Mauer und sehe sie in dem Schaukelstuhl im Hinterhof sitzen, mit etwas in der Hand, vielleicht einer Zeitschrift. Ich höre die Stimme einer der Damen, die bei ihr ist und das Gespräch am Laufen hält, obwohl meine Mutter nur wenige Worte sagt. Einem Impuls folgend drücke ich die Pforte auf, die wie immer nur angelehnt ist, sodass sie sich mühelos öffnet.

"Hallo Mama", sage ich einfach, als wäre der Besuch nichts weiter als alltäglich.
"Doktor Brun, das ist aber schon lange her! Wie geht es Ihnen? Ich habe hier gerade mit Ihrer Mutter über diese Dinge gesprochen, die mit der Regierung passieren. Es ist immer dasselbe, alle gleich. Setzen Sie sich, bitte. Kann ich Ihnen einen Kaffee bringen? Möchten Sie etwas essen?"
Die Dame, an deren Namen ich mich nicht erinnere, redet ohne Punkt und Komma. Ich verstehe, warum meine Mutter still bleibt, sie allein reicht aus, um einen Nachmittag lang ein Gespräch am Laufen zu halten, denke ich und lächle ihr zu. "Ein Kaffee wäre toll."
Nach ein paar Minuten Smalltalk, und nachdem sie besagten Kaffee, ein Glas Wasser und einen Teller mit Keksen auf den Tisch gestellt hat, "falls Sie Hunger bekommen", wie sie selbst sagt, zieht sie sich nach drinnen zurück und lässt uns allein.
"Wie geht es dir? Ich weiß, ich hätte schon früher kommen sollen, aber du weißt ja, wie das ist." Ich trinke meinen Kaffee, ohne den Mut zu haben, ihrem Blick zu begegnen. Ich habe wirklich keine Ahnung, was ich sagen soll. Carol zufolge gibt es Tage, an denen sie nicht in dieser Welt zu leben scheint, und andere, an denen alles in Ordnung zu sein scheint. Ben hat sich zu ihren Füßen hingelegt, und aus dem Augenwinkel sehe ich, wie sie ihm über den Kopf streichelt.
"Was ist passiert? Du hast diesen Blick!", schießt sie aus dem Nichts heraus.
"Wovon redest du, Mama? Ich bin müde, ich war die ganze Woche weg, das wird es sein. Ich habe ein neues Praktikumsprogramm angefangen." Ich

mache Ausreden und Erklärungen, ohne zu wissen, worauf sie sich beziehen könnte.
"Wer ist sie? Du kannst es mir erzählen."
"Von wem redest du? Von Olga?" Ich drücke das Wasserglas zwischen meinen Fingern, es ist eine unmögliche Situation. Verlangt von mir, einen zerschmetterten Oberschenkelknochen zu operieren, das komplexeste aller Traumata, aber verlangt nicht von mir, dieses Gespräch zu führen, denke ich und schöpfe Kraft, um fortzufahren. "Du weißt, dass ich mit Olga zusammenlebe, oder? Es geht ihr gut, sie wird wohl zu Hause auf mich warten, um zu Mittag zu essen."
Meine Mutter richtet sich in ihrem Stuhl auf und sieht mich mit ihren durchdringenden blauen Augen an. Das Funkeln ist so, wie ich es von meiner Kindheit her in Erinnerung habe, als ich wehmütig seufzte, dieses Merkmal ihrer Erscheinung nicht geerbt zu haben. "Jack, glaubst du, ich weiß nicht, dass es nicht Olga ist, die dich so aussehen lässt? Wer ist es? Einen Moment lang hast du mich an Anna denken lassen. Vor ein paar Jahren habe ich mit ihrer Mutter gesprochen. Ich habe oft darüber nachgedacht, ob wir damals die richtige Entscheidung getroffen haben", sie beugt sich vor und tätschelt Bens Kopf. "Die Zeiten waren anders. Wir dachten, es wäre das Beste, was wir tun konnten. Dass ihr es vergessen und mit eurem Leben weitermachen würdet. Aber im Laufe der Jahre hatte ich meine Zweifel."
Wir haben nie über Anna gesprochen, oder über das, was in jenem Sommer passiert ist. Niemand hat je darüber gesprochen, es gab nie Fragen, geschweige denn Antworten. Ich wusste, dass meine Mutter unsere Briefe

gefunden hatte, aber ich weiß nicht, was sie meinem Vater, Annas Eltern gesagt hat. Warum dieses Gespräch jetzt? Was entgeht mir?
"Deine Schwester hat mir erzählt, dass sie bei ihr war, bei Anna. Sie hat einen Sohn, wusstest du das?"
"Carol hat es mir auch erzählt", sage ich, ohne zu wissen, was ich noch hinzufügen soll.
"Du solltest mit ihr reden. Es gibt Gespräche, die wir führen müssen, solange wir den Luxus der Zeit haben. Sie hält nicht ewig."
Ich vergesse, wo ich bin, die Demenz, die sinnlosen Gespräche, und fahre fort, wenn sie nur wüsste, wie sehr ich dieses Gespräch brauche: "Vielleicht hast du Recht, aber was soll ich sagen?"
"Hast du es vergessen? Hast du dich wieder verliebt?"
Bevor ich antworte, sehe ich Elizabeths Bild vor mir. "Nein, ich glaube, ich habe mich nie wieder verliebt."
"Das stimmt nicht. Anna war eine Leidenschaft, aber ich habe diesen Blick, diesen Ausdruck zum ersten Mal wiedergesehen, als du nach Mailand zurückkamst. Francesca, nicht wahr?"
Wie kann es sein, dass meine Mutter diese Gefühle deuten kann, die ich vor mir selbst verborgen habe? "Du hast Francesca nie kennengelernt", erwidere ich, nur um etwas zu sagen.
"Das war nicht nötig, du hast von ihr erzählt und ich habe dein Gesicht gesehen, das Lächeln, sogar den Klang deiner Stimme. Wie geht es ihr?"
"Großartig! Francesca wird immer Francesca sein. Sie bricht Herzen, weckt Leidenschaften, gewinnt Freundschaften und bleibt allein. Ich habe vor ein paar Wochen mit ihr gesprochen, sie ist in New York."

"Jack, ich werde müde", sagt sie und lehnt sich wieder in den Stuhl zurück.
"Brauchst du etwas?"
"Erzähl mir, wer sie ist. Höchstwahrscheinlich werde ich mich in ein paar Stunden nicht mal mehr daran erinnern, dass es dieses Gespräch gab, also tu mir den Gefallen."
"Ich habe mich auf eine Frau eingelassen, ohne zu wissen, wer sie ist. Es war Zufall. Es hätte eine Nacht sein sollen, ohne Konsequenzen, ohne Verpflichtungen."
"Aber das war es nicht."
"Nein. Ich kann es nicht erklären, sie ist viel jünger und scheint gleichzeitig die Last des Alters zu tragen, hat angesammelte Geschichten, eine Aura des Geheimnisses, verbunden mit der Leichtigkeit der Jugend", jetzt, da ich angefangen habe, kann ich nicht mehr aufhören, "Das Schlimmste ist nicht das. Das Schlimmste ist, dass sie meine Schülerin in diesem neuen Trainingsprogramm ist, das ich mache. Ich kann keine Affäre mit einer Schülerin haben. Ich kann wirklich nicht."
"Versuchst du, mich zu überzeugen oder dich selbst?", sagt sie und lächelt mich an. "Du hast Recht, du kannst keine Affäre mit einer Schülerin haben, aber du kannst dich verlieben. Dagegen kannst du nicht ankämpfen. Es gibt kein "Ich kann nicht", das dich rettet."
"Ich kann nicht, Mama. Sie ist meine Schülerin und mindestens 20 Jahre jünger als ich. So sehr mir diese Nacht auch gefallen hat, es darf nicht wieder passieren."
"Hast du letzte Woche hier zu Mittag gegessen? Kannst du nicht wiederkommen?" Meine Mutter schüttelt den Kopf und wendet den Blick

ab. Das Blau ihrer Augen ist plötzlich matt geworden, sie greift nach der vergessenen Zeitschrift auf dem Tisch und beginnt scheinbar ziellos darin zu blättern.

"Mama! Mama! Ich war weg, ich bin nicht zum Mittagessen gekommen, weißt du noch? Ich war schon eine Weile nicht mehr hier. Wir haben über meine Schülerin gesprochen."

"Bist du Lehrerin? War es nicht deine Schwester, die Lehrerin war? Du auch?" Der Schaukelstuhl, vorher noch reglos, schwingt nun vor und zurück. Ich möchte schreien, sie bitten aufzuhören, zurückzukommen, aber ich weiß, dass es nicht möglich ist.

"Kommt dein Vater zum Mittagessen? Er müsste doch schon zurück sein, oder? Er ist so früh gegangen, dass ich ihn heute Morgen gar nicht gesehen habe. Ich bin müde, ich glaube, ich werde schlafen, bis er zurückkommt. Du kannst ja hierbleiben, wenn du willst..." Mit diesen Worten schließt sie die Augen und scheint in einen tiefen Schlaf zu fallen, lässt die Zeitschrift auf ihren Schoß fallen. Ben, der bis dahin zu ihren Füßen gelegen hat, steht auf und stupst mich mit der Schnauze an, um zu zeigen, dass er gehen will.

Zurück zu Hause finde ich Olga in der Küche, offenbar erholt von der Szene heute Morgen. Das Mittagessen sieht großartig aus und ist fertig. Wir fangen an zu essen, ohne auf das zurückzukommen, was passiert ist. Sie beschwert sich über die Regierung, spricht über die prekäre Lage der Lehrer und den Geldmangel.

"Warst du bei deiner Schwester?", fragt sie in dem, was ein etwas abrupter Themenwechsel zu sein scheint.

"Nein."

"Wo warst du dann? Du warst stundenlang nicht zu Hause."
"Ich war mit Ben unterwegs. Das tut uns gut, mir und ihm", antworte ich ohne zu zögern. "Der Fisch ist super, was hast du dazugegeben?"
"Seit wann interessierst du dich für Rezepte? Deine Schwester hat wirklich Glück, sie ist seit Monaten zu Hause, bekommt das Gute, ohne etwas zu tun. Das sollte ich auch machen. Du könntest mir ein ärztliches Attest geben."
"Du redest Unsinn. Carol hat Amy, sie hat das Recht..."
"Unsinn! Das sind Krankheiten von reichen Leuten."
"Hör auf damit. Hast du getrunken?", frage ich, ohne zu wissen, wie ich all diesen Unsinn interpretieren soll.
"Das geht dich nichts an", antwortet sie, ohne ihre Nervosität zu verbergen, während sie das Weinglas zum Mund führt und eine großzügige Menge trinkt.
"Es ist halb zwei am Nachmittag. Es ist ein bisschen früh, oder?"
"Das sagt die, die ich mehrere Nächte ins Bett schleppen musste. Hast du das vergessen?"
Es wäre unmöglich, das zu vergessen, selbst wenn ich es wollte.
"Brauchst du Geld?", fällt es mir plötzlich ein zu fragen. Vielleicht ist das der Schlüssel, denke ich.
"Damit hättest du anfangen sollen. Wir haben immer mehr Ausgaben hier zu Hause, du bist nicht hier, du weißt es nicht. Überweise gleich für ein paar Monate, sonst führen wir immer dieses Gespräch." Sie hält einen Moment inne, um Luft zu holen, und leert das Glas, "Das gefällt dir, nicht wahr? Es gefällt dir zu zeigen, dass ich dich ständig um Geld bitte."

Olga schiebt den Stuhl zurück und steht auf, ohne dass ich die richtigen Worte gefunden hätte, um zu antworten. Ich bemerke, dass sie den Fisch praktisch unberührt auf dem Teller gelassen hat. Ich bleibe regungslos sitzen und höre die Haustür zuschlagen, es wird zur Gewohnheit. Es ist nicht normal, zumindest war es nicht üblich. Ich glaube, in all den Jahren ist es das erste Mal, dass wir so ein Gespräch haben. Seltsam!

Kapitel 10

Sonntag, 20. Oktober

Elizabeth

"Wie spät ist es? Warum hast du mich nicht geweckt? Ist etwas passiert?", frage ich auf einmal, schaue Gloria an, die die Tür zu meinem Zimmer einen Spalt öffnet und mir eine Tasse Kaffee reicht.

"Sieht so aus, als hättest du dich von gestern Abend erholt. Wo hast du gesteckt? Ich habe mir Sorgen gemacht."

"Es war Samstag", sage ich, als wäre das Erklärung genug.

"Ach wirklich? Warum?"

"Warum nicht? Ich gefalle ihr, sie braucht Gesellschaft und ich kann sie ihr geben."

"Du weißt, dass das einen anderen Namen hat", antwortet Gloria, setzt sich auf die Bettkante, während ich mich zwischen den Kissen aufrichte und einen langen Schluck Kaffee nehme.

"Ehrlich gesagt habe ich keine besseren Optionen."

"Sprichst du von Kate?"

"Auch", antworte ich und denke sofort an Jacqueline.

"Komm schon, bitte, ich bin zu müde für Rätsel."

"Sie hat sich mit ihrer Freundin versöhnt. Letztendlich will die andere sich nicht trennen. Soweit ich verstanden habe, als sie Kate erzählte, dass sie mit jemand anderem ausgeht, verschwand der Zauber und sie beschloss, es nochmal zu versuchen."
"Und Kate hat zugestimmt?"
"Offensichtlich. Gestern kam sie fröhlich, fast euphorisch nach Hause. Deshalb glaube ich, ja, sie hat eine neue alte Liebe."
"Wann wirst du aus diesem Film aussteigen? Sie hat dich betrogen. Sie benutzt dich jedes Mal, wenn sie sich einsam fühlt, nur weil sie es kann, nur weil du da bist, immer bereit, immer verfügbar. Was muss passieren, damit du endlich weitermachen kannst?"
"Ich bin schon weitergegangen", antworte ich zwischen zusammengebissenen Zähnen.
Ich weiß nicht mal, ob Gloria mich gehört hat, aber es ist wahr, plötzlich bin ich weitergegangen. Ich bin in dem Moment weitergegangen, als mir klar wurde, dass mit Kate zusammen zu sein nicht mehr das in mir auslöst, was es früher tat, was ich all die fast drei Jahre vermisst habe. Ich bin in dem Moment weitergegangen, als ich etwas ganz Anderes und gleichzeitig Ähnliches in anderen Armen, in anderen Händen spürte. Aber all das spielt keine Rolle, denn die Wahrheit ist, dass ich zu etwas weitergegangen bin, das weder sein kann noch sein wird.

§

Ich begleite Gloria bis zur Galerie und verbringe schließlich den Nachmittag dort. Nach ein paar gut verbrachten Stunden mache ich mich zu Fuß auf den Weg zum Club. Als ich eintrete, sind die anderen bereits am Aufwärmen.

"Jetzt kommst du immer zu spät, das wird langsam zur Gewohnheit", bemerkt Kate, ohne mich auch nur anzusehen.
"Nerv nicht. Ich bin hier, oder?" antworte ich, ohne meine Verärgerung zu verbergen. Demonstrativ kehre ich ihr den Rücken zu und gehe in Richtung Umkleide. Ich bin fast fertig angezogen, als ich bemerke, dass jemand da ist. Kates Freundin lehnt ein paar Meter weiter an der Wand. Als sich unsere Blicke treffen, macht sie zwei Schritte in meine Richtung. "Lass sie in Ruhe. Sie ist bei mir und ich mag es nicht, das zu teilen, was mir gehört." Der Tonfall ist schrill und der Finger, der mir in der Luft vor dem Gesicht herumfuchtelt, ist so erbärmlich, dass ich ein Lachen nicht unterdrücken kann.
"Kate und ich sind Kolleginnen, mehr nicht. Du kannst beruhigt sein, wenn du es nicht glaubst, frag sie", antworte ich, während ich den Rest meiner Sachen fertig mache. Jetzt komme ich wirklich zu spät. Ich gehe schnell hinaus, ohne ihr Zeit zu lassen, weiterzumachen. Ich halte die Spangen in der Hand, die eigentlich mein Haar festhalten sollten, das darauf besteht, dem Haargummi zu entkommen.
"Gehört sie jetzt auch zu den Proben?", frage ich eine der Jüngsten, die ich um Hilfe bitte, mein Haar zu befestigen, und zeige auf Kates Freundin, die von einer Seite der Bühne kommt, sich nähert und sie küsst.
"Sie war schon gestern hier, hast du sie nicht gesehen?"
Nein, gestern bin ich erst kurz vor Beginn gekommen und nach der Vorstellung hat Luiza darauf bestanden, dass wir sofort gehen, sie war nicht zu bremsen, denke ich, als ich mich an letzte Nacht erinnere.

"Heute sind sie zusammen gekommen. Sie weicht nicht eine Minute von Kates Seite. Widerlich", sagt sie, zuckt mit den Schultern und rümpft die Nase in einer Geste, die ihre Worte bestätigt, "Sie laufen rum, küssen und umarmen sich, nur die Musik und die umherfliegenden Schmetterlinge fehlen noch. Ich glaube, die Trennung hat ihnen gutgetan."
"Du meinst die fünftägige Trennung?"
Ohne Zeit für weitere Gespräche blinken die Lichter und gehen aus, ich schließe die Augen und konzentriere mich auf die Musik. Die Gedanken folgen aufeinander ohne Richtung, aber sie verschwinden schnell, bis sie vollständig erlöschen. Wir tanzen fast eine Stunde lang die Routine, die wir in den letzten Monaten präsentiert haben. Man kann nicht leugnen, dass Kate nicht nur eine großartige Tänzerin, sondern auch eine gute Choreographin ist. Wir enden unter tosendem Applaus und kehren immer wieder auf die Bühne zurück. Sonntags ist der Saal nicht immer voll, aber heute scheint kein Platz mehr frei zu sein. Als die Lichter bereits vollständig an sind, drehe ich langsam den Kopf und schaue mich um. Ich bedanke mich und grüße, beglückwünsche all jene, die nicht müde werden zu applaudieren. Plötzlich bleibt mein Herz fast stehen. Ich kneife die Augen zusammen, um das Bild zu fokussieren und sicherzugehen, was ich sehe. Auf einer der hinteren Bänke an der Bar gelehnt sitzt Rafael Pérez.
Ich ziehe mich in die Umkleiden zurück, wohl wissend, dass ich mich ihm stellen muss. Sicher ist er nicht zufällig hier, überlege ich. Immerhin ist Luiza heute nicht da, soweit ich das aus dem verstanden habe, was sie mir gestern sagte, wollte sie ihren Mann zu einem Abendessen begleiten.

Ich dusche lange und ziehe mich mit der gleichen Gemächlichkeit an, lasse mir Zeit in der Hoffnung, dass sich das vielleicht doch noch die Situation ändern wird. Es ist schließlich unvermeidlich, dass ich den Saal betrete. Als ich näher komme, reicht mir Rafael ein Glas Bier. "Du musst durstig sein", sagt er mit einem sarkastischen Lächeln.

"Was machst du hier?"

"Ich liebe Tanz, wusstest du das nicht? Ihr seid großartig, ihr solltet Profis sein, oder seid ihr das schon?"

"Du kannst aufhören. Ich bin müde. Es ist spät und ich habe keine Lust zu streiten."

"Streiten? Wovon redest du?", fragt er und nimmt einen Schluck, mit dem er den Rest des Biers beendet, den er noch im Glas hatte.

"Was willst du? Komm schon, hier hast du kein Publikum, du kannst direkt zur Sache kommen", sage ich, nehme auch einen Schluck von meinem Bier, obwohl ich weiß, dass ich nicht trinken sollte.

Ohne dass ich es erwarte, nähert er sein Gesicht meinem und berührt leicht mit den Lippen meinen Mund. Mit einer heftigen Bewegung weiche ich zurück, kann nicht die Geste vermeiden, mir mit dem Handrücken über die Lippen zu wischen. "Was glaubst du, was du da tust?", frage ich fast schreiend.

"Du spielst gerne die Schwierige. Und ich mag Frauen, die so sind."

"Hör auf! Sag endlich, was du willst." Instinktiv schaue ich mich um und vergewissere mich, ob uns jemand beobachtet.

"Ich glaube, es hat dir nicht gefallen, dass ich bei deiner Show dabei war. Warum? Du tanzt gut. Oder ist es das nicht. Vielleicht das Engagement für das Programm. Mach dir meinetwegen keine Sorgen, niemand wird etwas erfahren. Aber du solltest vorsichtig sein, es könnte noch mehr Leute geben, die Tanz mögen." Während er spricht, trinkt er fast in einem Zug das andere Bier, das er bestellt hatte. Nach der Zeit, die vergangen ist, und der Geschwindigkeit, mit der er die Gläser leert, schließe ich, dass er schon ziemlich angetrunken sein muss.

"Vielleicht könnte ich es vergessen. Oder nicht, und wir werden Freunde. Freunde, die Geheimnisse teilen und sich helfen. Im Grunde sind wir uns sehr ähnlich..."

"Wir sind uns in nichts ähnlich! Und wir werden niemals Freunde sein! Erpresst du mich?", unterbreche ich ihn, unfähig, mich zu beherrschen.

"Gefälligkeiten unter Freunden austauschen", antwortet er und steht auf. Er legt einen Schein auf den Tresen und sieht mir in die Augen, "Du brauchst mich und ich dich, so ist es."

"Rafael, versteh doch, akzeptier doch, nicht alle Menschen fallen auf dein Gerede, auf deine schmierigen Worte herein, nicht alle verlieben sich in dich", langsam gewinne ich etwas Ruhe zurück, atme tief durch und erlange etwas Kontrolle über die Situation. "Werde erwachsen. Du benimmst dich wie ein Kind. Sieh dich im Spiegel an. Zu mir warst du immer ein Mistkerl, aber wenn man dem glauben kann, was man sagt, bist du großartig im Block, hast alles, um einer der Auserwählten zu sein, wozu dann diese ganze Szene? Was bringt dir das?"

"Wir haben morgen eine Kommunikationsprüfung."

"Und du glaubst, ich habe das vergessen? Ich habe in den letzten Tagen mehr gelernt, als ich mich erinnern konnte, dass es seit vielen Jahren möglich war." Es ist die reine Wahrheit, ich glaube, seit dem Studium habe ich nicht mehr so viel gelernt. "Aber für dich muss es einfach sein, schließlich bist du Rafael Pérez. Ich muss sagen, ich habe nicht ganz verstanden, was sie von uns erwarten. Es scheint, als wäre jede Frage eine weitere Herausforderung an unsere Geschwindigkeit der Faktenintegration, Kommunikation und Führung unsererseits. Wahrscheinlich ist deshalb die Prüfung für alle gleich", stelle ich fest und sehe ihn an.

"Ich habe mich über dich erkundigt", sagt er, als wäre es das Normalste auf der Welt mitten in unserem Gespräch.

"Was meinst du damit?"

"Im Programm gab es nur vier Personen, die ich nicht kannte, einen Krankenpfleger, eine Psychologin und zwei Journalisten, einer davon bist du. Ich bin der Sache nachgegangen."

"Bist du verrückt? Oder einfach nur betrunken", schüttele ich mein Haar und rutsche unbehaglich auf der Bank hin und her.

"Ich liebe dieses rosa Haar!", ruft er aus und streichelt mir über den Kopf.

"Nimm die Hand weg, oder ich gehe und komme nicht wieder, um mir deinen Unsinn anzuhören."

"Einverstanden. Ich weiß, dass du Bestnoten hast, deshalb bist du die perfekte Wahl. Morgen setzt du dich vor mich und gibst mir mit deinen Antworten die richtigen Lösungen."

"Hör mal, Gloria, nachdem er gegangen war, blieb ich da, an die Bar gelehnt, so verloren, dass ich, als ich mich umsah, bemerkte, dass die Bar leer war. Ich verstehe nicht, was er will, die Antworten? Er? Man hat den Eindruck, dass er etwas hat, ein Geheimnis, ich weiß nicht. Eines ist sicher, es ist viel mehr als ein Typ, der sich an mich ranmacht."

Als ich nach Hause kam, war sie mit ihrer Aufgabe der letzten Monate beschäftigt, Fotos auszuwählen. Ich setzte mich aufs Sofa und ließ alles raus, was passiert war.

"Unglaublich. Es spielt keine Rolle, was er will. Du musst Anzeige erstatten."

"Und was soll ich sagen? Dass er mich verfolgt? Dass er seine Hände dahin legt, wo er es nicht sollte? Oder dass er mir, als ich ihm Einhalt geboten habe, tagelang das Leben schwer gemacht hat? Oder vielleicht, dass er einen Plan hat, morgen bei der Prüfung von mir abzuschreiben?" Ich lasse den Kopf nach hinten fallen und schließe die Augen. "Niemand würde mir glauben. Er ist der Sohn von Doktor Pérez, und ich, ich bin niemand. Ich fange an zu denken, dass ich mich nicht für dieses Programm hätte anmelden sollen. Vielleicht ist es das Beste, ausgeschieden zu werden und zu meinem Leben zurückzukehren. Außerdem, wenn er jemandem erzählt, dass er mich im Club tanzen gesehen hat, werfen sie mich raus."

"Das bist nicht du. Du gibst niemals auf, und sieh mal, du hast schon viel Schwierigeres durchgemacht."

"Ich weiß nicht...", murmele ich zwischen zusammengebissenen Zähnen und streiche mir die Haare aus dem Gesicht. "Erinnerst du dich, dass am Ende dieser Woche dieses beschissene Praktikum anfängt? Drei ganze Tage, an denen ich ihn und seine pathetischen Aktionen ertragen muss."

"Bist du sicher, dass Rafael wirklich das Problem ist?"

Kapitel 11

Montag, 21. Oktober

Jacqueline

"Die Prüfungen waren hart, umso besser. Wir müssen nur zwölf behalten, die anderen scheiden aus", kommentiert Grassi und schaut auf den Computerbildschirm, wo sich Reihen von Zahlen aneinanderreihen, die den Bewertungen der verschiedenen Tests entsprechen. "Diese acht liegen weit unter dem Durchschnittsniveau. Aber das war zu erwarten, auch für sie wird es keine Überraschung sein."

Ich schaue auf den Bildschirm, folge den Namen, auf die er mit der Bleistiftspitze zeigt. Die Wahrheit ist, dass ich, da ich in der ersten Woche nicht hier war, noch nicht mal genau weiß, wer manche Leute sind.

"Wir müssen auswählen, und je früher, desto besser, umso weniger Zeit wird verschwendet", sage ich schulterzuckend.

Es ist etwas mehr als zwei Wochen seit Beginn des Programms vergangen, morgen ist frei und am Mittwoch brechen wir zum ersten Praktikum auf. Ab jetzt beginnt die eigentliche Auswahl. Es ist mir gelungen, Elizabeth aus dem Weg zu gehen, nicht so sehr aus eigener Wahl, sondern weil sie die Gruppe gewechselt hat. Heute hat sie mit Rafael zusammengearbeitet. Nach

seiner Haltung zu urteilen, schließe ich, dass sie zusammen sein müssen oder so etwas Ähnliches. Mia ist wieder bei mir geblieben.
Grassis durchdringende Stimme unterbricht meine Gedanken: "Die anderen beiden, die kurz vor dem Ausscheiden stehen, sind Mia und Paul. Es ist schade, ich glaube, sie haben Potenzial, aber die Leistung in der Prüfung war schlecht."
"Mia kann nicht ausscheiden!", antworte ich mit erhobener Stimme, um mir dann bewusst zu werden, wie unangebracht mein Kommentar klang. Grassi sieht mich an, als wolle er einordnen, was ich gerade gesagt habe. "Also, es gibt eine Erklärung dafür, dass ihre Note so niedrig ist", erfinde ich im Moment.
"Was willst du damit sagen?"
"Ich habe Mia letzte Woche gebeten, Notdienste mit mir zu machen, und sie hatte wohl nicht den Mut, mir zu sagen, dass sie lernen musste", fahre ich fort und suche nach Argumenten.
"Wirklich? Das hast du mir nicht gesagt. Und sie auch nicht, seltsam. Notdienste berechtigen zu einem halben Bonuspunkt. Warum hat sie das nicht in das Formular eingetragen?" Grassi öffnet und schließt Fenster auf dem Computer, um irgendwelche Informationen zu finden, die ihm entgangen sein könnten. "Nichts, sie hat nichts geschrieben", sagt er ungläubig. "Ihr Glück ist, dass du hier bist und dich daran erinnert hast. Wenn sie ausgeschlossen worden wäre, hätte man nachher nichts mehr machen können", er sieht mich an und fährt sich mit der Hand über den Kopf. "Wie viele Dienste hat sie am Ende gemacht?"

Ich versuche vergeblich, mich an die Noten zu erinnern. Ich schließe die Augen, aber nichts, ich weiß nicht, wie viel sie braucht. "Sie war dreimal bei mir, zweimal während der Woche und einmal am Wochenende."
"Zwei Punkte, das Wochenende zählt doppelt", antwortet er trocken und fixiert die Augen auf das, was er tut. "So steigt sie auf den neunten Platz auf, siehst du?"
Das hätte ich nicht sagen sollen, ich war am Wochenende nicht mal hier. Zu spät.
Grassi zeigt mir wieder die Notentabelle. Weit über allen anderen liegt Rafael Pérez. Meine Frage vorwegnehmend, klärt er sofort auf: "Pérez hatte eine gute Note in der Prüfung und war außerdem fünf Tage mit mir in der Notaufnahme."
Seltsam, denke ich, ich kann mich nicht erinnern, dass Grassi so oft dageblieben ist. Ich mag diesen Rafael nicht, überlege ich, während Grassi abschließt, was er tut, und fest eine Taste drückt: "Fertig."

§

Mittwoch, 23. Oktober

In den Pyrenäen zu sein, weckt gute und schlechte Erinnerungen. Carol und ich haben hier Skifahren gelernt. Meine Mutter hat sich ständig über alles beschwert, und mein Vater hat so getan, als würde er Spaß haben, obwohl er in Wirklichkeit nichts lieber wollte, als zu seinem Krankenhaus und seiner Routine zurückzukehren. Ich war seit über dreißig Jahren nicht mehr hier. Wir werden drei Tage in einem der Hochleistungszentren verbringen. Ziel ist es, zu verstehen, wie es funktioniert und den Aktionsplan für den Fall schwerer Unfälle zu entwerfen, wie der, der vor weniger als einem Monat

passiert ist. Grassi ist mit einer Gruppe von acht in den Alpen und ich bin mit diesen vieren hier.
"Sie haben diese drei Chalets. Die Schlüssel stecken in den Türen", informiert uns der Teammanager, der uns begleitet, "die dort drüben auf der anderen Seite sind die von unserem Team hier im Zentrum. Die Gebäude da vorne", sagt er und zeigt mit der Hand, "sind das Trainingszentrum und der Speisesaal. Wenn Sie etwas brauchen, kommen Sie zu uns, ansonsten treffen wir uns zum Abendessen", schließt er mit einem Abschiedsgruß, nachdem er unsere Rucksäcke aus dem Lieferwagen geholt hat.
Einen Moment lang stehen wir da, mit den Rucksäcken im Schnee, und betrachten die kleinen Holzhäuser vor uns.
"Mia und Elizabeth bleiben zusammen? Ich und Camila können uns ein Haus teilen und Doktor Brun bleibt im anderen." Stellt Rafael fest, als ob es ihm zustünde, die Gruppe zu leiten.
"Ich weiß nicht, ob deiner Freundin diese Verteilung gefallen wird", sagt Mia in einem so ernsten Ton, dass ich im Zweifel bin, ob sie scherzt.
"Bei mir kann sie völlig beruhigt sein", erklärt Camila kategorisch. "Ich habe schon alles gesehen, was dieser Typ machen kann, und ich bin immun", fährt sie fort und gibt ihm einen leichten Schubs mit der Schulter.
"Das muss sich noch zeigen", antwortet er und steigt in den Scherz ein, während ich bemerke, dass er direkt auf Elizabeths Dekolleté starrt, die ihre Jacke aufgeknöpft hat.
"Sehr gut. Verteilt ist verteilt, irgendwelche Fragen?", frage ich und mache auf meine Anwesenheit aufmerksam. "Wenn es keine Fragen gibt, haben wir

zwei Stunden bis zum Abendessen. Nutzt sie, ab morgen werden wir keine Minute Ruhe mehr haben."

Ich betrete das Chalet, das aus einem einzigen Zimmer mit einem Bett auf der einen Seite und einer Art Wohnzimmer auf der anderen Seite besteht, mit einem Tisch und einem Sofa. Ich ziehe Mantel und Stiefel aus und lasse mich auf die Bettdecke fallen, eingelullt von der Weichheit der Berührung. Ich greife nach dem Telefon, um die E-Mails zu checken, nutze die Gelegenheit und schicke Olga eine Nachricht, die mir, wie es ihre Art ist, sofort antwortet. Zwischen Emoticons und einzelnen Worten teilt sie mit, dass alle heute Abend bei uns zu Abend essen. Wer "alle" sein werden, überlege ich, frage aber nicht. Sie schickt noch zwei oder drei Textschnipsel und bekräftigt, wie sehr sie mich liebt. Und wie immer antworte ich nur auf die letzte Nachricht mit "ich liebe dich auch".

§

Donnerstag, 24. Oktober

Ich wache mit Nackenschmerzen und einem seltsamen Gefühl auf, zwischen Hunger und Übelkeit. Ich schaue mich um und verstehe zunächst nicht, wo ich bin. Nach und nach erinnere ich mich. Der Berg, das Praktikum, das Abendessen... Wie spät ist es? Ich greife nach dem Handy neben mir, vier Uhr morgens. Ich bin eingeschlafen, stelle ich fest, reibe mir die Augen und setze mich auf die Bettkante. Mir bleibt nur, zu warten, bis es Morgen wird, eigentlich muss ich in zwei Stunden aufstehen, am besten duschen, mich umziehen und die E-Mails beantworten, was ich gestern Abend nicht mehr geschafft habe.

Ich komme vor allen anderen im Speisesaal an. Noch nie haben mir Milchkaffee und Brot so gut geschmeckt. Nach und nach treffen die Leute vom Zentrum und auch meine Schüler ein. Niemand stellt Fragen zu meiner Abwesenheit beim Abendessen und ich gebe keine Erklärungen.
Wir treffen uns im Besprechungsraum des Trainingszentrums und ich beginne den Tag mit einem Vortrag über die häufigsten und schwersten Verletzungen. Es ist ein interessiertes und anspruchsvolles Publikum. Fragen und Zweifel folgen über eine Stunde, nachdem ich fertig bin.
"Jetzt reicht es, wir müssen zu den Übungen übergehen, sonst sitzen wir den ganzen Morgen hier", sage ich mit einem Lächeln. "Pérez, Mia, ihr kommt mit mir in den Schockraum. Meyer und Camila, ihr geht in die Apotheke. Macht eine Bestandsaufnahme von allem, was verfügbar ist. Das wird euch wahrscheinlich bis zum Ende des Tages beschäftigen, aber es ist grundlegend, damit wir morgen bei den geplanten Simulationen handeln können."
"Werden wir den ganzen Tag in der Apotheke bleiben?", fragt Elizabeth mit heiserer Stimme. Jetzt, wo ich ihre Stimme höre, wird mir klar, dass sie seit unserer Ankunft noch nichts gesagt hat.
"Ja, Meyer, warum? Gibt es ein Problem? Ist es nicht interessant genug für dich?"
"Natürlich nicht, Doktor Brun", beeilt sich Camila zu antworten. "Was Beth fragen wollte, ist, ob wir eine feste Zeit zum Mittagessen haben."
"Ihr könnt gehen, wann ihr wollt. Jetzt los, Pérez, Mia, seid ihr bereit?"
Ohne es bemerkt zu haben, wie die Stunden vergangen sind, sitzen wir wieder zusammen, diesmal am Abendessenstisch.

"Ich hätte nicht gedacht, was mit diesem Ultraschallkopf möglich ist. Ich verstehe nicht, warum wir Katheter noch auf andere Weise legen", sagt Rafael. Er hat einen Großteil des Nachmittags mit Üben verbracht, jedes Mal in schwierigeren Situationen und jedes Mal mit größerer Gewandtheit. Grassi hat Recht, er ist begabt, und eingebildet und anmaßend, füge ich für mich hinzu.
"Und in der Apotheke? Habt ihr die Kisten nach Farben sortiert? Wie war's, Meyer, gab es genug für eine Reportage? In letzter Zeit siehst du müde aus." Rafael scheint nicht gewillt zu sein, Elizabeth eine Pause zu gönnen, die vergeblich versucht, ihn zu ignorieren, indem sie auf ihr Handy schaut.
"Hey, Mädchen, man spielt nicht mit dem Handy am Tisch, bringen sie euch das nicht drüben in Deutschland bei?"
"Willst du aufhören, Rafa?", greift Camila ein und fixiert ihn mit einem Blick. "Lass sie in Ruhe. Wir alle hier wissen genau, was du willst."
"Ich könnte es sogar wollen, aber sie scheint mehr an einer anderen Art von Personen interessiert zu sein", sagt er ironisch und lacht laut auf.
"Kannst du das wiederholen?", mischt sich Elizabeth schreiend ein. "Los, wiederhole, was du gesagt hast, wenn du den Mut dazu hast", fährt sie fort und steht auf.
"Was ist das Drama?", Rafael bleibt ungerührt. Er greift nach dem Glas und trinkt etwas Wasser, "Wenn du auf Frauen stehst, ist das für mich okay. Daher muss deine Müdigkeit kommen, sie zehren an uns."
Wir sind schon zu weit gegangen, ich wünschte, sie hätten für einen Moment vergessen, dass ich hier bin. Ohne ihn weitermachen zu lassen, greife ich ein: "Ihr könnt sofort aufhören." Ich hatte Recht, die Diskussion ist hitzig

geworden und sie haben meine Anwesenheit vergessen. Innerhalb einer Sekunde wird es totenstill und alle Köpfe drehen sich in meine Richtung.
"Es ist Zeit, dass du dich ausruhst, Pérez, es war ein langer Tag. Camila, vielleicht solltest du ihm Gesellschaft leisten, nur damit wir sicher sein können, dass es ihm gut geht", sage ich in trockenem Ton. Ich bin fest davon überzeugt, dass sie es nicht wagen würden, eine solche Szene in Grassis Gegenwart zu machen, und das ärgert mich noch mehr.
"Doktor Brun, ich bitte um Entschuldigung. Ich hätte das, was ich gesagt habe, nicht sagen sollen", erklärt Rafael, bevor er geht.
"Geh. Morgen reden wir", antworte ich hart.
"Doktor Brun", beginnt Mia, nachdem die beiden durch die Tür verschwunden sind, "Er übertreibt manchmal, benimmt sich wie ein Kind, aber er ist ein großartiger Chirurg."
"Genug!", rufe ich und lasse keinen Raum für weitere Worte. Ich gebe dem Angestellten ein Zeichen und bestelle noch Wasser. Lange Minuten sagt keine von uns etwas, ich schwenke das Wasser im Glas und trinke kleine Schlucke, als wäre es Wein. Mia hat einen Kaffee bestellt und rührt darin herum, obwohl sie keinen Zucker hineingetan hat, und Elizabeth hat sich wieder auf ihr Handy konzentriert.
Wie aus dem Nichts unterbricht das Klingeln meines Telefons die Stille und lässt uns zusammenzucken. Eine Nummer, die ich nicht kenne, fast um elf Uhr abends, seltsam, denke ich Sekunden bevor ich abnehme.
"Doktor Brun, hier ist das Trainingszentrum, entschuldigen Sie die späte Störung, aber es ist dringend. Der Rettungsdienst hat angerufen. Es gab

heute Nachmittag einen Unfall, seit vier Uhr wurden zwei Männer und ein Kind vermisst, die angeblich auf den Anfängerpisten unterwegs waren."
"Was?", sage ich, ohne mein Entsetzen zu verbergen, richte mich auf dem Stuhl auf und veranlasse Mia und Elizabeth, mich anzusehen.
"Der Rettungsdienst hat sie jetzt geortet. Sie leben, sind nicht weit weg, aber der Zugang ist schwierig. Offenbar sind die Erwachsenen verletzt. Wir konnten den Schweregrad nicht feststellen, dachten aber, es könnte nützlich sein, wenn Sie uns begleiten. Wir werden mit dem Wagen und dem Rettungshubschrauber ausrücken."
"Zehn Minuten. Brauchen Sie Material?"
Ich lege auf, atme tief durch und tue das, was ich kann, ich übernehme das Kommando. "Meyer, mach dich bereit, eine Evakuierung und einen Notfall zu begleiten. Zwei Erwachsene und ein Kind, am Leben, aber mit Verletzungen und Unterkühlung. Sie sind seit Stunden da draußen. Mia, geht es dir gut? Bleib im Schockraum und bereite alles für die Ankunft vor. Um diese Zeit kommt der Hubschrauber nur bis hierher, nach der Stabilisierung geht es mit dem Krankenwagen weiter."
"Vorher gehe ich noch in die Apotheke. Ich hole Infusionen und Punktionsmaterial. Die Stabilisatoren sind im Heli." Ohne mir Zeit zum Reagieren zu lassen, steht Mia auf und läuft aus dem Saal.
Wir fliegen etwas mehr als zehn Minuten in völliger Stille. Wir landen auf einer offenen Fläche und stapfen langsam im Schnee hinter dem Rettungsdienst her. Ich spüre mein Herz schnell schlagen, meinen keuchenden Atem und jedes Bein scheint hundert Kilo zu wiegen. Neben

mir scheint Elizabeth, noch mit dem Rucksack auf dem Rücken, keinerlei Schwierigkeiten zu haben.
Am Ende war der Zugang nicht so schwierig wie es schien, an einem Geländeabsatz, wenige Meter unterhalb des Weges, erkennen wir die Silhouetten von zwei Erwachsenen, die im Schnee sitzen.
"Sie leben, stabile Atmung. Mädchen unverletzt." Man hört die Stimme der Rettungssanitäterin, die vor unserer Ankunft abgestiegen ist.
"Ich kümmere mich um den Linken, Meyer, bleib in der Nähe." Sie nickt.
Ich nähere mich einem Mann um die vierzig, im Scheinwerferlicht sehe ich, dass er blass und verschwitzt ist. "Blutdruck und Herzfrequenz hier, bitte", sage ich zu einem der Krankenpfleger, die bei uns sind.
"Ich bekomme keinen peripheren Zugang", sagt ein Kollege neben mir.
"Ich lege einen Jugularkatheter", erkläre ich und versuche, den Patienten, der sich vor Schmerzen windet, nicht noch mehr zu erschrecken. "Ich gebe Ihnen Morphium, das wird helfen, nur noch eine Sekunde. Wie heißen Sie?"
"Marcus", antwortet er mit schwacher Stimme.
"Der Name eines guten Freundes von mir", kommentiere ich, führe den Katheter ein und lasse sofort die Infusion und das Schmerzmittel laufen.
"Licht hierher", bitte ich, während ich mit der Untersuchung der unteren Extremitäten fortfahre. Die Reflexe sind vermindert und die Schmerzen sind stark, aber es gibt Sensibilität und Bewegung.
"Wahrscheinlich eine offene Beckenfraktur. Er muss ins Abdomen hinein bluten."

"Ich hole die Schienung, wir schaffen das gleich hier", antwortet der Pfleger. Ich bemerke, dass sich Elizabeth inzwischen neben mich gestellt hat. "Drüben ist alles unter Kontrolle. Er hat wahrscheinlich einen kompletten Riss des vorderen Kreuzbandes im linken Knie und möglicherweise einen Armbruch, aber es wird alles gut."

"Und das Kind?"

"Es ist ein Mädchen. Ich habe Schokolade vom Abendessen mitgebracht, habe ihr schon etwas gegeben und es geht ihr viel besser", antwortet sie in einem ernsten Ton, der mich aufblicken lässt, nur um das Lächeln in ihrem Gesicht zu sehen.

"Touché!", rufe ich aus, nicht ohne vorher zu überlegen, wie seltsam ihre Antworten klingen. "Kompletter Riss des vorderen Kreuzbandes"?! Sie ist Journalistin.

Kapitel 12

Freitag, 25. Oktober

Elizabeth

Schweigend machen wir uns auf den Weg zwischen Schockraum und Chalets. Sie sind mit dem Krankenwagen ins Krankenhaus gefahren, Mia hat sich angeboten mitzufahren und kommt erst morgen zurück.

Wir bleiben vor Jacquelines Tür stehen, die sich in einem sanften Ton an mich wendet, den ich schon lange nicht mehr gehört habe, sicher nicht, wenn wir zusammen in diesem Programm sind. "Gute Arbeit, Meyer. Du warst gut. Diese Nacht war ein ganzer Monat Training wert."

"Danke."

"Wofür?"

"Dass Sie mich mitgenommen haben", antworte ich, greife in die Tasche meines Mantels, erst in die eine, dann in die andere, in die Hosentasche, "Verdammt!"

"Was ist passiert?", fragt sie.

"Mia hat unseren Schlüssel. Als wir zum Abendessen aufgebrochen sind, hat sie ihr Handy vergessen und ist zurückgegangen, sie muss den Schlüssel eingesteckt haben." Ich beuge mich vor und stütze die Hände auf die Knie. "Ich gehe zurück zum Schockraum, improvisiere einen Schlafplatz und

morgen früh wird es gelöst. Machen Sie sich keine Sorgen, ich komme klar, ich habe schon an viel schlimmeren Orten geschlafen", sage ich mit einem gezwungenen Lachen.
"Kommt nicht in Frage. Du bleibst bei mir. Es macht keinen Sinn, dass du zum Schockraum gehst oder Camila und Rafael aufweckst. Du bleibst hier bei mir, ich habe genug Platz. Es sei denn, du willst nicht, natürlich."
Im Chalet von Jacqueline schlafen? Im Zimmer von Jacqueline? Das hatte ich nicht gerade für heute Nacht vorgesehen.
Wir gehen zusammen hinein. Ich bleibe mitten im Zimmer stehen und weiß nicht, wohin.
Sie lacht laut auf, "Willst du die ganze Nacht da stehen bleiben?"
"Wenn es Ihnen nichts ausmacht, kann ich hier auf dem Sofa schlafen. Ich nehme eins der Kissen vom Bett und lege meinen Mantel drüber, perfekt."
Während ich spreche, tue ich das, was ich beschreibe. Ich gehe zum Bett, nehme eines der Kissen und lege es auf das Sofa. Ich ziehe Stiefel und Mantel aus und lege mich hin. "Fantastisch", schließe ich ab, drehe mich mit dem Rücken zu ihr und schließe die Augen.
Ich höre, was ich als das Geräusch von Jacqueline interpretiere, die sich auszieht, und das Wasser, das im Waschbecken des Badezimmers läuft.
"Gute Nacht", sagt sie zu mir, bevor sie das Deckenlicht ausschaltet und das Zimmer nur noch schwach vom Licht der Nachttischlampe erhellt wird.
Ich sollte müde sein und leicht einschlafen, wie es nach einer Show-Nacht immer der Fall ist, aber diesmal ist es anders und egal wie oft ich mich umdrehe, ich kann einfach nicht einschlafen.

"Elizabeth, das bringt nichts, du wirst dort nicht einschlafen können. Und in dem Tempo wirst du mich auch nicht schlafen lassen. Leg dich hierhin, das Bett ist groß genug für uns beide. Nimm das Kissen und leg dich hierhin." Jacqueline spricht in demselben Ton, den sie im Unterricht verwendet, und lässt keinen großen Spielraum für Zögern. Mehr aus Mangel an Alternativen als aus dem Wunsch heraus, das Bett mit ihr zu teilen, tue ich schließlich, was sie vorschlägt.

Ich kann mich nicht vollständig bekleidet ins Bett legen, überlege ich. Ich ziehe Hose und T-Shirt aus und lege mich mit dem Rücken zu ihr, so nah wie möglich am Rand der Matratze.

Bei ausgeschaltetem Licht kann ich nur die von dem spärlichen Licht von draußen erhellten Ritzen des Fensters sehen. Ich schließe die Augen und versuche wieder einzuschlafen, es muss spät sein. Mein Körper verlangt nach Ruhe, aber mein Gehirn scheint nicht einverstanden zu sein.

Ich erinnere mich an den Geruch und die Berührung von Kate in der Dusche letzte Woche und springe zurück zu einer anderen Nacht viele Jahre zuvor. Wir hatten gerade eine Show in einem der Haupttheater in München beendet, ich war länger als gewöhnlich geblieben und fand mich schließlich allein in der Garderobe wieder, zumindest dachte ich das. Ich vergewisserte mich, dass die Tür abgeschlossen war, zog mein Kostüm aus, ging ins Bad, duschte und kam in ein Handtuch gehüllt heraus. Ich ging zum Schrank, wo meine Kleidung war, und ließ das Handtuch auf den Boden gleiten. Ich spürte jemanden hinter mir, Arme um mich und eine Hand auf meinem Mund, gerade rechtzeitig, um einen Schrei zu verhindern. "Ich bin's", hörte ich Kate mit an mein Ohr gepressten Lippen sagen. Sie fuhr mit der Hand durch mein nasses Haar, umarmte mich wieder und küsste mich, ohne ein weiteres Wort zu sagen. Es war mein erstes Mal. Wir waren acht Jahre lang ein Paar. Bis, bis sie sich in eine andere Tänzerin verliebte und mich von einem Tag auf den anderen verließ.

Ich reibe mir die Augen, um den Schmerz zu vertreiben, der trotz der verstrichenen Zeit hartnäckig bleibt. Neben mir ist Jacquelines Atem regelmäßig geworden. Sie muss schlafen. So sehr ich es auch nicht will, drehe ich mich schließlich um, mein Arm ist eingeschlafen und ich muss die Position wechseln. Ich drehe mich langsam um, um sie nicht zu wecken. In der Dämmerung kann ich die Umrisse ihres Körpers unter der Decke ausmachen. Ihr Gesicht ist ausdruckslos und ein Lächeln liegt auf ihren Lippen. Ich habe sie selten lächeln sehen, denke ich.

Etwas in mir erwacht und reißt mich aus der Lethargie, in die ich verfallen war. Ich spüre, wie mein Herz schneller schlägt, meine Lippen trocken werden und mein Magen sich zusammenzieht. Ich werde zurück in die Bar, in den Aufzug versetzt, erinnere mich an die Zimmertür, meine Hände gegen das Fenster, die Berührung, den Geruch. Es fühlt sich an, als wäre es vor tausend Jahren gewesen, als wäre es mit jemand anderem gewesen.

Ohne es zu merken, habe ich meinen Körper an ihren geschmiegt. Ich spüre die heiße Luft ihres Atems auf meinem Gesicht. Im Halbschlaf bewegt sie einen Arm und legt ihre Hand auf mein Bein, das fast an ihrem Körper klebt. Ich starre angestrengt, um in der Dunkelheit des Zimmers besser sehen zu können, soweit ich erkennen kann, hat sie die Augen geschlossen und scheint ruhig zu schlafen.

Ich hatte die Macht der Berührung dieser Hand fast vergessen. Selbst so leicht und ziellos aufgelegt, lässt sie mich erschaudern, entfacht ein inneres Feuer, das schwer zu bändigen ist. Ich bemerke den Duft des Parfüms, an das ich mich nicht mehr erinnerte, das aber von einem Moment auf den anderen wieder ein Teil von mir zu sein scheint. Ich presse die Schenkel zusammen, um das Unvermeidliche zu verhindern, spüre das Pochen zwischen den Beinen, fahre mit der Zunge über die trockenen Lippen und atme tief durch. Was mache ich da? Alles, was ich nicht tun sollte, nicht wollte, aber das Verlangen macht es dringend. Ich bewege mich langsam, bis ich meine Hand auf ihren Becken lege und meine Finger unter den Bund schiebe.

Ich schließe fest die Augen und lasse meiner Fantasie freien Lauf, ohne Einschränkungen, ohne Zensur. Ich kann Jacquelines Lippen auf meinen spüren, ihre Zunge, die in meinem Mund kreist, ihre Augen auf mich gerichtet, mit einem kaum wahrnehmbaren Lächeln. Ich bemerke, dass auch ich in der Dunkelheit lachle, schamlos beschleunige ich meine Bewegungen und trete in eine parallele Dimension ein, während die Lust alle meine Poren überflutet.

Ich bewege meine Hand erneut und bemerke ihre Finger neben meinen. Nein, das kann nicht sein. Ich öffne die Augen, aber ich kann nichts sehen. Hellwach bewege ich meine Finger noch einmal langsam. Es ist keine Einbildung, ihre Hand berührt den dünnen Stoff meines Höschens. Ich versuche, ihr Gesicht zu entziffern, aber die Dunkelheit lässt mich nicht erkennen, ob sie die Augen geöffnet hat. Ich wollte etwas sagen, aber ich habe Angst, den Moment zu ruinieren.

Als ob sie die Worte hören könnte, die ich nicht sage, zieht sie mein Höschen sanft nach unten und zwingt mich, es auszuziehen. Gleichzeitig dreht sie sich um und lässt ihren Körper nur Zentimeter von meinem entfernt. Sie berührt mein Gesicht, streichelt es und streicht ein paar Haare zurück, die mir in die Stirn fallen. Sie fährt mit den Fingern über meine Lippen, den Zeigefinger auf ihnen ruhend, in einer Geste, die um Stille bittet. Es wäre nicht nötig, in diesem Moment bringe ich kein einziges Wort heraus.

Mit einer Hand schiebt sie meine Arme nach oben, legt sie über meinen Kopf, und ich lasse mich gehen, folge ihrem Willen. Ich halte mich so still wie möglich, erzittere nur bei der Möglichkeit einer weiteren Berührung. Meine Knie öffnen sich wie von selbst, als ob der Körper nicht mir gehörte. Ihre Hände sind wärmer als meine Haut, was die Glut der Empfindungen noch verstärkt, ihre Finger gleiten frei über meinen Körper. Das T-Shirt, das ich trage, bedeckt fast nichts mehr, und Jacqueline fordert buchstäblich alle meine Sinne heraus.

Sie zieht eine Spur von Küssen über meine Brust, zwischen meinen Brustwarzen, berührt mal mit den Lippen, mal mit der Zungenspitze, ohne je abzuweichen. Gleichzeitig lässt sie das Gewicht ihres Körpers auf meinen sinken, so dass sich unsere Beine zu einer Umarmung verschlingen, während sie leicht mit den Hüften schwingt. Es ist nicht die Intensität der Bewegung, die so sanft ist, dass sie für das Auge kaum wahrnehmbar ist, und auch nicht der Hautkontakt, da sie immer noch ihren Pyjama trägt, der sich, nach der Berührung zu urteilen, aus Satin anfühlt, sondern die Reibung hat die Macht, mich vollständig nachgeben zu lassen, die letzte Widerstandslinie zu brechen, die ich gegen das, was hier geschieht, noch haben könnte.

Ich bewege mich langsam, bis ich meine Hand auf ihr Becken lege und meine Finger unter den Bund schiebe.
Ich schließe fest die Augen und lasse meiner Fantasie freien Lauf, ohne Einschränkungen, ohne Zensur. Ich kann Jacquelines Lippen auf meinen spüren, ihre Zunge, die in meinem Mund kreist, ihre Augen auf mich gerichtet, mit einem kaum wahrnehmbaren Lächeln. Ich bemerke, dass auch ich in der Dunkelheit lächle, schamlos beschleunige ich meine Bewegungen und trete in eine parallele Dimension ein, während die Lust alle meine Poren überflutet.
Ich bewege meine Hand erneut und bemerke ihre Finger neben meinen. Nein, das kann nicht sein. Ich öffne die Augen, aber ich kann nichts sehen. Hellwach bewege ich meine Finger noch einmal langsam. Es ist keine Einbildung, ihre Hand berührt den dünnen Stoff meines Höschens. Ich versuche, ihr Gesicht zu erkennen, aber die Dunkelheit lässt es mich nicht erkennen, ob sie die Augen geöffnet hat. Ich wollte etwas sagen, aber ich habe Angst, den Moment zu ruinieren.
Als ob sie die Worte hören könnte, die ich nicht sage, zieht sie mein Höschen sanft nach unten und zwingt mich, es auszuziehen. Gleichzeitig dreht sie sich um und lässt ihren Körper nur Zentimeter von meinem entfernt. Sie berührt mein Gesicht, streichelt es und streicht mir ein paar Haare zurück, die mir in die Stirn fallen. Sie fährt mit den Fingern über meine Lippen, den Zeigefinger auf ihnen ruhend, in einer Geste, die um Stille bittet. Es wäre nicht nötig, in diesem Moment bringe ich kein einziges Wort heraus.
Mit einer Hand schiebt sie meine Arme nach oben, legt sie über meinen Kopf, und ich lasse mich gehen, folge ihrem Willen. Ich halte mich so still

wie möglich, erzittere nur bei der Möglichkeit einer weiteren Berührung. Meine Knie öffnen sich wie von selbst, als ob der Körper nicht mir gehörte. Ihre Hände sind wärmer als meine Haut, was die Glut der Empfindungen noch verstärkt, ihre Finger gleiten frei über meinen Körper. Das T-Shirt, das ich trage, bedeckt fast nichts mehr, und Jacqueline fordert buchstäblich alle meine Sinne heraus.

Sie zieht eine Spur von Küssen über meine Brust, zwischen meinen Brustwarzen, berührt sie mal mit den Lippen, mal mit der Zungenspitze, ohne je abzuweichen. Gleichzeitig lässt sie das Gewicht ihres Körpers auf meinen sinken, so dass sich unsere Beine zu einer Umarmung verschlingen, während sie leicht mit den Hüften schwingt. Es ist nicht die Intensität der Bewegung, die so sanft ist, dass sie für das Auge kaum wahrnehmbar ist, und auch nicht der Hautkontakt, da sie immer noch ihren Pyjama trägt, der sich, nach der Berührung zu urteilen, aus Satin anfertigt, sondern die Reibung hat die Macht, mich vollständig nachgeben zu lassen, die letzte Widerstandslinie zu brechen, die ich gegen das, was hier geschieht, noch haben könnte.

Ich lasse mich von den Empfindungen mitreißen, höre auf zu versuchen, die Kontrolle zu behalten, zu versuchen zu denken, und spüre, wie eine Welle der Lust näher kommt. Als ob sie ahnen würde, was als Nächstes kommt, lässt Jacqueline ihren Körper auf die Matratze rollen. Ich spüre ihre Abwesenheit auf mir, als wäre ich entblößt, noch verletzlicher. In einer automatischen Geste bewege ich meine Arme, die reglos über meinem Kopf verharrt hatten, und berühre mit der Handfläche ihren Körper. Mit einer Hand versuche ich, die immer noch geschlossenen Knöpfe ihres

Pyjamaoberteils zu öffnen, während ich die andere in ihre Hose gleiten lasse. Ich muss die Haut spüren, die Wärme des Körpers unter meinen Fingern. Ich erinnere mich an die Nacht im Hotel, Jacqueline hinter mir gegen das Fenster, ihr fast nackter Körper auf dem Bett liegend, meine Hand an der Innenseite ihrer Schenkel, den Widerstand und den Wechsel des Spiels. Ich erinnere mich an das Gefühl der Lust, in meinen intimsten Bedürfnissen vollkommen verstanden zu werden, und für einen Moment wird mir klar, dass sie sich nicht wirklich berühren ließ.

Ich ziehe ihre Hose nach unten und sie erleichtert mir die Bewegung, hilft mir, sie auszuziehen. Es ist eine glatte und seidige Berührung, die zum Satin ihres Pyjamas und zur Zartheit aller Bewegungen passt. Ich versuche, mich zu drehen, um auf ihr zu liegen, meine Finger zwischen ihren Schenkeln. Selbst durch den Stoff ihres Höschens kann ich ihre Erregung spüren, was nur dazu beiträgt, mich fast an den Rand der Ekstase zu bringen. Mein Moment dauert nicht lange, denn sie hat es geschafft, eines meiner Beine zwischen ihren zu fixieren, und dreht ihren Körper zur Seite, so dass ihre Hand nun freien Zugang zu meinem Rücken hat. Ich spüre, wie ihre Finger provozierend über meine Pobacken gleiten, nicht aufhören und sich in meine Schenkel vorarbeiten. Es ist der Moment, in dem ich weiß, dass es nichts mehr gibt, was ich tun kann. Ich weiß nicht, ob sie in mich eindringt oder mich einfach nur berührt, aber es reicht aus, dass mein Körper in Wellen der Lust schmilzt und ich den Schrei eines Orgasmus nicht zurückhalten kann, der so intensiv ist, dass er sich von allen anderen zu unterscheiden scheint, als hätte ich zum ersten Mal absolute Lust empfunden.

Unfähig, ein Wort zu sagen oder mich zu bewegen, liegen wir minutenlang Seite an Seite im Dunkeln. Keine von uns sagt etwas, wahrscheinlich weil es keine Worte gibt, die intensiv genug sind, um in diesem Moment gesagt zu werden.

Die Stille durchbrechend und mich erschaudern lassend, ist ein dumpfes Geräusch zu hören. Bevor ich Zeit habe zu begreifen, was es ist, springt Jacqueline aus dem Bett, zieht ihre Pyjamahose an, zieht die Decke nach oben, so dass ich vollständig bedeckt bin, und geht zur Tür.

Das ist es, es ist das Geräusch von jemandem, der an die Tür klopft. Ohne den Mut, den Kopf unter der Decke hervorzustrecken, kann ich nicht erkennen, was vor sich geht, aber ich bin mir sicher, dass es noch nicht hell geworden ist. Was könnte passiert sein? In der Ferne höre ich eine bekannte Stimme, es ist Rafaels Stimme: "Entschuldigen Sie die Störung, aber Camila und ich haben ein Geräusch gehört, es klang wie ein Schrei, und sie gab keine Ruhe, bis sie mich zwang, nachzusehen, ob alles in Ordnung ist."

"Komm herein, Rafael..." Was macht Jacqueline da? Rafael kommt herein?

"Nein, Frau Doktor Brun, ich werde Sie ausruhen lassen, ich wollte mich nur wirklich vergewissern, ob es Ihnen gut geht. Vor einer Weile haben wir draußen ein Geräusch gehört und uns erkannt, dass etwas passiert sein muss, und jetzt ist Camila wieder aufgewacht und macht sich Sorgen. Bitte gehen Sie zurück ins Bett und entschuldigen Sie die Störung nochmals."

Kapitel 13

Freitag, 25. Oktober

Jacqueline

Ich parke das Auto auf der Straße, ohne mir die Mühe zu machen, das Garagentor zu öffnen. Noch bevor ich die Tür öffne, sehe ich Bens Schnauze zwischen den Gitterstäben hervorlugen. Vorsichtig öffne ich das Tor, lasse ihn aber nicht hinaus. Fast instinktiv stelle ich die Tasche ab und falte meine Jacke hastig darüber, um zu verhindern, dass sie von dem Sabberfluss getroffen wird, der gleich auf mich zukommt.

"Ich habe dich auch vermisst", sage ich ihm ins Ohr und lasse ihn meine Hände ablecken. Als ob er meine Worte verstehen könnte, stößt er ein raues Geräusch aus. Durchs Fenster sehe ich, dass alle um den Tisch herum sitzen. Ich schaue auf die Uhr, es ist fast neun, sie müssen gerade mit dem Abendessen begonnen haben. Das Gemurmel der Unterhaltung und das Gelächter sind laut genug, sodass man es hier draußen hören kann. Erstaunlich, wie sie für so viele Abendessen und so viele Gespräche immer Themen und Energie finden.

Ich sammle den Mut, von dem ich weiß, dass ich ihn brauchen werde, und öffne die Küchentür, gehe bis ins Wohnzimmer durch.

"Guten Abend!", sage ich in einem nicht sehr lauten Ton, aber laut genug, sodass sofort alle aufhören zu reden.
Olga, die neben Carl sitzt, springt auf wie von einer Feder hochgeschnellt und kommt zu mir herüber. "Ich wusste nicht, dass du heute kommst. Warst du nicht in den Pyrenäen?", sagt sie und drückt ihre Lippen in einem automatischen Kuss auf meine. "Setz dich. Hast du schon gegessen? Nein. Ich hole dir einen Teller."
Während sie in die Küche geht, rückt Antonio zur Seite und macht Platz für einen weiteren Stuhl. "Ich bin früher zurückgekommen. Es gab einen Unfall, ich musste heute Morgen ins Krankenhaus und bin dann nicht mehr ins Trainingszentrum zurückgefahren", antworte ich, unsicher, ob Olga mich hört.
Nach und nach nehmen sie ihre vorherigen Gespräche wieder auf und ich genieße jeden Bissen, bleibe eine Zuschauerin. Antonio lacht so sehr, dass der Wein in dem Glas, das er in der Hand hält, gefährlich schwappt. Olga, die neben Carl sitzen geblieben ist, schaut auf den Handybildschirm, den er ihr vors Gesicht hält.
"Das ist fantastisch", höre ich sie sagen.
"Das ist widerlich! Das ist keine Kunst, das ist Aktivismus. Der Typ ist gestört", sagt Carl kopfschüttelnd.
"Das kannst du laut sagen! Es hat für Furore gesorgt. Man kennt nur vier Fotos. Ich habe gehört, er wird ausstellen", mischt sich eine von Olgas Freundinnen ein, die ich am meisten mag.
"Wo wird er ausstellen? Hier?"
"Meinst du? Man weiß weder wo noch wann."

Ich beuge mich vor und versuche einen Blick auf das Handy zu erhaschen, neugierig zu erfahren, worüber sie sprechen, aber ich bin zu weit weg.
"Hast du es schon gesehen? Was denkst du?", fragt Olga, die meine Bewegung bemerkt und mir das Gerät reicht.
Auf dem Bildschirm ist ein Foto von zwei nackten Frauen zu sehen, mit Ausnahme der Hijabs, die ihre Köpfe bedecken. Mit dem Rücken zur Kamera auf dem Boden sitzend, überlagert der Körper der einen Frau den Körper der anderen, die wiederum ihr Gesicht in ihrem Nacken versteckt. Das Foto lässt nichts erkennen, regt aber die Fantasie an.
"Von wem ist es?"
"Niemand weiß es", antwortet Antonio, der es allmählich schafft, mit dem Lachen aufzuhören.
"Nein?! Aber wenn niemand weiß, wer es ist, warum geht Carl dann davon aus, dass es ein 'Typ' ist?"
"Es muss ein Mann sein", sagt er bestimmt und wirft mir einen herablassenden Blick zu.
"Natürlich ist es ein Mann! Hast du dir die Fotos genau angesehen?", bekräftigt Olga, nimmt das Handy wieder an sich, um es mir dann mit einem anderen Bild zu reichen. Ein riesiges weißes Tuch, wie man es in Fotostudios verwendet, bildet die Kulisse und kontrastiert mit einem Hintergrund von Bäumen in irgendeinem Wald. Auf dem vertikal gespannten Tuch, das sich wie ein Teppich auf dem Boden fortsetzt, liegen zwei Frauen übereinander. Die Gesichter sind unter einer Kaskade dunkler Locken des Mädchens verborgen, das oben liegt. Der Kontrast der Hautfarbe dominiert alles und

lässt unseren Blick nicht abschweifen. Wieder wird alles angedeutet, aber fast nichts ist zu sehen.

Glücklicherweise scheinen heute alle müde zu sein, und selbst Antonio, der als Letzter geht, verlässt uns vor Mitternacht. Weder ich noch Olga haben die Kraft, irgendetwas aufzuräumen, also muss das Geschirr bis morgen warten.

Wir liegen schon im Bett, als mir einfällt, dass ich nichts mehr über die Geschichte mit der Schülerin gehört habe, die Carl beschuldigt hat. "Gibt es etwas Neues?", frage ich und bringe das Thema zur Sprache.

"Wenn du mich fragst, ich weiß es nicht. Er hat darum gebeten, nicht darüber zu reden. Und ich respektiere das. Er will nicht darüber reden, also redet man nicht darüber, es reicht schon, was passiert ist."

Ich öffne den Mund, um zu sagen, dass man vielleicht in Betracht ziehen sollte, dass das Mädchen die Wahrheit sagt, schließe ihn aber wieder, ohne etwas zu sagen, als ich mich an ihre Reaktion bei unserem letzten Gespräch erinnere. "Was ist Carls Geschichte? Ich erinnere mich, dass du ihn nicht mochtest, als er hierher kam."

Ich richte meinen Kopf auf dem Kissen ein und drehe mich um, damit ich sie ansehen kann, während ich auf eine Antwort warte.

Vielleicht bilde ich es mir nur ein, aber ich habe das Gefühl, dass ihre Augen glänzen, als sie zu sprechen beginnt. "Du hast Recht. Er ist sehr schüchtern und ich dachte, das läge daran, dass er arrogant ist. Überhaupt nicht, er ist ein charmanter Mann. Er redet zwar nicht viel, das stimmt, aber er hat starke Meinungen und weiß alles."

Ich kann das, was sie sagt, nicht mit der Figur von Carl in Einklang bringen, mit dem ich ein Dutzend Mal zu Abend gegessen habe. Er scheint mir ausgelassen und sogar ein wenig grob zu sein, ich habe nie eine Spur von Schüchternheit gesehen, im Gegenteil, aber ich muss mich wohl irren. Ich unterbreche sie nicht und sie fährt fort, ohne Atem holen zu müssen.
"Carl ist ein fantastischer Mensch. Er hatte als Kind ein schweres Leben, weißt du? Er hatte es nie leicht. Er hat seine Mutter verloren und hat ein schwieriges Verhältnis zu seinem Vater. Eigentlich ist sein Bruder die einzige Person, der er vertraut, soweit ich weiß."
"Ist er nicht verheiratet?", unterbreche ich.
"Nein." Die Antwort ist einsilbig und ich habe nicht den Eindruck, dass sie zu diesem speziellen Thema noch etwas sagen möchte.
"Und das Mädchen?"
"Sie wird die Schule verlassen. Sie hat um eine Versetzung gebeten. Siehst du, was ich dir gesagt habe, sie dachte, sie könnte einen Vorteil daraus ziehen und hat sich eine Geschichte ausgedacht. Jetzt, wo es ernst wird, zeigt sie nicht mal ihr Gesicht und geht", sagt Olga mit einer deutlichen Verachtung im Gesicht.
"Du sprichst von einem Mädchen."
"Diese Mädchen wissen mehr als wir, wenn du sie nur sehen würdest."
Für mich reicht es jetzt, über Carl, die Schule und Olgas voreingenommene Meinungen zu reden. Ich täusche ein Gähnen vor und strecke meinen Arm aus, um das Licht der Nachttischlampe auszumachen.

"Gute Idee", höre ich Olga sagen, ohne sofort zu begreifen, was sie damit meint. Fast gleichzeitig schaltet sie ihre Lampe aus und taucht das Zimmer in Dunkelheit.
Ich drehe mich zur Seite, um zu schlafen oder es zumindest zu versuchen. Ich spüre ihre Hand auf meinem Rücken und drehe mich um, um zu sehen, ob sie etwas braucht. Ich werde von einem Kuss überrascht. Sie presst ihre Lippen auf meine und drängt ihre Zunge hinein, wirbelt in meinem Mund herum. Ich schließe meine Augen und konzentriere mich ganz auf den Kuss. Ich spüre die Wärme ihrer Zunge, den leicht säuerlichen Geschmack mit einer Note von Gin und Tabak, das Bein, das sie über meine legt, und die Hand, die hinuntergleitet, um ihre Finger mit meinen zu verschränken.
"Hör auf. Ich bin müde. Mein Kopf tut weh, das muss von der Reise kommen", sage ich, löse meine Lippen, rücke meinen Körper weg und befreie mich aus ihrer Umarmung.
"Wirklich?! Manchmal glaube ich, du hast jemand anderen! Wie lange ist es her? Wochen? Monate?"
"Mach kein Drama daraus, ich bin nur müde", sage ich und streichle ihr übers Gesicht. Mit einer abrupten Geste schüttelt sie meine Hand ab.
"Ich weiß nicht mal, warum du jede Woche noch hierher kommst", sagt sie, steht auf und verlässt das Zimmer, wobei sie die Tür zuschlägt. Ich höre ihre Schritte sich entfernen und merke, dass sie mit jemandem spricht, wahrscheinlich Carl, denke ich.

§

Samstag, 26. Oktober

"Meinst du das ernst? Ist es schon so weit?", meine Schwester schaut mich ungläubig an. Olga ist letzte Nacht ausgegangen und hat sich zumindest bis zu meinem Aufbruch heute nach dem Mittagessen nicht blicken lassen. Ich bin mir sicher, dass nichts passiert ist, sie ist wahrscheinlich bei Antonio oder vielleicht bei Carl, wer weiß.
"Wenn sie denkt, dass ich sie anrufen werde, irrt sie sich gewaltig. Ich werde heute in die Stadt zurückfahren, das ist gut, weil ich so meine Schichten tauschen und morgen Notdienst machen kann, du weißt ja, wie schwierig es immer ist, jemanden für den Sonntag zu finden, sie werden mir dankbar sein", sage ich lachend, mehr aus Nervosität als aus einem anderen Grund.
"Du kannst dem nicht ewig aus dem Weg gehen."
"Vielleicht nicht ewig, aber heute kann ich es."
"Amy, mach das nicht!", unterbricht Carol mit einem Schrei und entsetztem Gesicht, das sich dann in Gelächter auflöst. Ich schaue zurück und kippe meinen Stuhl nach hinten. Durch die weit geöffneten Glastüren kann ich ins Wohnzimmer sehen. Amy hat Ben eine Mütze aufgesetzt und er rennt verwirrt um den Tisch herum und versucht erfolglos, sie loszuwerden. Sie rennt lachend und mit kleinen Freudenschreien hinterher. Ich stehe auf, um dem armen Hund zu Hilfe zu kommen, kann aber nicht umhin, die Kühnheit dieses kleinen Geschöpfs zu bewundern, das noch keine drei Jahre alt ist. Bevor ich die rote Bommelmütze von Bens Kopf nehme, rufe ich Amy und mache ein Foto von ihnen.
Zurück bei ihren Zeichentrickfilmen gibt sie uns eine Atempause, um unser Gespräch wieder aufnehmen zu können. Es entgeht mir nicht, dass Ben sich

unter dem Küchentisch in der Nähe von Carols Füßen hingelegt hat, so weit wie möglich weg von meiner Nichte.
"Wenn du nicht mehr über Olga reden willst, lass mich dir von meiner Show erzählen. Wir haben die fehlende Tänzerin gefunden. Ich war schon am Verzweifeln, habe über ein Dutzend gesehen und keine hatte dieses 'Gewisse Etwas', aber jetzt haben wir sie gefunden. Damit ist das Team komplett. Gott sei Dank", Carol unterbricht sich einen Moment, aber nur lange genug, um Luft zu holen und Wasser zu trinken, "Gott sei Dank, denn wir beginnen nächste Woche mit den Proben, ich merkte schon, dass wir mit einem unvollständigen Tanzensemble vorankamen. Es war wirklich ein Glücksgriff."
"Jemand Bekanntes?", frage ich nach und stütze meine Ellbogen auf den Tisch und mein Kinn in die Hände.
"Nein. Sie hatte vor ein paar Jahren eine Hauptrolle, war aber damit beschäftigt sich von einer Verletzung zu erholen. Soweit ich verstanden habe, war die Verletzung schwer und sie hatte nicht die Betreuung, die sie gebraucht hätte. Alle haben es ihr leicht gemacht, sie selbst auch, in der Annahme, sie würde wieder voll genesen, aber das tat sie nicht. Erst jetzt, Jahre später, erreicht sie wieder ein ähnliches Niveau."
"Toll", sage ich, schon ohne richtig zuzuhören.
"Was ist los, Schwesterherz? Worüber denkst du nach? Du hörst mir gar nicht richtig zu, oder?"
"Ja, ich bin da, ich höre zu. Zum Glück hast du die Tänzerin gefunden, die du brauchtest", sage ich, während ich tief durchatme und aufstehe, um ein

paar Schritte Richtung Fenster zu machen. "Ich habe über das nachgedacht, was du mir über Anna erzählt hast."

"Ah, ich dachte schon, wir würden nie wieder auf dieses Thema kommen", antwortet sie mit einer vermeintlich ernsten Miene, die sie dann in ein verschmitztes Lächeln auflöst. "Willst du ihre Nummer?"

"Hast du die E-Mail Adresse?"

"Machst du Witze? Die E-Mail? Nein, die habe ich nicht. Ruf sie an." Ohne weitere Diskussion greift sie zum Telefon, tippt auf dem Bildschirm herum und ergänzt: "Ich hab dir gerade die Nummer geschickt, ruf sie an!"

Kapitel 14

Sonntag, 27. Oktober

Elizabeth

Kate ist euphorisch und ihre Freundin noch nerviger als sonst. Als ich ankam, merkte ich sofort, dass etwas passiert war, aber es war nicht der richtige Zeitpunkt zum Fragen. Die Rückkehr von den Pyrenäen hat mich erschöpft, wir kamen spät an und alles was ich schaffte, war meinen Rucksack zu Hause abzustellen und hierher zu eilen.

Bevor ich auf die Bühne gehe, erinnere ich mich für einen Moment an die Nacht vorgestern, die Ekstase in seinem Bett und das einsame Erwachen. Als ich zum Frühstück rauskam, dämmerte es gerade. Anscheinend waren Camila und Rafa noch nicht aufgewacht und Mia war noch nicht zurück. Von Jacqueline gab es keine Spur. Ich zog mich an, in Eile dort wegzukommen bevor mich jemand sehen konnte, und rannte fast bis zum Speisesaal. Als ich ankam, sah ich Mia alleine an einem der Tische sitzen. Sie kaute an einem Sandwich und trank ein Glas Milch, mit dem Gesicht von jemandem, der noch nicht geschlafen hatte.

"Geht es dir gut? Geht es ihnen gut? Hast du Jacqueline gesehen?", fragte ich auf einmal, sobald ich nahe genug am Tisch war.

Mia seufzte müde, bevor sie versuchte mir zu antworten. "Es geht ihnen gut. Der Junge hat einen Armbruch. Einer der Eltern hat einen Schlüsselbeinbruch und einen vorderen Kreuzbandriss. Der Zustand des anderen ist ernster, aber die Stabilisierung hat funktioniert. Es war eine offene Fraktur. Er hat viel Blut verloren, kam aber bei Bewusstsein an. Er wurde operiert und es geht ihm gut. Am Ende kam der Junge zu mir und bat mich, der Schokoladen-Ärztin diese Zeichnung zu geben. Er dachte, du wärst Ärztin", schloss sie und holte aus der Tasche ein kleines Blatt Papier hervor, das sie mir reichte.

"Und du?"

"Erschöpft, aber es geht", antwortete sie mir, "Es ist ein gutes Gefühl. Ein Gefühl von erfüllter Mission. Hast du mich nach Dr. Brun gefragt? Ich dachte, du wüsstest es, immerhin bist du mit ihr zurückgekommen."

"Was wissen?", fragte ich ohne zu verstehen worauf sie hinauswollte.

"Heute morgen, sehr früh, ist sie ins Krankenhaus gefahren. Wenn du mich fragst, habe ich nicht ganz verstanden warum, aber sie sagte, sie würde direkt nach Barcelona weiterfahren und einer der anderen Chirurgen, die letzte Nacht operiert haben, würde uns hier im Zentrum treffen."

Ich gehe die Szene in meinem Kopf durch, aber bis jetzt kann ich keinen roten Faden finden. Rafas Klopfen an der Tür, Jacquelines Reaktion und dann ihr Schweigen. Ich erinnere mich daran, gegen die Müdigkeit anzukämpfen, bis ich schließlich unterlag und einschlief. Als ich aufwachte, war ich allein, kein Wort, keine Nachricht, nichts.

Die Show läuft normal ab, obwohl Kate anders zu sein scheint. Als wir fertig sind, bildet sich ein Halbkreis um sie in der Garderobe.

"Was ist passiert?", frage ich eine der Jüngeren, der ich mich in den letzten Wochen angenähert habe, verbunden durch die Tatsache, dass sie Kates Freundin genauso verabscheut wie ich.
"Weißt du es nicht? Kate wurde für die Show ausgewählt."
Ich bin mir sicher, dass mein Erstaunen sich unfreiwillig auf meinem Gesicht zeigt. Die Gefühle sind vielfältig und widersprüchlich. Ich freue mich für sie, dass sie die Gelegenheit hat, wieder auf "echten Bühnen" aufzutreten, wie sie es zu sagen pflegt. Aber andererseits bedeutet das, dass sie nicht mehr hier bei uns sein wird, bei mir.
"Es geht schon nächste Woche los. Sie hatten alles fertig, ich glaube, es fehlte ihnen nur noch, diesen Platz zu vergeben. Die Choreographin ist unglaublich! Sie war Tänzerin..." Kate redet schnell und springt von einem Bein aufs andere, unfähig auf derselben Stelle zu bleiben.
"Du bist die Beste, Schatz! Das wissen alle. Es ist das, was du verdienst und in der nächsten wirst du die Primaballerina sein, schreib auf was ich dir sage."
Wie nervig! Sie redet nur Unsinn, denke ich, während ich mich zwinge wegzuschauen, unwohl wegen der Küsse, die sie Kate gibt. Sie versteht rein gar nichts. Kate wird nicht wieder Primaballerina werden, aber es ist schon viel mehr als man erwarten konnte, dass sie es schafft wieder in so einer Show zu tanzen.
Ich konzentriere mich wieder auf das Gespräch. Die anderen überhäufen Kate mit Fragen und sie zögert nicht, jede einzelne zu beantworten und genießt ihren Moment.

"Carol, Carol irgendwas. Wais glaube ich. Muss ein Künstlername sein. Sie ist Anfang vierzig. Ich habe die Geschichte nicht ganz verstanden und wie ihr euch vorstellen könnt, konnte ich nicht da stehen und tausend Fragen stellen. Ich glaube, sie hat eine kleine Tochter oder so."
"Das muss der Grund gewesen sein, warum sie aufgehört hat zu tanzen. Eine Schwangerschaft ruiniert jede Karriere", sagt eine unserer Kolleginnen schulterzuckend und mit einer verächtlichen Grimasse, als wäre eine Schwangerschaft etwas Schreckliches.
"Nein, nichts dergleichen. Soweit ich von einer der Assistentinnen gehört habe, war sie nicht schwanger, ich glaube, sie hat das Mädchen adoptiert."
Das Gespräch geht weiter und niemand scheint es eilig zu haben zu gehen. Ich hingegen muss mich beeilen. Luiza saß an einem der vorderen Tische. Um diese Zeit muss sie schon wütend werden.
Nach vielen Entschuldigungen und ein paar erzwungenen Küssen als Wiedergutmachung schaffe ich es, sie aus dem Club zu zerren und wir gehen zum Hotel, nicht ohne nass zu werden, denn nicht mal der Regenschirm schafft es, die dicken Tropfen abzuhalten.
Die Hotelbar ist viel voller als letzte Woche. Ich schaue auf die Uhr, es ist fast Mitternacht. Ich bin müde. Ich seufze, sodass sie es nicht bemerkt, und nehme einen Schluck Bier. Ich kann nicht viel trinken, sonst schlafe ich noch hier am Tisch ein, überlege ich. Im Gegensatz dazu scheint Luiza bereits ihr Pensum im Club getrunken zu haben und macht im selben Tempo weiter. Sie gibt Marcus ein Zeichen und bestellt einen Gin.

"Gin? Seit wann trinkst du Gin? Nicht Bier, nicht Wein, Gin?", frage ich erstaunt. Ich glaube, in der ganzen Zeit habe ich Luiza nie etwas anderes als Wein oder Bier trinken sehen. "Ist etwas passiert?"
"Interessiert dich das?", fragt sie barsch und wirft mir einen eiskalten Blick zu.
Zum ersten Mal sehe ich sie heute Abend wirklich an. Sie hat dunkle Ringe und Falten um die Augen. Das Haar ist nicht so gepflegt wie sonst und die Körperhaltung ist steif. Vorhin habe ich dem keine Bedeutung beigemessen, ich dachte, sie wäre sauer, weil ich sie nicht vor der Show begrüßt und ewig gebraucht hatte, bis ich rauskam. Aber jetzt, wo ich sie ansehe, wird mir klar, dass etwas Ernsthafteres passiert sein muss. "Natürlich interessiert mich das. Entschuldige, ich bin müde, wir sind heute erst zurückgekommen und das Praktikum war hart."
"Du hast Recht."
"Recht womit?", frage ich ohne zu verstehen.
Marcus nähert sich und stellt ein Glas Gin vor sie hin. Für einen Moment schaut er mir in die Augen und scheint zu lächeln.
Als er weggeht, nimmt sie einen großzügigen Schluck, seufzt tief und pfeift beim Ausatmen. "Du solltest mit Leuten in deinem Alter zusammen sein. Beim Praktikum, im Club, hier... Du solltest nicht deine Zeit mit mir verschwenden."
"Hör auf mit dem Unsinn", werfe ich ein und streichle ihr Gesicht.
Sie weicht nicht aus, nimmt meine Hand und haucht einen Kuss auf die Handfläche, hält meinen Zeigefinger fest und steckt ihn in einer provokativen Geste, die mich unangenehm berührt, in ihren Mund.

"Ich weiß, dass ich Attribute habe, die dich befriedigen", stellt sie mit gespielter Feierlichkeit fest, "Vielleicht mehr im Geldbeutel als im Körper."
"Du bist grob und ordinär", entgegne ich erstaunt zwischen den Zähnen. Luiza mag nicht die zärtlichste oder sympathischste Frau sein, aber so hat sie sich noch nie verhalten. "Was ist passiert?"
"Es ist nicht wichtig, Liebes. Wir sind hier um Spaß zu haben, nicht um über Probleme zu reden, erinnerst du dich? Neulich hast du mir vorgeworfen, ich wäre deine "Szenen" leid, hast laut und deutlich gesagt, dass sei nicht abgemacht, nun denn, du hast Recht."
Ihre Worte versetzen mich sofort zurück zu jenem Tag, der Streit, der plötzliche Aufbruch, der Whisky, Jacquelines Worte "Ich dachte, du bräuchtest es". Wie sehr ich mir wünschte, die Dinge wären jetzt anders.
Meine Überlegungen unterbrechend scheint Luiza das, was sie gerade gesagt hat, in die Tat umsetzen zu wollen und legt ihre Hand auf mein Bein, drückt es zwischen ihren Fingern. Sie rückt näher an mich heran, legt die Hand in meinen Nacken und küsst mich. Es wäre hinreißend, wenn es nicht erzwungen wäre, ich glaube von beiden Seiten. Als ich meinen Mund von ihrem löse und ein Stück zurückweiche, bemerke ich Marcus reglos auf der anderen Seite der Bar, die Augen fest auf uns gerichtet. Als ob mich etwas anziehen würde, schaue ich ein bisschen weiter nach rechts, auf einem hohen Barhocker sitzend, nur wenige Zentimeter von Marcus entfernt, sitzt niemand anderes als Jacqueline. Sie hält ein Glas Whisky in der Hand und starrt zu uns herüber.
Ohne die Situation zu bemerken, schaut auch Luiza in Marcus' Richtung, hebt die Hand und bestellt noch ein Getränk. "Meinst du nicht, es ist schon

genug? Lass uns hochgehen", sage ich. Sie wird sich sicher noch übel fühlen und außerdem, je schneller wir hier rauskommen, desto besser.
"Das hat mir gerade noch gefehlt, nicht trinken zu dürfen was ich will", entgegnet sie ohne mich anzusehen und zuckt mit den Schultern.
Keine von uns sagt mehr etwas, bis Marcus sich nähert. Er nimmt die leeren Gläser weg und stellt einen weiteren Gin auf den Tisch. Ich bemerke, dass ich erwartet hatte, er würde auch einen Whisky bringen, aber nein. Ich drehe den Kopf wieder Richtung Bar, Jacqueline ist verschwunden. Der Hocker ist leer und das fast volle Glas steht noch auf der Bar.
Ich gehe mit Luiza hoch ins Zimmer und lasse zu, dass sie tut was sie will, versuche genug zu erwidern, um keinen Streit zu provozieren. Die Menge Alkohol, die sie getrunken hat, spielt zu meinen Gunsten und die Situation zieht sich nicht lange hin. Als sie fertig ist, legt sie sich neben mich. Wir liegen nackt auf dem Rücken und starren an die Decke, ohne ein Wort zu sagen. Ich weiß immer noch nicht was los ist, aber es ist nicht der richtige Moment um nachzuhaken.
Irgendwann später steht sie auf, geht ins Bad und als sie rauskommt ist sie komplett angezogen. "Du gehst?", frage ich überrascht, als ich sehe, dass noch nicht mal eine Stunde vergangen ist seit wir angekommen sind.
"Ja. Du kannst hier schlafen, wenn du willst." Ohne mehr, ohne sich zu verabschieden oder eine Erklärung abzugeben, geht sie und schließt leise die Tür.
Ich bleibe reglos liegen, nackt auf dem Bett. Ich ziehe die Decke bis zum Hals hoch und genieße den weichen Kontakt der Baumwolle auf der Haut. Ich wäge meine Optionen ab, ich könnte duschen und nach Hause gehen,

Gloria ist sicher noch wach, zwischen ihren Fotos. Ich könnte versuchen Jacqueline zu finden, wir müssten reden, vielleicht hat Marcus irgendeine Kontaktmöglichkeit. Oder ich kann einfach die Augen schließen und das tun, wonach mein Körper verlangt, schlafen.

Ich wache auf, ohne zu wissen, wie spät es ist. Ich greife nach dem Handy, es ist kurz nach drei Uhr morgens, tatsächlich habe ich nur eine halbe Stunde geschlafen. Ich stehe auf, nehme eine Dusche und gehe nach unten. Als ich gerade die Halle durchquere, schon nahe der Tür, beschließe ich nachzusehen, ob die Bar noch geöffnet ist. Ich halte abrupt an und drehe mich entschlossen um. Der Saal ist leer und Marcus richtet hinterm Tresen etwas her. Er ist gebückt, mit gesenktem Kopf, sodass er mich nicht kommen sieht. Er erschrickt heftig, als er aufsteht und mir direkt gegenübersteht.

"Entschuldige, ich wollte dich nicht erschrecken."

Er lächelt und reibt sich kräftig den Ellbogen, der bei der plötzlichen Bewegung gegen das Holz des Tresens gestoßen ist.

"Das muss wehgetan haben", sage ich lachend, "Vielleicht hilft ein Drink."

Marcus lacht mit mir und schenkt zwei Whiskys in kleine Gläser ein, die ich noch nie gesehen habe. "Nur um die Nacht zu beenden und meinen Ellbogenschmerz zu lindern", sagt er weiter lächelnd.

Ich setze mich auf einen der Hocker und er lehnt sich gegen den Tresen. Ich bin mir sicher, dass er weiß, was los ist, aber glücklicherweise erwähnt er Luiza nicht und ich sage auch nichts. Ich würde ihn gerne nach Jacqueline fragen, aber ich weiß nicht, wie ich anfangen soll. Als ob er meine Gedanken lesen würde, ist er es, der vorangeht. "Sie kommt oft hierher. Sonntags immer."

Weder er noch ich beziehen uns explizit auf die Person, um die es geht, da wir uns sicher sind, dass wir beide wissen, wer gemeint ist.

"Ich hätte gerne mit ihr gesprochen."

"Du warst in Begleitung", stellt er fest, als wäre es nötig.

"Ich weiß."

"Bist du Tänzerin?"

"Unter anderem", antworte ich erstaunt und hoffe, dass das Thema sich nicht weiterentwickelt. Wie ist er zu diesem Schluss gekommen?

"Sie ist Orthopädin."

"Ich weiß..."

Kapitel 15

Montag, 28. Oktober

Jacqueline

Ich wache früh auf, zu früh. Ich genieße die Stille meiner kleinen Wohnung, meines Zufluchtsorts, in Wirklichkeit meines Zuhauses. Ich stehe auf, strecke mich und gehe langsam ins Bad. Ich schaue in den Spiegel und putze mir mit der gleichen Langsamkeit die Zähne, als wäre es eine Verlängerung des Schlafs, der sich weigert, mich erwachen zu lassen. Unter dem lauwarmen Wasser vergeht die Lethargie und macht einer mehr als willkommenen Energie Platz. Ich lasse meine Gedanken schweifen und werde von verstreuten und zusammenhanglosen Bildern überschwemmt, meine Schwester, Olga, Marcus, die Bar gestern Abend. Das Bild von Elizabeth, wie sie sich küsst, weigert sich zu verschwinden und hat die Macht, mich zutiefst zu irritieren. Ich spüre, wie mein Herz sich beschleunigt und ein schwer zu erklärendes Druckgefühl in der Brust entsteht. Was kümmert es mich? Ich kenne sie nicht, noch will ich sie kennenlernen. Sie ist eine Schülerin, ein One-Night-Stand wie so viele andere, deren Namen ich nicht einmal kannte. Was macht es schon, ob sie eine andere Frau oder tausend hat?

Ich stelle das Wasser ab und reibe mir den Körper energisch mit dem Handtuch ab, als könnte die Kraft der Gesten den Gedankenwirbel beruhigen.
Ich komme kurz vor acht im Krankenhaus an. Der Kollege, den ich ablöse, informiert mich, dass alles ruhig ist, fast zu ruhig, wie er selbst sagt, niemand wurde während der Nacht in unseren Block eingeliefert, und die Patienten, die bereits operiert wurden, sind stabil. Nichts wie eine ruhige Nacht, um einen stürmischen Tag vorauszusagen. Stundenlang habe ich keine Zeit, an etwas anderes zu denken als an das, was um mich herum geschieht. Auf der Autobahn gab es einen Unfall und es kommen mehrere Krankenwagen. Kurz darauf wird ein Teenagermädchen, Opfer eines Reitunfalls, eingeliefert. Ich renne hin und her, rein und raus, mit einer Ruhe, die mich in diesen Momenten überkommt und es mir ermöglicht, mein Bestes zu geben.
Es ist halb sechs am Nachmittag, als ich mich endlich in der Bar zum Mittagessen hinsetze. Der Sturm scheint eine Atempause eingelegt zu haben. Ich esse die Suppe gierig, da mir bewusst wird, dass ich seit dem Frühstück vor vielen Stunden nichts mehr gegessen habe. Ich hole das Handy aus der Tasche meines Kittels und überprüfe die Nachrichten. Eine von meiner Schwester, die wissen will, wie es mir geht, eine andere von dem Kollegen, den ich heute Morgen abgelöst habe, mit einer Nachricht über ein Antibiotikum, das er einer Patientin verschrieben hat, und sonst nichts. Keine Nachricht von Olga. Nicht dass ich einen Vergleichspunkt hätte, um sagen zu können, ob dies nach einem Streit ein normales Verhalten ist oder nicht, denn wir streiten nicht. In dieser ganzen Zeit erinnere ich mich an keine ähnliche Situation. Ich schiebe den letzten Löffel Gelee in den Mund

und lasse ihn ohne zu kauen auf der Zunge rollen. Schließlich schlucke ich ihn und genieße die Süße mit einem Lächeln.

In der Schlange für den Kaffee stehend, beschließe ich, sie anzurufen, ich weiß, dass es mir besser gehen wird, wenn ich weiß, dass es ihr gut geht. Ich drücke auf ihren Namen und das Telefon gibt das Freizeichen. Es klingelt sechs- oder siebenmal und nichts. Ich lege auf und rufe erneut an. Diesmal wird der Anruf mit einer automatischen Nachricht abgewiesen: "Jetzt kann ich nicht rangehen." Zumindest lebt sie, denke ich, während ich das Gerät wieder in die Tasche stecke, verärgert über ihre Arroganz. Was bezweckt sie?

Die Ruhe hält nicht lange an, und noch bevor ich den Kaffee ausgetrunken habe, höre ich meinen Namen über die Krankenhauslautsprecher in die Notaufnahme gerufen. Ich lege den Weg in schnellem Tempo zurück, in einigen Fluren sogar rennend. Ich betrete den Saal und treffe auf Mia, sie hat Bereitschaftsdienst in der Neurochirurgie, was für ein glücklicher Zufall, denke ich.

"Dr. Brun", der Ton ist zugleich Begrüßung und Ausruf für das, was folgt, "Wir müssen dieses Mädchen jetzt in den OP bringen. Sie ist auf einen Baum geklettert und abgerutscht. Auf dem Weg hierher verlor sie im Krankenwagen das Bewusstsein. Sie muss eine intrakranielle Blutung haben, die auf das Gehirn drückt. Die Mutter ist in Panik, sie sagt, sie konnte die Beine nicht spüren..."

"Ganz ruhig, Mia, ganz ruhig. Wir gehen jetzt in den OP. Wer ist von der Neurologie da?"

"Mein Chef und ich."

Die Operation ist kompliziert, verläuft aber ohne Zwischenfälle. Sie drainieren die Blutung problemlos, schließlich ist sie nicht so groß, wie es auf den Bildern aussah. Sie hat eine Fraktur in L3 und L4, die stabilisiert werden muss, aber es scheint keine weiteren Verletzungen zu geben. Ich glaube, wir schaffen das. Schritt für Schritt, vorsichtig, komme ich mit der Fixierung voran und unterhalte mich mit meinem Kollegen. Er ist schon seit Jahren im Krankenhaus, ist Barça-Fan, weshalb das Thema immer dasselbe ist. Wir tauschen Witze aus und lachen über unsere eigenen Kommentare.

Aus dem Nichts ertönt Mias Stimme: "Sie wird kollabieren. Der Blutdruck stürzt ab und der Puls schnellt in die Höhe." Mia spricht so schnell, dass die Anästhesistin keine Zeit hat, zuerst zu reagieren, und als sie es tut, sagt sie nichts anderes, als das zu wiederholen, was Mia gerade gesagt hat. Über den Stimmen sind die Pieptöne der Alarme zu hören, die alle gleichzeitig losgehen.

Das Gespräch verstummt, das Lachen wird von der Eiseskälte des Moments gebrochen.

"Es ist nicht die Wirbelsäule. Ich bin fertig und das Feld ist sauber. Hat sie wieder im Schädel geblutet?"

"Die Drainage hat nichts."

Wir schauen uns an, was eine Ewigkeit zu dauern scheint, aber in Wirklichkeit sind es nur ein paar Sekunden.

"Milz", ist Mia zu hören, "Es kann nur eine Milzruptur sein, die uns entgangen ist."

Es ist keine Zeit für Untersuchungen oder um jemanden von der Allgemeinchirurgie zu rufen. "Du musst recht haben, gehen wir vor?" Die Frage richtet sich an meinen Kollegen.
"Du gehst vor und ich assistiere dir?"
"Ja. Eine Einheit Blut am Laufen."
Die folgenden Momente sind stressig, aber nach und nach atmen alle wieder durch. Das Schwierigste ist, den richtigen Zugangswinkel zu haben, da die Position für eine Splenektomie alles andere als konventionell ist.
"Milz draußen. Arterien abgebunden. Ich sehe keine Verluste", sage ich laut.
"Blutdruck normalisiert sich, Puls bei 140 Schlägen pro Minute. Regelmäßiger Rhythmus", informiert die Anästhesistin.
"Wir haben es geschafft. Hast du das schon mal gemacht?", fragt er und bittet darum, ihm den Schweiß von der Stirn zu wischen.
"Ja. Bei Einsätzen können wir es nicht anders machen, wir sind nur wenige und machen schließlich das, was getan werden muss", antworte ich ohne auszuholen. "Herzlichen Glückwunsch, Mia. Deine Aufmerksamkeit hat diesem Mädchen das Leben gerettet", sage ich und schaue ihr in die Augen.
"Ja, Mia, herzlichen Glückwunsch. Jeden Tag erinnerst du mich mehr an deine Mutter", sagt er und schenkt ihr ein Lächeln. "Mias Mutter und ich waren Kommilitonen und zusammen im Praktikum. Ich habe Mia noch als Baby kennengelernt, wer hätte gedacht, dass wir zusammen im OP stehen würden?" Ich schaue ihn an und sehe, dass er Tränen in den Augen hat, die im Kontrast zu dem Lächeln stehen, das er zeigt.

Wir verlassen den OP gegen elf Uhr abends, die meisten aus dem Team zerstreuen sich und ich bleibe schließlich allein mit Mia. "Ein glückliches Ende. Essen wir etwas, um zu feiern?", frage ich.
"Klar, ich sterbe vor Hunger", antwortet sie ohne nachzudenken, "Ich meine, natürlich nehme ich an."
"Deine Mutter war auch immer am Verhungern", gebe ich lachend zurück.
Wir kehren zurück in die Bar, die jetzt fast leer ist. Ich hole eine weitere Schüssel Suppe und ein weiteres Erdbeergelee, womit ich das vorherige Essen nachstelle. Mia ist eine interessierte Zuhörerin und hört nicht auf, Fragen zu stellen, zuerst über die Operation, dann über meine Einsätze, bis das Gespräch unweigerlich zu ihrer Mutter kommt.
"Was ist mit deiner Großmutter passiert? Lebt sie noch?"
"Sie ist vor zwei Jahren gestorben."
"Hat sie auf den Tod deiner Mutter reagiert?", ich weiß, dass ich solche Fragen wahrscheinlich nicht stellen sollte, aber es ist stärker als ich, und Mia scheint es nichts auszumachen, darüber zu sprechen.
"Wir haben es ihr eine Zeit lang nicht gesagt. Mama war weg, sie haben sich kaum gesehen, und wir gingen davon aus, dass sie den Unterschied nicht bemerken würde. Ein paar Monate später war ich dort zu Hause, wie ich es oft tat, und sie fragte mich direkt: 'Wie ist deine Mutter gestorben?' Stell dir meinen Schock vor, als diese Frage so aus dem Nichts kam."
"Woher wusste sie es?"
"Ich weiß es nicht, wir konnten es nie verstehen. Ich weiß nicht, ob sie ein Gespräch mitgehört hat, ob sie es geahnt hat, ich weiß es nicht."

"Und du? Was hast du ihr gesagt?", ich höre auf zu essen und richte meine Aufmerksamkeit auf jede Bewegung von Mia, jeden Blick, jeden Ausdruck in ihrem Gesicht.
"Die Wahrheit", antwortet sie und lässt eine Stille einkehren. "Ich habe ihr genau erzählt, was passiert war, mit allen Details, die ich wusste. Ich habe sie nicht geschont, weil ich verstanden habe, dass sie das nicht wollte, nicht konnte, geschont zu werden."
"Und sie?", unterbreche ich, ohne meine Ungeduld zu zügeln. Ich höre Mia von der Großmutter erzählen und in jedem Satz sehe ich das Bild meiner Mutter.
"Sie hörte zu und sprach mit einer Klarheit, von der ich nicht mehr wusste, dass sie existierte. Über zwei Stunden lang erzählte sie mir von meiner Mutter, Geschichten aus der Kindheit, reflektierte darüber, wie ihr Leben gewesen war und wie sie sich entfernt hatte. Sie sagte mir, die Krankheit sei für meine Mutter viel härter gewesen als für sie selbst, mit einem Bewusstsein für die Tatsachen, das schwer vorstellbar ist. Wir wissen wirklich nichts über diese Krankheit."
"Das stimmt", stelle ich fest und nicke leicht mit dem Kopf. "Wir sind weit davon entfernt zu verstehen, was passiert oder wie es passiert", murmele ich zu mir selbst.
"Nach diesem Nachmittag gab es viele Tage, an denen sie nach meiner Mutter fragte, als würde sie zur Tür hereinkommen, ohne jeglichen Begriff von der Realität, ohne jede Erinnerung an unser Gespräch. Aber im Laufe der Jahre gab es auch Momente, in denen sie mit vollkommener Hellsichtigkeit mit mir sprach, und die waren alle anderen wert. In den

Gesprächen mit ihr erlaubte ich mir zu leiden und zu weinen, teilte mein Innerstes mit der Vorstellung, dass nur dieser Moment existierte, die Gegenwart. Sie starb vor zwei Jahren, und ich vermisse sie jeden Tag", lässt sie eine Träne rollen und beeilt sich, sich mit der Hand übers Gesicht zu wischen.

"Danke, dass du es mir erzählt hast", sage ich, ohne zu wissen, was ich noch hinzufügen soll.

Mia ging zurück in die Neurochirurgie und ich in die Notaufnahme. Die Dinge bleiben ruhig und ich glaube, ich werde ein paar Stunden schlafen können. Gegen eins betrete ich den Ruheraum, schließe die Tür, ziehe meinen Kittel aus und lege mich angezogen aufs Bett. Wenn sie mich brauchen, rufen sie mich an, denke ich, als ich die Augen schließe. Ich öffne sie sofort wieder. Ich werde Anna anrufen, ich muss mit ihr sprechen. Die Dringlichkeit kommt auf, ohne dass ich merke, woher. Das Gespräch mit Mia, die Worte meiner Mutter, die Diskussion mit Olga? Ich weiß es nicht, ich weiß nur, dass ich mit Anna sprechen muss. Ich greife zum Telefon und sehe die Nummer, die meine Schwester mir geschickt hat. Ich drücke auf den Bildschirm und speichere sie, indem ich einfach "Anna" schreibe, es wird nie eine andere geben.

Ich starre auf die Zahlen, ohne den Mut zu haben, den Anruf zu tätigen. Was soll ich ihr sagen? Ich schaue auf die Uhr, es ist spät, sie muss schlafen. Ich finde genügend Ausreden, um mich davon abzuhalten anzurufen, und entscheide mich stattdessen, eine Nachricht zu schicken. Ich schreibe und lösche tausend Mal, bevor ich sie abschicke, aber am Ende nehme ich meinen Mut zusammen und drücke die Taste.

Ich richte die Decke und versuche zu schlafen. Minuten später vibriert das Telefon und mein Herz rast. Ich greife mit beiden Händen nach dem Telefon und schließe die Augen, bevor ich sie öffne und auf den Bildschirm schaue. Es ist meine Schwester. Eine Nachricht, in der sie fragt, ob es mir gut geht, ob ich Neuigkeiten von Olga habe. Ich seufze enttäuscht, aber am Ende antworte ich, schließlich kann sie nichts dafür. Kurz darauf eine neue Nachricht, die mich informiert, dass sie Olga heute Nachmittag auf der Straße begegnet ist, anscheinend hat sie sie nicht gesehen oder so getan, als hätte sie sie nicht gesehen, aber sie schien es gut zu gehen. Umso besser, denke ich und schicke eine weitere Nachricht, diesmal nur mit einem Emoji. Ich wache auf, als das Tageslicht den Raum erfüllt. Wie spät ist es? Sieben. Ich strecke Beine und Arme, bevor ich die Füße auf den Boden stelle. Ich nutze die Ruhe, um zu duschen und einen gewaschenen Kittel anzuziehen. Ich gehe in einer Stunde von hier weg, aber man weiß nie, wann Notfälle auftreten. Ich gehe durch die Tür, draußen hat ein weiterer Arbeitstag begonnen. Die Krankenschwestern machen die Schichtübergabe, also unterbreche ich nicht, mache nur eine Geste, um anzuzeigen, dass ich etwas essen gehe und gleich wieder da bin.

Diesmal entscheide ich mich, nicht in die Bar zu gehen, und setze mich in den Speisesaal, hole einen Kaffee aus dem Automaten und eine Packung Kekse aus dem Schrank. Ich kaue langsam und schaue automatisch auf mein Handy, ich weiß nicht, wann ich heute beim Programm sein muss. Ein Umschlag in der Ecke des Bildschirms zeigt an, dass es neue Nachrichten gibt. Ohne nachzudenken, drücke ich, um sie zu lesen.

"Was für eine Überraschung! Natürlich, lass uns reden, wann immer du möchtest. Ich wohne in Barcelona, hier oben, neben der Caixa Cosmo. Sag mir, wie und wann du dich treffen möchtest." "Ich habe mich gefreut, deine Nachricht zu bekommen. Ich hoffe, es geht dir gut. Ich hatte gehofft, dich beim Abendessen der Schule zu treffen, aber ich sehe, dass es Dinge gibt, die sich nicht ändern." Zwei Nachrichten von Anna. Als mir bewusst wird, was ich da lese, habe ich sie schon gelesen. Es ist wie ein Sprung ins Meer ohne Vorbereitung, die Gefühle kommen erst nach dem Schock des kalten Wassers.

Sie hat geantwortet. Sie will sich mit mir treffen. Sie dachte, ich wäre beim Abendessen der Schule dabei. Nach und nach wiederhole ich für mich selbst die Sätze, die sie geschrieben hat, und versuche, ihre Bedeutung zu erfassen. "Mittwochnachmittag im Café der Caixa Cosmo?", frage ich und schicke die Nachricht ab, diesmal ohne zu löschen und ohne nachzudenken.

Die Antwort kommt sofort: "Okay, ich bin um fünf dort. Glaubst du, du wirst mich erkennen?" Die Frage ist rhetorisch, aber sie erinnert mich daran, wer Anna ist oder war.

Kapitel 16

Dienstag, 29. Oktober

Elizabeth

Die Woche scheint nicht zu vergehen. Ich betrete den Raum zehn Minuten nach acht, und natürlich hat der Unterricht bereits begonnen.

"Wenn es mehrere Opfer gibt, muss zuerst priorisiert werden, die Dringlichkeit der Lage muss eingeschätzt werden, und vergessen Sie nie, alle verfügbare Hilfe anzufordern." Jacqueline spricht in ihrem ruhigen und bestimmten Tonfall, gestikuliert, während sie bei detaillierteren Erklärungen zu dem einen oder anderen Thema verweilt. Sie ist blass und hat Augenringe wie jemand, der nicht geschlafen hat. Auf dem Bildschirm erscheinen Fotos von irgendeinem Autorennen. Eine Masse von Autos, die so verbeult sind, dass sie fast nicht wiederzuerkennen sind, verbirgt menschliche Körper.

Anscheinend hat sie mein Eintreten nicht bemerkt. Ich seufze erleichtert und setze mich in die hintere Reihe. Es ist ein krasser Irrtum zu glauben, dass sie mich nicht gesehen hat oder dass sie es mir leicht machen wird

"An die Journalisten im Raum", beginnt sie und lässt mich mich sofort zutiefst unwohl fühlen. Was hat sie wohl gesagt, bevor ich hereinkam? Wie werde ich in der Lage sein, irgendetwas zu antworten? "Was haltet ihr von den Fotos? Drücken sie aus, was passiert ist? Sind sie nützlich? In welchem

Zusammenhang?"
"Sie sind reißerisch", antwortet Rafael, obwohl die Frage nicht an ihn gerichtet ist.
"Vielleicht, Pérez. Vielleicht stimme ich dir zu. Oder auch nicht. Was hast du zu sagen, Meyer? Hat dieser Fotojournalist gute oder schlechte Arbeit geleistet?"
Die Bilder sind schockierend und erschreckend, aber sie wirken echt. "Wenn es passiert ist, muss es gezeigt werden", ist das Erste, was mir in den Sinn kommt und was ich ohne viel Nachdenken ausspreche.
"Wirklich? Also ist alles erlaubt? Identitäten preisgeben? Familien schockieren? Ist es das? Um die Wahrheit zu zeigen, setzen wir uns über alles hinweg?"
"Nein, das wollte ich nicht sagen."
"Aber genau das hast du gesagt. Vielleicht solltest du anfangen zu denken, bevor du sprichst."
Ich glaube, der Kommentar hat nichts mit dem Unterricht zu tun, aber ich muss versuchen, mich so gut wie möglich zu verteidigen.
"Vielleicht habe ich mich falsch ausgedrückt. Ich glaube, ich habe mir nicht genug Zeit genommen, um meine Worte abzuwägen."
"Im Einsatz gibt es wenig Zeit zum Nachdenken. Ihr müsst lernen, euren Instinkten zu vertrauen und schnell zu reagieren. Gleichzeitig muss euer Team wissen, dass es euch vertrauen kann. Es gibt keine Zeit für Entschuldigungen, es gibt keine zweiten Chancen."
Ich wünschte, ich hätte den Mut aufzustehen und den Raum zu verlassen, aber ich weiß, dass das ein Weg ohne Wiederkehr ist. Ich atme tief durch,

erinnere mich an die Meditationstechniken, die wir vor den Spielen angewendet haben, und versuche mich zu beruhigen. Das Gespräch ist noch lange nicht beendet.

"Komm schon, Meyer, eine zweite Chance. Sind diese Fotos gute oder schlechte Arbeit?", Jacqueline schaut mich direkt an und ich spüre, wie Hitze in mein Gesicht und meinen Hals steigt. Ich weiß, dass alle mich beobachten, was mich noch unbehaglicher macht, wenn das überhaupt möglich ist. Es sind noch zwei weitere Journalisten im Raum, aber es scheint, als ob das Gespräch gar nicht mit ihnen geführt wird, und sie halten sich völlig still.

"Es kommt auf den Kontext an, die Perspektive", stammele ich ohne Überzeugung.

"Du klingst wie ein Politiker", wirft Rafael mit einem beißenden Lachen ein.

"Ruhe, lass Meyer ausreden", lässt sich Jacqueline vernehmen, die, während sie spricht, einen Finger vor die Lippen hält, eine Geste, die ihren Worten entspricht.

"Es hängt wirklich vom Kontext ab. Wenn diese Bilder fürs Fernsehen oder für die Titelseite einer Zeitung wären, sind sie schlecht. Sie sind nur schockierend. Aber sie können nützlich sein als Lernmaterial, um Szenarien zu erstellen, Herangehensweisen zu planen. Das, was Sie uns erklärt haben."

"Ich glaube, du hast nichts von dem gehört, was ich erklärt habe, schließlich bist du zu spät gekommen. Wie übrigens immer", fügt sie hinzu, bevor sie fortfährt. "Wir können die Bilder nicht nach dem Kontext beurteilen. Die Person, die sie gemacht hat, war dort, hat die Kamera gegriffen und abgedrückt, hat den Moment fixiert. Entweder sind wir einverstanden oder nicht, es gibt keinen Spielraum für vielleicht. Eines Tages werdet ihr

diejenigen sein, die im Feld stehen und entscheiden müssen, ob sie den Auslöser drücken oder nicht, es wird keine Zeit für Dilemmata geben."
"Wenn das so ist, denke ich, müssen wir zu dem Schluss kommen, dass sie nicht hätten gemacht werden sollen", murmele ich zwischen den Zähnen.
"Du kannst lauter sprechen, ich verstehe dich nicht."
Die Köpfe drehen sich wieder in meine Richtung. "Diese Bilder hätten nicht gemacht werden sollen", sage ich jetzt in einem hörbaren Ton.
"Natürlich hätten sie das! Sie sind Teil der Geschichte, spiegeln eine harte Realität wider, die aber nicht weniger wahr ist. Es geht nicht darum zu fotografieren, sondern um das, was wir bearbeiten, die Art und Weise, wie wir andere unsere Arbeit sehen lassen", fährt Jacqueline fort und erklärt den Unterschied zwischen dem Erfassen der Bilder, ihrer Bearbeitung und Veröffentlichung sowie alle notwendigen Vorsichtsmaßnahmen. Wenn ich mich nicht so zutiefst unwissend und gleichzeitig so exponiert fühlen würde, wäre mir die technische Art und Weise aufgefallen, wie sie über Fotografie, Ethik und die Vermischung von beidem spricht.
Es ist Zeit für die Pause und ich bleibe sitzen, warte darauf, dass alle gehen, in der Hoffnung, mit ihr sprechen zu können. Sie durchquert den Raum und geht zentimeterweit an meinem Tisch vorbei, ohne mich je anzusehen. Ich stehe auf, mache ein paar schnelle Schritte zur Tür und versperre ihr den Weg: "Wir müssen reden", ich schiebe die Haare zurück, die mir ständig in die Augen fallen, und sehe sie an.
"Worüber reden, Meyer? Ich erinnere mich nicht, dass wir irgendeine Angelegenheit haben. Wenn ich dir einen Rat geben darf: Du solltest nicht zu spät kommen, sonst wirst du am Ende bestraft. Jetzt entschuldige mich,

aber ich habe keine Zeit zum Plaudern. Ich möchte einen Kaffee trinken gehen", sie weicht mir aus und geht in den Flur.

Ich setze mich wieder auf meinen Stuhl, verschränke die Arme auf dem Tisch und lege den Kopf darauf, verstecke mein Gesicht. Es dauert nicht lange, bis ich eine Hand auf meiner Schulter spüre. Ich schrecke hoch.

"Rafael!?"

"Hast du jemand anderen erwartet?", fragt er sofort, als hätte er den Satz schon vorbereitet.

"Nein. Du hast mich erschreckt."

"Komm, lass uns einen Kaffee trinken gehen. Ich lade dich ein. Ich muss mit dir reden."

"Jetzt nicht. Ich muss noch etwas vorbereiten, bevor es weitergeht. Wir reden später."

"Du verstehst nicht. Ich will jetzt mit dir reden! Lass uns einen Kaffee trinken gehen." Rafael schiebt meinen Stuhl zurück und zwingt mich aufzustehen.

"Was machst du da? Was ist die Eile?" Wenn es mir vorher schon nicht gut ging, bin ich jetzt wirklich wütend. Wer glaubt dieser Typ, wer er ist?

Trotz meiner Kommentare auf dem Weg zur Bar sagt er kein Wort mehr, bis wir sitzen.

"Ich brauche deine Hilfe", sagt er in einem freundlicheren Ton.

"Schöne Art, jemanden um Hilfe zu bitten! Was willst du? Soweit ich weiß, gibt es keine Kommunikationsprüfung mehr, oder habe ich etwas verpasst?"

Bevor ich ihm Zeit zum Antworten gebe, fahre ich im gleichen Maß an Irritation fort: "Ich verstehe nicht, warum du, der große Rafael Pérez, von

jemandem wie mir abschreiben musst!" Ich schüttele den Kopf und bringe meine Verwirrung zum Ausdruck: "Ich verstehe es wirklich nicht!"
"Danke, ich wusste, dass ich dir vertrauen kann", antwortet er, als wäre es ein völlig banales Thema. "Dieses Mal brauche ich etwas anderes. Weißt du von dem Abendessen, diesen Samstag um acht?"
"Klar, aber ich gehe nicht hin", sage ich sofort. "Es ist eine elegante Veranstaltung und außerdem habe ich eine andere Verpflichtung."
"Kann ich mir vorstellen. Aber du wirst nicht tanzen können. Du musst zum Abendessen kommen."
"Warum das jetzt?", frage ich überrascht.
"Du kommst mit mir, als meine Freundin."
Ich verschlucke mich und spritze durch das Husten Kaffeetropfen auf den Tisch. "Was!?" Ich kann seine Worte nicht richtig verstanden haben. In dem wenig beredten Moment meines Hustenanfalls geht Jacqueline hinter Rafaels Stuhl durch den Raum und wirft mir einen missbilligenden Blick zu.
"Genau das, was ich gesagt habe. Mein Vater wird bei dem Abendessen sein und ich möchte, dass du dich als meine Freundin vorstellst. Es ist wichtig, dass alle es glauben, deshalb ist es am besten, wenn wir gleich anfangen."
Er legt seine Hand auf meine und beugt sich zu meinem Hals, flüstert: "Es ist nur eine Farce, mach dir keine Sorgen."
Ohne mich zu bewegen, schaue ich über seine Schulter und sehe Jacqueline ein paar Tische entfernt sitzen, den Blick starr auf uns gerichtet.
Ich rücke weit genug weg, um ihn ansehen zu können. "Was ist hier eigentlich los? Wirst du es mir erklären oder glaubst du, ich mache so eine Dummheit, einfach so?"

"Du wirst es tun, weil wir Freunde sind, erinnerst du dich? Ich glaube, auf der Fahrt in die Berge sind wir noch bessere Freunde geworden, wenn du verstehst, was ich meine.", sagt er und blickt flüchtig in Jacquelines Richtung.

§

Ich komme früh nach Hause, es ist noch nicht sieben. Selten habe ich die Wohnung für mich allein. Ich genieße die Stille, lasse die Badewanne volllaufen und lege mich in das heiße Wasser, in dem Versuch, jede Minute dieses Tages zu vergessen. Ich lasse die Muskeln entspannen und schaffe es allmählich, langsamer zu atmen. Vielleicht sollte ich das Programm abbrechen. Wahrscheinlich werde ich nie für irgendetwas ausgewählt werden, zwischen Grassis mangelnder Empathie und Jacquelines Hass habe ich keine Chance. Ich gleite nach unten und lasse das Wasser mein Gesicht bedecken, halte den Atem an. Als Kind habe ich oft so gespielt und versucht, immer länger unter Wasser zu bleiben.

Als ich, bereits angezogen, mit Füßen in Wollsocken und nassen Haaren, ins Wohnzimmer zurückkehre, sehe ich, dass Gloria nicht nur schon da ist, sondern auch in der Küche etwas zubereitet.

"Guten Abend, Prinzessin. Warst du nicht beim Training?", fragt sie mich anschauend. "Was hast du gemacht? Ich habe dich mehrmals angerufen, aber nichts, ich dachte schon, dir sei etwas passiert. Ich habe die Badezimmertür geöffnet, aber du hast es nicht einmal bemerkt. Hast du Taucherli gespielt?", fragt sie lächelnd. "Ist das Teil des Trainings? Habt ihr auch Unterwassermissionen?", fährt sie fort und bricht in Gelächter aus, das mich ansteckt.

Das Lachen hat die Wirkung, dass ich mich endlich entspanne, die Schultern lockern sich und der Schmerz in der Brust lässt endlich nach. Ich stelle die Teller auf die Arbeitsfläche, während sie die Pasta fertig macht. Ich öffne eine Flasche Wein und gieße eine kleine Menge in unsere Gläser und reiche ihr eines.

"Wein? Heute?"

"Ich brauche ihn", und noch bevor sie fragen kann, warum, fasse ich meinen Tag zusammen.

"Ich verstehe es nicht, es ergibt keinen Sinn."

"Ich auch nicht. Ich bin es leid, mir darüber den Kopf zu zerbrechen, es muss eine logische Erklärung geben. Erst die Geschichte mit der Prüfung, jetzt das. Warum? Und warum mit mir? Den anderen gegenüber verhält er sich scheinbar normal."

"Glaubst du, er ist schwul?"

"Schwul?", wiederhole ich, von der Frage überrascht. "Er macht ständig mit allen Frauen rum. Ich habe sogar schon jemanden etwas über seine Freundin fragen hören."

"Und findest du es nicht seltsam, dass er dich bittet, mit ihm auf diese Party zu gehen, wenn er eine Freundin hätte?"

Ich gebe Gloria den Vorteil des Zweifels und denke einen Moment lang über die Möglichkeit nach, die sie gerade angesprochen hat. "Nein, ich glaube nicht. Camila kennt ihn schon ewig. Außerdem erklärt das nichts über die Prüfung. Es ist sehr seltsam, er ist einer der Besten, er muss nicht von mir oder sonst jemandem abschreiben."

"Gehst du zu der Party?"

"Was für eine blöde Frage, natürlich nicht!"

"Glaubst du, er hat gemerkt, was passiert ist?"

"Was ist wo passiert? Was meinst du? Glaubst du, er bedroht Jacqueline?", plötzlich tauchen tausend unbeantwortete Fragen in meinem Kopf auf. Ob Rafael gemerkt hat, dass ich im Chalet war? War das Gespräch darüber, dass wir bessere Freunde geworden sind, in Wirklichkeit eine Anspielung auf Jacqueline?

"Ich weiß es nicht, es erscheint mir alles sehr sinnlos."

"Sinnlos ist, dass ich immer noch denke, dass ich es schaffen werde", schließe ich, während ich mir einen Bissen Spaghetti in den Mund schiebe.

Kapitel 17

Mittwoch, 30. Oktober

Jacqueline

Ich komme viel früher als vereinbart im CaixaForum an. Draußen sitzen mehrere Gruppen an den Tischen und genießen einen sonnigen Winternachmittag, aber hier drinnen ist der Raum praktisch leer. Ich bestelle einen Kaffee und setze mich an einen Tisch vor der Tür. Wie wird sie wohl aussehen? Auf den Fotos sah sie einfach fabelhaft aus. Eine raffinierte Version der rebellischen jungen Frau von vor dreißig Jahren. Ich trinke den Kaffee aus, schaue auf mein Handy, um mich abzulenken, aber die Minuten wollen einfach nicht vergehen. Für einen Moment bin ich abgelenkt und beobachte zwei Frauen und ein Mädchen, die sich an einen Tisch auf der anderen Seite des Raums setzen. Ob sie ein Paar sind? Sie können nicht älter als dreißig sein, wir hätten es sein können.

Fünf nach fünf, ob sie es sich anders überlegt hat? Ich hatte die Nachricht nicht schicken sollen. Ich checke noch mal das Handy, nichts. Plötzlich vibriert es in meiner Hand, mein Herz macht einen Sprung und ich lasse das Gerät auf den Tisch fallen. Ich erhole mich von dem Schreck, greife danach und schaue auf den Bildschirm, Grassi.

"Wie geht's? Ist etwas passiert?" Wir waren am Morgen zusammen und

heute Nachmittag hatte ich nichts geplant.
"Entschuldige die Störung, aber bei so vielen Dingen habe ich vergessen, deine Anwesenheit beim Abendessen am 9. zu bestätigen. Kommst du mit deinem Mann?"
Abendessen, welches Abendessen?, denke ich und versuche schnell meine Gedanken zu ordnen. Natürlich, das Gala-Dinner mit den Förderern des Programms. "Ich habe Dienst", antworte ich automatisch.
"Das geht nicht, du musst tauschen. Eure Anwesenheit ist unerlässlich. Bitte, Jacqueline, wir müssen die Finanzierung für das nächste Jahr sichern."
Er hat Recht, auch wenn ich solche Veranstaltungen hasse, weiß ich, dass ich nicht fernbleiben kann. "Okay. Ich werde um einen Tausch bitten, das sollte kein Problem sein."
"Lad deinen Mann ein, ich würde ihn gerne kennenlernen."
"Das musst du auf eine andere Gelegenheit verschieben, mein Mann mag solche Dinge nicht", sage ich mit einem kleinen Lachen und stelle mir vor, wie ich mit Olga am Arm den Saal betrete. Grassi scheint nicht locker lassen zu wollen und besteht darauf, bis ich mich selbst sagen höre: "Okay, ich werde mit ihm reden. Du kannst mit uns rechnen."
Ich verabschiede mich und lege auf, ohne zu wissen, wie ich aus diesem Schlamassel herauskommen soll. Ich hebe den Kopf und sehe Anna direkt vor mir stehen. Mit einem Satz stehe ich ebenfalls auf, ohne zu wissen, was ich sagen oder tun soll. Mir wird schwindelig, ich höre das Rauschen im Raum nicht mehr und starre einfach nur auf das Gesicht, das ich so gut kenne. In einem Moment kommt alles zurück, die Erinnerungen, der Geruch, das Adrenalin, die schwitzigen Hände und das pochende Herz.

"Wie geht's dir?" Mit zwei Worten durchbricht ihre Stimme die Stille. Sie kommt näher und küsst mich auf die Wange. Ein einziger Kuss, schnell, fast ohne die Lippen aufzulegen.
"Gut. Ich habe dich nicht kommen sehen", sage ich und stelle das Offensichtliche fest.
"Ich weiß, du warst damit beschäftigt, über deinen Mann zu sprechen", sagt sie ironisch und behält einen ernsten Gesichtsausdruck, wenn da nicht ein Grübchen in der Wange wäre, das ein Lächeln verrät.
Ich lache auf, mehr um die Stimmung zu lockern als alles andere. "Das war das Krankenhaus, es wird ein Gala-Dinner geben und sie haben mich gefragt, ob ich meinen Mann mitbringe. Militärs, du weißt ja, wie das ist!"
"Don't ask, don't tell", sagt sie, diesmal mit einem traurigen Unterton.
"Scheint die Geschichte meines Lebens zu sein", antworte ich und stehe auf. "Ich hole dir einen Kaffee, oder möchtest du lieber Tee?"
"Kaffee..."
"Mit Zucker und einem Schuss Milch", vervollständige ich, ohne sie ausreden zu lassen.
Über eine Stunde lang reden wir über die Arbeit, Reisen, Veränderungen, über meine Schwester und ihre Eltern. Wir reden über alles um uns herum, ohne je über uns selbst zu sprechen.
"Warum bist du gegangen?", frage ich plötzlich und senke den Blick zu Boden.
Anna nimmt meine Hand, die gedankenverloren auf dem Tisch liegt. Die Intensität des Moments zwingt mich, sie anzuschauen, derselbe Blick, der mich damals Hals über Kopf verliebt machte. "Warum wolltest du nicht,

dass ich zurückkomme?"
"Es war zu spät. Als du geschrieben hast, war ich in Mailand, auf dem Weg nach New York, ich hatte beschlossen, dich zu vergessen."
"Hast du es geschafft?"
"Du hast geheiratet, hattest ein Kind.", stelle ich fest, ohne zu antworten.
"Lucas. Er ist fünfzehn."
"Ich weiß, Carol hat es mir erzählt." Ich hatte schon vergessen, wie wir stundenlang reden konnten, ohne je direkt auf etwas zu antworten, als würden wir uns in ein Spiel aus Worten und Gedanken treiben lassen, ohne einen roten Faden zu brauchen, um uns perfekt zu verstehen.
"Warum wolltest du mich sehen?", fragt sie und lässt meine Hand los.
"Warum bist du gegangen?"
"Ich hatte Angst. Deine Mutter hat es herausgefunden, es meinen Eltern erzählt. Es waren andere Zeiten. Sie haben mich überzeugt, dass ich mein Leben und deins ruinieren würde, dass wir es nie schaffen würden. Sie haben mich glauben lassen, dass sie auf unserer Seite stehen, dass sie mich beschützen und gleichzeitig auch dich schützen würden. Der Vorschlag erschien mir gut, ich gehe für eine Weile weg, nach Brüssel, mache die Ausbildung, die ich will und danach, wenn wir beide fertig sind, können wir machen, was wir wollen."
"Warum hast du es mir nicht erzählt?", unterbreche ich.
"Weil es Teil der Abmachung war.", antwortet sie leise, seufzend, "Weil sie wussten, dass du nicht überzeugt sein würdest, dass du kämpfen würdest, und es war einfacher, mich allein zu besiegen.", sagt sie harsch. "Ich war naiv oder einfach feige. Ich dachte, es könnte besser so sein, nach der

Ausbildung finden wir Jobs und ziehen zusammen, irgendwo, weit weg von hier."
"Hast du nicht daran gedacht, was ich fühlen würde? Was passieren würde?"
"Sie haben mir gesagt, dass du es bereits wüsstest, dass deine Mutter mit dir gesprochen habe und du zugestimmt hast. Ich habe es geglaubt oder wollte es glauben."
"Warst du allein?"
"Wo?"
"In Brüssel."
"Ja, und danach nicht."
"Hast du dich verliebt?"
Sie atmet tief durch, schaut mir in die Augen und weicht nicht einer direkten Antwort aus: "Nein. Ich habe es versucht, wirklich versucht. Ich hatte Spaß. Habe viel gelernt, aber ich habe mich nicht verliebt. Und du? Du bist nach Mailand gegangen."
"Ich bin gegangen. Ich musste hier weg. Nach der Ausbildung hielt ich es nicht mehr aus. Mailand war gut."
"So gut, dass du nicht wolltest, dass ich mitkomme.", sagt sie fast flüsternd und nimmt wieder meine Hand in ihre.
"Ich ging nach New York", antworte ich, als wäre die Antwort für sich allein ausreichend. "Endlich schaffte ich es, mehr als vierundzwanzig Stunden nicht an dich zu denken, Anna. Hast du eine Vorstellung, wie viele Jahre vergangen waren?"
"Jahre, in denen ich nach einem Grund suchte, mich fernzuhalten. Zuerst meine Eltern, dann die Ausbildung, der Beruf, die Einladungen, die Preise.

Ich habe dir am Tag nach meiner Doktorprüfung geschrieben, ich war allein zu Hause, habe Papiere sortiert, den Kopf sortiert und dachte, ich hätte mir dieses Recht verdient.", sie schaut mich an, als würde sie auf etwas warten.
"Das Recht auf was?", sage ich schließlich, nur um die Stille zu durchbrechen.
"Glücklich zu sein."
"Hast du wirklich gedacht, du könntest nach 15 Jahren mit mir glücklich sein?"
"Ein paar Monate später beschloss ich, selbst nach Mailand zu gehen."
"Du warst in Mailand? Das habe ich nie gewusst", ich setze mich gerade auf den Stuhl. Ich brauche noch einen Kaffee. "Möchtest du Kaffee?"
"Tee."
"Einen grünen Tee für uns beide, bitte", bestelle ich beim Kellner.
"Du hast ein gutes Gedächtnis", sagt Anna und ein Lächeln umspielt ihre Lippen, das vor allem Traurigkeit verrät. "Nachdem du mich abgewiesen hattest, versuchte ich zu vergessen, aber ich konnte nicht. Ich dachte, wir könnten uns wiedersehen und wer weiß... Nur wusste ich nicht, dass es schon zu spät war, dass du in New York geblieben warst." Das Eintreffen der dampfenden Tassen unterbricht das Gespräch. Anna tut zwei Löffel Zucker in die Tasse und rührt methodisch um. "Ich habe Francesca kennengelernt."
Die Überraschungen scheinen kein Ende zu nehmen, fast hätte ich mich an dem heißen Tee im Mund verschluckt. Ich schlucke und huste ein paar Mal, bevor ich sprechen kann. "Welche Francesca?"
"'Deine' Francesca."
"Nein!"

"Doch! In bestimmten Kreisen ist Mailand nicht so groß. Eine Party, gemeinsame Freunde, und eines Tages, mitten in einem Gespräch, merkten wir, dass wir dich beide kannten."
"Eines Tages?" Mein Erstaunen ist so groß, dass ich nichts Sinnvolles herausbringe.
"In Wirklichkeit war es eine Nacht", antwortet sie lachend, was uns beide zu Tränen rührt.
"Ich weiß nicht, ob ich ohne Francesca überlebt hätte."
"Sie ist zweifellos eine außergewöhnliche Frau. Sie hat mich meiner Frau vorgestellt. Lucas wurde in Mailand geboren, aber wir sind bald darauf zurück nach Brüssel gezogen."
Wir trinken den Tee aus, während Anna mir erzählt, wie Lucas' erste Jahre waren, mit einem Tonfall, einem Lächeln, das ich nicht von ihr kannte.
"Warum bist du jetzt zurückgekommen? Und Lucas, deine Frau, sind sie hier? Was macht sie?"
"Sie ist Physikerin. Sie sind in Brüssel geblieben. Sie kann die Arbeit jetzt nicht liegen lassen und er hat dort all seine Freunde, mit 15 ist es schwierig."
"Aber warum bist du dann zurückgekommen?", ich verstehe immer weniger.
"Ich hatte eine Einladung für ein Projekt, die ich nicht ablehnen konnte. Ich kann nicht ins Detail gehen, aber ich musste zusagen. Es sind sechs Monate, dann gehe ich zurück." Anna schüttelt den Kopf, eine für sie typische Geste, wenn sie das Thema wechseln wollte und die anscheinend gleich geblieben ist. "Genug von mir. Erzähl mir ein bisschen von dir."
"Ich stelle mir vor, dass du gut informiert bist, wenn Francesca etwas nicht ist, dann diskret.", sage ich und zwinkere ihr zu.

"Stimmt, ich habe durch sie von dir erfahren. Ich weiß nicht, ob du eine Vorstellung hast, aber sie ist in dich verliebt." Anna kreuzt und entkreuzt die Beine und berührt dabei mit dem Fuß meinen, ich weiß nicht, ob zufällig oder mit Absicht.

"Francesca ist eine Frau mit vielen Leidenschaften.", antworte ich und kann ein Lächeln nicht unterdrücken, als ich mir ihr Bild vorstelle, unvermeidlich mit einem Champagnerglas in der Hand, in einer der vielen Nächte, die wir in Mailand verbracht haben.

"Ich weiß, dass du in New York warst, dass du ein wahrer Star in der Traumachirurgie warst, dass du während der Pandemie vor fünf Jahren nach Barcelona zurückgekehrt bist und dass du in ein Eliteprojekt involviert bist, in Zusammenarbeit mit einem Militärteam, stimmt das?"

"In Kurzfassung." Als ich ergänzen will, was sie gerade gesagt hat, unterbricht sie mich.

"Ich weiß auch, dass du in einer Vernunftehe lebst."

"Was meinst du damit?" Ich kann mir nicht vorstellen, was Francesca ihr erzählt haben könnte. Sie verabscheut buchstäblich meine Beziehung zu Olga und unternimmt keinen Versuch, dies zu verbergen.

"Olga, richtig? Der Ehemann, von dem du vorhin am Telefon gesprochen hast, heißt Olga, oder?"

In diesem Moment scheint es, als wäre keine Zeit vergangen, dasselbe Verständnis, dieselbe Komplizenschaft. Aber sie ist vergangen, es sind mehr als dreißig Jahre vergangen.

Anna schaut auf die Uhr, draußen ist es dunkel und niemand ist mehr auf der Terrasse. Hier drinnen sind nur noch wir und die Kellner, die die letzten

Dinge zusammenräumen. "Ich glaube, sie schließen gleich", sagt sie und schaut sich um. "Möchtest du zu mir nach Hause kommen? Es ist ganz in der Nähe, wir können zu Fuß hingehen."

Kapitel 18

Donnerstag, 31. Oktober

Elizabeth

Prüfungen, es sind Prüfungen, und in diesen Momenten fühlen wir uns immer wie Kinder, denke ich, während Kapitän Grassi Fragen stellt. Wir sitzen im Kreis und die Fragen werden reihum gestellt. Mia wirkt nervös, lässt den Bleistift von einer Hand in die andere wandern und beißt sich dabei auf die Lippe.

Bisher haben alle die Fragen beantwortet, auch wenn ich dieses System sehr unfair finde. Grassi führt das Kommando und unternimmt keinen Versuch zu verbergen, dass er derjenige ist, der befiehlt; für manche sind die Fragen skandalös einfach, während für andere... meine Gedanken werden von Rafaels Stimme unterbrochen: "Meyer! Meyer, hörst du zu?"

"Was ist los? Sprichst du mit mir?" Zu welchem Zweck wurde die Kreisordnung durchbrochen? Was habe ich verpasst?

"Meyer, du bist im Team mit Mia", sagt Grassi nachdrücklich, "Sie scheint nicht in der Lage zu sein zu antworten, sie hat sogar den Raum verlassen, was einen weiteren Versuch unmöglich macht." Ich schaue mich um und stelle fest, dass Mias Stuhl nun leer ist.

"Wo ist sie?"

"Wo bist du? Sie hat gerade darum gebeten hinauszugehen, weil es ihr nicht gut ging", obwohl Rafaels Tonfall neutral ist, kann ich nicht umhin, eine leichte Andeutung eines Lächelns zu bemerken, ein leichtes Heben des Mundwinkels.

"Ich denke, du erinnerst dich, dass die Regeln vorsehen, dass jemand aus demselben Team einspringen kann. Wenn du antworten willst, kannst du nach vorne kommen. Andernfalls scheidet Mia aus. Aber wenn du falsch antwortest, müsst ihr beide nächste Woche den Test wiederholen.

"Ich glaube, es ist besser, wenn du sie alleine wiederholen lässt. Die Frage, die du übrigens nicht einmal gehört hast, ist klinisch. Du wirst sie nicht beantworten können. Was denkst du, Camila? Kennst du die Antwort?", wie immer gibt Rafael keine Atempause.

"Meinetwegen soll sie selbst damit klarkommen. Ab jetzt kämpft jeder für sich", antwortet Camila ohne zu zögern.

"Das könnt ihr nicht ernst meinen. Werdet ihr zulassen, dass Mia ausscheidet, weil es ihr nicht gut geht?"

"Das ist das wahre Leben. Wenn du dich in einer Extremsituation unwohl fühlst und aufgibst, wird jemand den Preis dafür zahlen. Eines der wichtigsten Dinge, die ihr hier lernen müsst, ist, eure Emotionen zu kontrollieren, euren Körper und euren Geist zu beherrschen." Grassi schaut auf seine Notizen und fixiert dann seinen Blick auf mich: "Wie ist es, Meyer, soll ich die Frage wiederholen?"

Ich spüre mein Herz stolpern, wenn ich doch nur aufmerksamer gewesen wäre, wenn ich wüsste, was die Frage war und was mit Mia passiert ist. Ich habe gesehen, dass es ihr nicht gut ging, ich hätte aufpassen müssen. Ich

kann nicht zulassen, dass sie ausscheidet, nicht ohne es zu versuchen. "Kapitän Grassi, können Sie die Frage wiederholen?"
"Bist du sicher?"
Ich atme tief durch und spüre die Last der Stille auf meinen Schultern. "Ja."
"Also gut, los geht's."
Ich höre aufmerksam zu, wie Grassi die Situation beschreibt, und bemühe mich, mich an alles zu erinnern, was ich in einem anderen Leben, in einem anderen Ich gelernt habe. Ich antworte so direkt wie möglich und versuche, keine groben Fehler zu machen. Ich habe das Gefühl, dass ich um den heißen Brei herumrede, aber ich spreche ununterbrochen weiter, bis Grassi mich aufhält.
"Sehr gut, Meyer, du hast es geschafft. Du kannst Mia Bescheid sagen. Ab morgen definieren wir die Teams neu. Niemand scheidet aus, herzlichen Glückwunsch."
Ich gehe so schnell wie möglich hinaus, die Jacke über dem Arm hinter mir herschleifend, und einen Teil des Inhalts meines Rucksacks, den ich noch nicht eingepackt habe. Seltsam, ich weiß, dass ich die Frage nicht richtig beantwortet habe, nicht einmal annähernd.
"Elizabeth, Elizabeth!", es ist Jacquelines Stimme. Ob sie es sich anders überlegt hat und ihre Meinung geändert hat? Natürlich, wenn ich nicht so aufgeregt wäre, wäre mir sofort klar gewesen, dass sie nicht im Raum war und nicht genug Zeit gehabt hätte, um mit Grassi zu sprechen.
"Elizabeth, warte bitte."
Ich halte in meinem Lauf inne und lasse mehrere Blätter fallen, die ich unter dem Arm balanciert hatte. Als ich mich bücke, um sie aufzuheben und

endlich den Rucksack einzupacken, rieche ich ihren unverkennbaren Duft neben mir. In der Hocke, die verstreuten Blätter aufsammelnd, wirkt sie so viel näher, so viel menschlicher. Sie steht gleichzeitig mit mir auf und reicht mir die letzten Sachen, wobei sie sanft meine Hand streift.

"Ich muss mit dir reden."

"Jetzt?"

"Wenn du nicht zu beschäftigt bist, ja jetzt!"

"Ich bin zu dem Schluss gekommen, dass du Recht hattest. Wir haben nichts zu besprechen", antworte ich, ohne den Mut für mehr aufzubringen.

Ihr Ausdruck ist traurig, sie ist blass, hat Augenringe, aber vor allem hat sie einen abwesenden, fernen Blick. "Ich muss mit dir reden."

"Und ich muss gehen. Ich habe eine Verabredung und kann und will nicht zu spät kommen."

"Was für eine Neuigkeit, Elizabeth Meyer kommt pünktlich, muss eine wichtige Verabredung sein, zumindest wichtiger als unser Programm", Jacqueline schüttelt den Kopf und strafft die Schultern, kehrt zu dem für sie typischen ironischen Tonfall zurück. Ohne mir die Gelegenheit zu geben, noch etwas zu sagen, dreht sie sich um und geht.

§

Ich betrete den Club mehr als zwanzig Minuten vor der Probenzeit und lege mich auf eine der Holzbänke in der Umkleidekabine. Auf dem Rücken liegend schließe ich die Augen und konzentriere mich auf den Klang der Musik, die aus der Ferne zu hören ist. Ich erwache langsam aus einem tiefen Schlaf und spüre die feuchte Wärme eines Kusses auf meinen Lippen. Ohne zu merken, wo der Traum endet und die Realität beginnt, lasse ich mich küssen und genieße den süßen Geschmack. "Kate", flüstere ich, als ich endlich die Augen öffne. Sie kniet neben mir, den Kopf über meinem und die Hände um mein Gesicht. "Hör auf damit", sage ich jetzt völlig wach, setze mich auf und schaue mich um.

"Wir sind allein, sie sind draußen und markieren die Plätze auf der Bühne für die neue Choreografie."

"Neue Choreografie? Was für eine neue Choreografie?"

"Wenn du am Dienstag nicht geschwänzt hättest, wüsstest du es schon."

"Was würde ich wissen?"

"Hör auf, so viele Fragen zu stellen, konzentriere dich und höre zu." Sie steht auf und beginnt sich auszuziehen, verstaut nach und nach die Kleidung im Spind, bis sie nur noch in Unterwäsche vor mir steht.

"Was machst du da?" Ihr Körper wirkt sich auf mich aus, selbst jetzt, selbst nach allem, und das Schlimmste ist, dass sie sich dessen vollkommen bewusst ist.

"Mich für die Probe umziehen, du solltest dasselbe tun. Woran hast du gedacht?"

"An nichts", antworte ich, während ich aufstehe. "Warum ändern wir die Choreografie eigentlich so plötzlich?"

"Du weißt, dass ich nicht weitermachen kann. Meine Proben haben bereits begonnen und ab jetzt heißt es voller Einsatz."

Wieder diese Worte "voller Einsatz". "Und dann? Hatten wir nicht beschlossen, dein Solo zu streichen und den Rest beizubehalten?"

"Ja, aber das war, bevor ich eine viel bessere Idee hatte. Mir ist eingefallen, dass meine Freundin meinen Platz in der Gruppe einnehmen kann. Natürlich

wird sie nicht dasselbe machen wie ich, aber wir haben die Show umgestaltet und es funktioniert..."
"Es funktioniert gar nichts. Du scherzt, das kann nur ein Witz sein. Sie kann nicht tanzen, hat noch nie irgendwo mitgemacht, tut so, als würde sie ein paar Kurse machen, aber sie ist total unkoordiniert." Nach und nach ergreift die Verärgerung von mir Besitz und ich lasse meinen Ton ansteigen.
"Sie ist großartig, das musst du sehen. Du hast nie mit ihr getanzt", Kate kommt näher und versucht meinen Arm zu greifen, vielleicht um mich zu beruhigen, aber die Wirkung ist genau die entgegengesetzte. Ich weiche aus und werfe die Spindtür mit Wucht zu, die laut scheppernd zuknallt. Durch meine ruckartige Bewegung aus dem Gleichgewicht gebracht, stößt Kate mit dem Knie gegen die Bank und stößt einen Schmerzensschrei aus.
"Ich habe nie mit ihr getanzt und ich werde nie mit ihr tanzen!", brülle ich.
Im selben Moment stürmen die anderen in die Umkleide, gerade noch rechtzeitig, um meine Worte zu hören.
"Geht es dir gut, Schatz? Was macht diese Verrückte? Holt schnell Eis.", sagt sie und macht eine knappe Handbewegung in Richtung der beiden Jüngsten, die eilig hinauslaufen, wahrscheinlich um besagtes Eis zu holen.
"Mir geht's super, mach dir keine Sorgen, es wird nur noch ein blauer Fleck mehr sein, nichts Ernstes."
"Sie muss gehen. Sie ist immer noch hinter dir her, sie wird nie akzeptieren, dass du sie verlassen hast und mit mir zusammen bist. Sie will nicht mit mir tanzen und ich weigere mich, mit ihr zu tanzen."
Alles an diesem Mädchen irritiert mich, die schrille Stimme, die hochmütigen Manieren und die Arroganz von jemandem, der sich für das

Größte hält.

Kate schaut mich an und senkt dann den Blick zu Boden. "Vielleicht hat sie Recht, Beth. Es ist vielleicht an der Zeit, dass du die Gruppe verlässt", sagt sie unverblümt mit leiser Stimme.

"Es ist beschlossen, Elizabeth geht und wir machen da weiter, wo wir gerade draußen aufgehört haben. Es wird sogar besser werden", mischt sie sich mit einem Lächeln ein, gibt Kate einen provokanten Kuss, bevor sie wieder nach draußen rennt und eine der anderen am Arm mit sich zieht.

Da ich merke, dass die Würfel gefallen sind, nutze ich die Ankunft des Eisbeutels, um auch zu gehen. Es ist noch sehr früh, die Tische sind fast leer, bis auf ein älteres Paar und eine Gruppe von drei Personen an der Bar. Ich gehe hin und schenke mir selbst einen puren Whisky ein. Noch bevor ich auch nur einen Schluck nehmen kann, höre ich wieder, wie mein Name gerufen wird.

"Elizabeth, möchtest du mir nicht auch einen einschenken?"

"Rafael! Was machst du hier?" Trotz der Überraschung und der Frage tue ich, worum er mich bittet, und reiche ihm das Glas.

"Wir müssen reden!"

"Nein, müssen wir nicht! Ich will mit niemandem reden, schon gar nicht heute. Ich habe schon alles gesagt und gehört, was ich an einem Tag konnte!", rufe ich.

Ohne auf meine Worte zu achten, führt er mich zu einem der Tische. "Es geht schnell", sagt er, als er sich hinsetzt, "Ich will nur sichergehen, dass alles okay ist für die Party. Neulich hast du mich im Zweifel gelassen, und ich mag keine Zweifel."

Ich trinke fast die Hälfte dessen, was ich im Glas habe, bevor ich antworte, was mich zum Verziehen des Gesichts zwingt. Ich schiebe eine Haarsträhne zurück, die mir ständig ins Gesicht fällt, und konfrontiere ihn: "Es gibt keinen Zweifel, ich gehe nicht mit dir zu dieser Party und schon gar nicht als deine Freundin."
"Vielleicht hast du die Bedeutung der Angelegenheit nicht verstanden. Du musst mitkommen, mein Vater muss überzeugt sein, alle müssen überzeugt sein. Du hast keine andere Wahl."
"Natürlich habe ich eine, ich kann einfach nicht hingehen", obwohl meine Verärgerung nicht nachlässt, im Gegenteil, klingt meine Stimme jetzt viel leiser.
"Es wäre schade, wenn Jacqueline das Programm verlassen müsste, sie ist hervorragend, findest du nicht? Eine der Besten!"
Mein Hals wird trocken und der Whisky scheint kontraproduktiv zu sein. Es gibt keine Zweifel mehr, es ist eine Drohung.
"Es wird dich nicht so viel kosten. In den nächsten Tagen verbringen wir mehr Zeit miteinander, alle werden anfangen zu reden, du weißt, wie gerne sie sich in das Leben anderer einmischen. Ab morgen sind wir im selben Team..."
"Woher weißt du das?", unterbreche ich. Theoretisch werden die Teams zufällig zusammengestellt und erst am Tag der Verteilung bekannt gegeben. Wie kann er das wissen?
"Ist egal. Wir werden zusammen sein, was die Sache erleichtert. Es wird mir ein Vergnügen sein, von dir lernen zu können, und noch dazu dich als Freundin zu haben, auch wenn es nur gespielt ist." Rafael steht auf und

scheint diesmal nicht zu wollen, dass ich ihn begleite. "Ich lasse dieses Getränk auf deine Rechnung gehen, schließlich bist du diejenige mit den verschiedenen Jobs", sagt er, während er sich die Jacke anzieht, bevor er sich zu mir beugt und mir einen Kuss auf die Lippen drückt.

Ich sitze für eine gefühlte Ewigkeit allein da, mit dem leeren Glas in der Hand, bis ich eine Hand auf meiner Schulter spüre. Hoffentlich ist es nicht Kate, denke ich.

"Luiza!?" Einen Moment lang bemühe ich mich zu erinnern, welcher Tag heute ist, Donnerstag. "Was machst du hier?"

"Als ich mich entschieden habe herzukommen, hatte ich sicher nicht damit gerechnet zu sehen, was ich gerade mitangesehen habe."

"Wovon sprichst du?", frage ich, um Zeit zu gewinnen.

"Du treibst zu viele Spielchen, du wirst nicht immer gewinnen."

"Ich weiß nicht, was du gesehen hast, aber das war Rafael, er ist mein Kollege im Programm."

"Natürlich. Und er küsst dich auf den Mund. Er ist Pérez' Sohn."

"Du kennst Rafael?"

"Den Vater."

Das kann nicht sein. Wie kann die Welt so klein sein? Woher kennt Luiza Rafaels Vater?

"Du hast mich nie etwas über meinen Mann gefragt..."

"Das ist nicht wichtig."

"Nein, natürlich nicht. Diese Realität existiert nicht, zumindest für ein paar Momente. Ein Grund mehr dich zu fragen, was der Sohn von Pérez hier machte? Was weiß er?"

"Über uns?", frage ich stirnrunzelnd.

"Über wen sonst?", antwortet sie und schaut mich durchdringend an.

Wenn sie wüsste, dass es viel mehr gibt, was Rafael wissen könnte und worüber ich mir Sorgen machen müsste. "Nichts. Soweit ich weiß, hat Rafael keine Ahnung, dass es ein "uns" gibt, aber ich hätte auch nie gesagt, dass er dich kennt, also weiß ich gar nichts mehr. Vielleicht kannst du es mir erklären. Es fängt an, eher wie ein schrecklicher Albtraum auszusehen als nur ein schlechter Tag", schließe ich mit zusammengebissenen Zähnen.

"Mein Mann ist ein Kollege seines Vaters. Ich kenne Rafael, seit er ein Kind war, es stimmt, dass ich ihn jahrelang nicht gesehen habe, aber er hat sich kaum verändert. Er war ein kluger Junge mit einer emotionalen Intelligenz weit über dem Durchschnitt."

Kapitel 19

Samstag, 2. November

Jacqueline

"Wir haben dich gestern erwartet", bemerkt Antonio und versucht geschickt, mich zu diesem Thema zu sondieren, von dem er ahnt, dass es heikel ist. Ich bin sicher, dass Olga ihm von unserem Streit erzählt hat.

"Ich weiß", antworte ich lakonisch und versuche zu entscheiden, ob ich dieses Gespräch führen werde oder nicht. Wir kennen uns seit vielen Jahren, wohnten nur ein paar Häuser voneinander entfernt, er war Olgas Schulkamerad und ich ging ein paar Jahre jünger zur Schule. Jeder ging seinen Weg und wir sahen uns jahrelang nicht, bis ich aus New York zurückkam, dieses Haus kaufte und beschloss, mit Olga zusammenzuleben. Seitdem ist Antonio nicht nur ein enger, sondern sogar ein intimer Freund geworden. Ich habe keinen Zweifel, dass er ihr Freund ist, aber das heißt nicht, dass ich nicht den Teil genieße, der mir zusteht.

"Ist etwas passiert? Gab es Komplikationen im Krankenhaus?"

Die anderen lachen laut im Wohnzimmer um ein Brettspiel herum. Müde und nicht in der Stimmung mitzumachen, bin ich mit der Ausrede, nach Ben zu sehen, in den Garten gegangen und sitze hier und starre ins Leere. "Mir geht's gut, du kannst wieder zum Spiel gehen", sage ich etwas zu ruppig.

"Ich kann gehen, wenn du willst, aber mit der Behauptung, dass es dir gut geht, täuschst du mich nicht."
Ich hebe den Kopf und schaue ihn an. Er hält ein Weinglas in der einen und eine Zigarette in der anderen Hand und bläst langsam den Rauch in die kalte Nacht. "Ich bin gestern nicht gekommen, weil ich nicht in der Lage war, Olga und ihr Theater zu ertragen."
"Das wird vorübergehen. So ist sie halt."
"Ich bin müde. Jedes Mal, wenn wir reden, streiten wir uns. Das Thema variiert nicht sehr, Geld, meine Arbeit oder meine Abwesenheit. Aber wenn ich hier bin, merkt sie es nicht einmal. Schau!", schließe ich und drehe den Kopf zur Glastür, die ins Wohnzimmer führt.
"Carl war ein guter Freund. Er leistet ihr Gesellschaft, hört ihr zu, mehr nicht, du solltest nicht eifersüchtig sein."
"Eifersüchtig!?", wiederhole ich lachend. "Ich bin nie eifersüchtig, schon gar nicht auf jemanden wie ihn." Ich halte einen Moment inne und denke über das nach, was ich gerade gesagt habe. Es stimmt, ich bin nie eifersüchtig, weil ich nie wirklich jemanden mag. Abrupt kommt mir das Bild von Elizabeth in den Sinn, wie sie sich zuerst in der Hotelbar küsst und dann neben Rafael im Café sitzt. Ich schüttle den Kopf, als wollte ich die Erinnerungen auflösen, und richte meinen Blick wieder auf Antonio.
"Ich glaube, es läuft nicht gut zwischen euch, und nicht erst jetzt." Er unterbricht sich, als wäre ihm etwas Wichtigeres eingefallen, "Darf ich dich etwas fragen?"
"Wenn du mir noch ein Glas Wein bringst."
Er lacht. "Du hast schon genug getrunken", bemerkt er, bevor er sich

umdreht und mit einem vollen Glas zurückkommt, das er mir reicht. Ich bemerke, dass er auch seins nachgefüllt hat. "Möchtest du eine Zigarette?", fragt er und hält mir die Packung hin.

"Nein, so weit kommt es nicht", scherze ich. "Was willst du wissen?"

"Warum bist du mit ihr zusammen?"

"Mit ihr?" Was weiß er? Mein Herz rast und an seinem Lächeln erkenne ich, dass mein Gesichtsausdruck mein Seelenleben widerspiegelt.

"Mit Olga. Meine Frage war: Warum bist du mit Olga zusammen? Vielleicht habe ich die falsche Frage gestellt", fügt er lachend hinzu.

Da es keine einfache Frage ist, bin ich erleichtert. "Ich glaube, jeder, auch ich, spürt das Bedürfnis, mit jemandem zusammen zu sein. Sie ist fröhlich, unkompliziert, zumindest meistens. Ich weiß nicht, als ich aus New York zurückkam, dachte ich, es würde mir guttun, hier in der Nähe von Carol zu sein, ich kaufte dieses Haus und das hat uns näher zusammengebracht, eins führte zum anderen, und ehe ich mich versah, waren all die Jahre vergangen. Zufrieden?", frage ich und trinke endlich etwas Wein.

"Ich glaube, du hast mit der falschen Person den Platz besetzt."

"Ich verstehe nicht, welchen Platz?"

"Den Platz der 'Liebe'. Wenn du ihn mit jemandem besetzt, den du nicht liebst, erlaubst du dir nicht, jemand anderen zu lieben."

Ich hätte nicht erwartet, dass Antonio so etwas sagt. "Ich bin nicht für die Liebe gemacht."

"Ach, dafür braucht man weder Holz, noch Übung, schon gar kein Wissen, man muss nur sein, da sein. Auf die Gefahr hin, wie eine Therapie zu klingen, glaube ich, dass du dir schon lange nicht mehr erlaubst zu sein oder

da zu sein."
"Danke, Doktor! Ich wusste nicht, dass du so freigiebig mit der Analyse von Menschen bist", sage ich lachend, was auch ihn zum Lachen bringt. "Wo wir schon dabei sind, die Liebe zu analysieren, habe ich eine Bitte an dich."
"Wirklich? Ich habe fast Angst."
"Keine Sorge." Ich stehe auf, um meine Beine zu strecken, woraufhin Ben, der bisher unter dem Tisch lag, um mich herumspringt und nach Streicheleinheiten verlangt. Ich setze mich wieder hin, diesmal auf die Stufe, mit Ben fast auf meinem Schoß. "Nun, es mag ein wenig seltsam klingen, was ich gleich frage, aber ich wollte dich bitten, nächsten Samstag mit mir zu einer Party zu gehen. Es ist eine Spendengala für das Programm. Eine formelle Veranstaltung voller reicher Leute, eine langweilige, aber wichtige Sache. Ich bräuchte dich als meinen "Ehemann"."
Antonio, der mir aufmerksam folgte und leicht den Kopf schüttelte, verschluckt sich, als ich die letzten Worte ausspreche. Ich stehe auf, greife nach seinem Glas und stelle es auf den Tisch. Er hustet weiter, was Olga nach draußen lockt. "Ist alles okay?", schaut sie uns an und sucht nach Erklärungen.
"Er hat sich am Wein verschluckt", antworte ich, ziehe sie an mich und küsse sie. Als ich mich von ihr löse und sie anschaue, ist die Verblüffung deutlich in ihrem Gesicht zu sehen. Sie lächelt, kommt näher und küsst mich noch einmal. Sie schaut wieder zu Antonio, der sich inzwischen erholt hat. "Sicher, dass es dir gut geht?"
"Ja, klar", antwortet er, "Du kannst wieder zum Spiel gehen, mal sehen, ob du wenigstens gewinnst."

"Kommst du nicht mitspielen?", fragt sie ihn, als sie sieht, dass er die Zigarette schon lange ausgedrückt hat.
"Nicht jetzt, ich komme gleich."
Olga geht wieder hinein. Antonio sagt nichts und schaut mich eindringlich an, wartet auf eine Erklärung. So knapp wie möglich erzähle ich ihm vom Programm, von Grassi und seiner Beharrlichkeit, meinen "Ehemann" kennenzulernen. Nach vielen Fragen und einigem Gelächter kann ich ihn dazu bringen, meinen Vorschlag anzunehmen, er wird für eine Nacht mein "Ehemann" sein, vorausgesetzt, Olga hat nichts gegen die Farce. Ich bin sicher, sie wird es großartig finden und uns jahrelang damit aufziehen.
Im Bett lasse ich das Licht an und warte darauf, dass sie zu Bett geht, was Minuten später geschieht. "Worüber hast du mit Antonio gesprochen? Es schien lustig zu sein, zumindest hat er laut gelacht", sie zieht ihre Pyjamahose aus und legt sich neben mich.
Ich erzähle ihr von meinem Vorschlag, lasse einige Details aus, aber mit genügend Einzelheiten, um sie zum Lachen zu bringen. "Er sagt, er geht nur mit, wenn er deinen Segen hat."
"Ich würde dafür bezahlen, diese Szene zu sehen. Klar kann er mit dir gehen", sagt sie, während sie sich noch die Augen trocknet. "Ich verstehe nicht, warum du dich diesen Szenen aussetzt. Sie brauchen dich, oder irre ich mich?", ihr Gesichtsausdruck hat sich verändert und ist ernst geworden.
"Manchmal weiß ich selbst nicht, warum." Ich mache das Licht aus und schmiege mich an ihren Körper. Ich fahre mit der Hand durch ihre Locken und lasse sie wie beim Kämmen durch meine Finger gleiten. Olga bleibt reglos, aber selbst in der Dunkelheit merke ich, dass sie lächelt. Ich drücke

sie leicht, damit sie sich umdreht, und massiere ihre Schultern, langsam den Rücken hinunter über den dünnen Stoff des Pyjamas, den sie trägt. Als wäre es die erwartete Geste, richtet sie sich leicht auf und zieht ihn aus. Ich lege meine Lippen auf ihre Haut und folge dem Weg, den ich so gut kenne, berühre ihren Körper von oben bis unten und wieder zurück, kombiniere Küsse und Liebkosungen.

§

Ich klingele kurz nach acht Uhr. Carol öffnet und scheint heute nicht überrascht, mich um diese Zeit hier zu sehen. Sie ist schon komplett angezogen und trägt mit noch feuchten, auf den Pullover tropfenden Haaren die kleine Amy auf dem Arm. Sie ist wundervoll, mit ihren schwarzen Zöpfen, die mit großen blauen Schleifen zusammengebunden sind, und einem Lächeln, das ihr kleines Gesicht erhellt.

"Tante!", ruft sie und wirft sich in meine Arme.

"Was für ein schöner Empfang. In diesem Haus stehen alle in aller Frühe auf", scherze ich und nehme sie in die Arme, aber nur für eine Sekunde, denn sobald sie merkt, dass Ben hinter mir ist, springt sie förmlich auf den Boden.

"Vorsicht, du fällst noch hin", ist alles, was ich noch sagen kann, bevor sie loslaufen verschwindet, Ben dicht auf den Fersen, in einem Spiel, bei dem man nicht genau weiß, wer hinter wem herläuft.

Carol geht immer noch lachend in die Küche. "Milchkaffee?"

"Klar. Wie laufen die Proben?"

"Perfekt. Ich hatte schon vergessen, wie es war. Ich weiß nicht, wie ich so lange wegbleiben konnte." Sie stellt zwei dampfende Tassen auf den Tisch und setzt sich neben mich. "Die Leute sind fantastisch und die Show ist

unglaublich..."
Ich unterbreche sie, "Warum dann dieses traurige Lächeln?"
"Nichts", antwortet sie sofort und setzt ein theatralisches Lächeln auf, das in Gelächter übergeht, "Besser?"
"Viel besser", antworte ich, trinke den Milchkaffee und wärme meine Hände an der Tasse.
"Jetzt sind wir nur noch am Wochenende hier zu Hause. Aber schau, bei meinen Schwiegereltern läuft es besser als erwartet. Amy liebt es dort."
"Was ist dann los?"
"Der Sozialdienst hat den Besuch für die Volladoption angesetzt." Carol spricht den Satz langsam aus, als müsste sie jedes Wort verarbeiten.
"Und was bedeutet das genau?"
"Wenn sie glauben, dass alles in Ordnung ist, ist das Verfahren abgeschlossen und das Gericht spricht die Volladoption aus."
"Und? Ist das nicht gut?"
"Es ist großartig, aber wenn sie nicht überzeugt sind, können sie beschließen, die Bewertung zu verlängern und in sechs Monaten wiederzukommen."
"Wann ist der Besuch?"
"In ein paar Wochen."
"Und in der Zwischenzeit hat die Show Premiere, richtig?"
"Ich kann nicht aufgeben. Sie werden verstehen müssen, dass Arbeit nicht unvereinbar damit ist, Zeit für meine Tochter zu haben. Und ich sage dir noch etwas, wenn meine Schwiegereltern helfen, fantastisch, wenn nicht, dann werde ich eine Alternative finden." Sie hält ein paar Sekunden inne, um Luft zu holen, "Mit oder ohne Thomas."

"Was meinst du damit?"
"Er ist super darin, den Mund aufzumachen und zu sagen, wie alles gemacht werden muss, aber er ist nicht bereit, selbst auf irgendetwas zu verzichten. Na gut, dann mache ich es eben alleine."
"Ganz ruhig, Carol. Glaubst du nicht, dass du übertreibst?"
"Das sagt diejenige, die immer alles hinschmeißt, wenn sie wütend ist." Während sie den Satz beendet, wirft sie mir ein Tuch zu, das auf dem Tisch liegt, und beginnt ein Spiel, bei dem das Tuch hin und her fliegt, was uns laut auflachen lässt. Angelockt vom Lärm kommt Amy mit Ben im Schlepptau angerannt.
"Darf ich auch mitspielen?", fragt sie und bemüht sich, das Tuch zu fangen.
"Natürlich, es ist ein Familienspiel", antworte ich, ohne aufzuhören zu lachen.
Als wir endlich der Ablenkung überdrüssig sind, ist die Atmosphäre ruhiger.
"Hast du mit Anna gesprochen?"
Ich war mir sicher, dass meine kleine Schwester ihre Neugier nicht zügeln würde.
"Tatsächlich waren wir zusammen", antworte ich, ohne etwas hinzuzufügen.
"Wie zusammen? Zufällig? Wo? Was ist passiert?"
"Wow! Ich wusste nicht, dass du zu so vielen Fragen auf einmal fähig bist. Zusammen, zusammen, im Café und bei ihr zu Hause."
"Bei ihr zu Hause?"
"Und es ist nichts passiert. Wir haben geredet und geredet. Es gab viel zu erzählen."
"Und?"

"Und was?", gebe ich die Frage provokativ zurück.

"Und jetzt?"

"Ich weiß nicht. Wir haben ausgemacht, uns wieder zu treffen. Willst du mitkommen?"

Kapitel 20

Sonntag, 3. November

Elizabeth

"Es war das letzte Mal", sage ich und wiederhole es für mich selbst, mit dem Blick starr in den Spiegel gerichtet und dem von Tränen geröteten Gesicht. Es war das letzte Mal.

Wir haben die Show wie gewohnt gemacht, Kates letzter Auftritt, bevor sie sich echten Auftritten widmet. Standing Ovations zu ihrem Abschied, eine Feier in den Umkleiden. Alle lachen, während sie ihr Glück wünschen und sie versprechen lassen, dass sie zurückkommen wird, zumindest als Zuschauerin. Ich bin sicher, dass sie das tun wird, schließlich wird ihre Freundin der Star sein. Nach unserer Auseinandersetzung verlor Kate keine Zeit, eine Geschichte zu erfinden, dass ich darum gebeten hätte zu gehen. Etwas im Zusammenhang mit Unvereinbarkeiten mit meiner Arbeit, Zeitmangel, kurz gesagt, leere Argumente, die die anderen ohne Nachfragen schluckten, auch weil es ihnen eigentlich egal ist, ob ich gehe oder bleibe, solange die Show weitergeht und Kate nicht ganz verschwindet.

Niemand hat gemerkt, dass dies auch mein letzter Auftritt war, es gab keinen Applaus für mich, keine Umarmungen, keine Feiern.

Schluss mit dem Selbstmitleid. Schluss damit!, denke ich, als ich mit einem

Satz aufstehe. Hier ist niemand mehr, ich entscheide mich, nicht durch den Clubraum zu gehen, ich habe keine Lust zu reden und noch weniger Lust, Luiza oder noch schlimmer Rafael zu begegnen. Ich zittere vor Kälte, als mich die eisige Luft der Straße ins Gesicht schlägt, und ziehe die Jacke fest, hole aus der Tasche eine Mütze, die ich mir bis über die Augen ziehe. Ich gehe ein paar Meter, auch hier ist kaum jemand, es ist spät und viel zu kalt. Ich sollte nach Hause gehen, aber ich habe keine Lust, allein zu sein, und Gloria kommt erst gegen eins aus der Galerie zurück. Ohne aufzuhören zu gehen, finde ich mich vor der Hoteltür wieder. Vielleicht ein Glas Wein, wenigstens werde ich warm, denke ich, ohne anzuhalten, gehe durch die Tür und die Lobby, bis zur Bar.

Hier ist viel mehr los, die Barhocker sind alle besetzt, aber ich entdecke einen leeren Tisch in einer Ecke. Ermutigt von der behaglichen Wärme des Raums, ziehe ich Jacke und Mütze aus und lege sie auf den Tisch. Ich glaube nicht, dass Marcus mich in nächster Zeit beachten wird, macht nichts, ich habe keine Eile. Ich schließe die Augen und stütze die Stirn in die Hände, lasse mich von der Musik wiegen.

Ich werde nie wieder tanzen. Das Leben ist unerbittlich, ich habe mich meiner Mutter gestellt, um tanzen zu können, habe den Fußball aufgegeben, mein Zuhause, mein Land, um tanzen zu können, um mit Kate tanzen zu können, und jetzt, jetzt ist es Kate, die mir gegenübersteht und einfach sagt: "Schluss, ich will dich nicht mehr, weder in meinem Leben noch in meinem Tanz", Ironie des Schicksals. Ich glaube, heute würde meine Mutter ein wenig Genugtuung empfinden, wenn sie mich sähe. Wie es ihr wohl geht? Im Laufe der Jahre habe ich sie nur im Fernsehen aus den Augenwinkeln gesehen, sie sieht gut aus, ist gut gealtert.

Ich hebe den Kopf und schüttele das Haar nach hinten. Ich sollte die Farbe dieser Strähne ändern, denke ich, während ich ein paar rosa Haare zwischen den Fingern halte. Zu meiner Überraschung sehe ich, dass die Mütze auf dem Stuhl über der Jacke liegt und stattdessen jetzt ein Glas Whisky da ist. Diesmal schaue ich mich nicht um. Ich schließe daraus, dass Marcus mich gesehen hat und die Initiative ergriffen hat. Deshalb schätze ich Orte, an denen man uns kennt, Orte, an denen Worte überflüssig sind. Ich trinke langsam und die Wärme des Alkohols wärmt meine Brust. Das war es, was ich brauchte. Wann ist mein Leben zu diesem Durcheinander und dieser Einsamkeit geworden? Ich bemitleide mich wieder selbst und lasse eine Träne rollen, die auf dem Tisch landet und einen Tropfen hinterlässt.

"Darf ich?" Jacqueline steht vor mir, mit einem Glas in der Hand, und ohne meine Antwort abzuwarten, nimmt sie einen der freien Stühle auf der anderen Seite des Tisches ein. "Geht es dir gut? Weinst du?"

Ich sollte in der Lage sein zu sagen, dass alles in Ordnung ist, aber die Antwort, die aus meinem Mund kommt, ist nicht diese. "Nein, es geht mir nicht gut. Irgendwann habe ich mich verloren und jetzt kann ich nicht mehr."

"Was kannst du nicht mehr?"

"Den Weg finden."

"Wohin?", fragt sie sofort.

"Ich weiß es nicht."

"Da hast du deine Antwort, wenn du nicht weißt, wohin du gehst, ist jeder Weg richtig, jeder kann dich dorthin führen."

"Wohin?"

"An den Ort, den du suchst", sagt sie mit einem zärtlichen Lächeln, das ich, glaube ich, noch nie bei ihr gesehen habe.
Ich lache laut auf, was sich mit den Tränen vermischt, die jetzt sichtbar fließen. Unbeholfen wische ich mir mit dem Ärmel übers Gesicht und streiche mir wieder die Haare zurück, klemme sie hinter die Ohren. "Entschuldige."
"Möchtest du mir sagen, was los ist?"
"Ich glaube nicht, aber danke." Einen Blickkontakt mit Marcus nutzend, gebe ich ihm ein Zeichen für zwei weitere Getränke. "Entschuldige, dass ich am Donnerstag nicht reden wollte. Vielleicht können wir jetzt reden."
Marcus kommt näher, trägt in einer Hand ein Tablett mit zwei Gläsern und einem Schlüssel, in der anderen Jacquelines Tasche und Jacke.
"Ich dachte, du könntest sie brauchen", sagt er und zwinkert ihr zu.
Nachdem er gegangen ist und sie den Schlüssel in der Tasche verstaut hat, konzentriert sie sich auf das Getränk, dreht das Glas, so dass die Flüssigkeit fast überläuft. Sie nimmt einen Schluck, bevor sie wieder spricht: "Vielleicht hast du recht. Vielleicht gibt es nichts zu sagen." Bevor ich argumentieren kann, fährt sie fort: "Eigentlich sollte ich gar nicht hier mit dir sein. Du bist Schülerin und ich bin Lehrerin, eine Mischung, die mit nichts anderem zusammenpasst."
"Das wussten wir nicht."
"Aber jetzt wissen wir es."
"Jetzt ist es zu spät, um zu ändern, was passiert ist. Es ist zu spät, um zu ändern...", ich lasse den Satz unvollendet und starre auf das Glas, als würde ich etwas suchen.

"Was ist zu spät zu ändern?"

"Was ich fühle", flüstere ich fast unhörbar.

Jacqueline wechselt den Stuhl und setzt sich neben mich, zieht meine Hand auf ihren Schoß und hält sie zwischen ihren. "Man kann Gefühle nicht kontrollieren, nur was wir mit ihnen machen."

"Bist du hier im Hotel untergebracht?", frage ich und versuche ein Lächeln.

"Natürlich! Gehen wir hoch?" Sie spricht die Worte mit einer Eloquenz, die im Kontrast steht zu der Hand, die meine loslässt und unter dem Tisch über meinen Oberschenkel gleitet.

"Es kommt darauf an, ob wir die Gefühle kontrollieren oder ob wir zulassen, dass sie uns kontrollieren."

"Ich würde sagen, wir sind beide Frauen, die gerne die Kontrolle haben und Angst vor Gefühlen haben, liege ich falsch?", bekräftigt sie, ohne Anstalten zu machen aufzustehen.

Während ihre Hand mich sanft über der Jeans berührt, erschaudert mein Körper. Die Traurigkeit verschwand wie durch Zauberhand und machte einem Gefühl Platz, das schwer zu beschreiben ist. Ich weiß nur, dass ich von einer Welle der Hitze überflutet wurde, von einer anschwellenden Energie.

"Gehen wir?", frage ich, als ich aufstehe.

Jacqueline steht auf, nicht ohne vorher den Whisky auszutrinken, der noch im Glas war. Als wir den Raum in Richtung Ausgang durchqueren, bemerke ich, dass Marcus uns mit einem Blick und einem Lächeln folgt. Ich mag ihn. Wir gehen schnellen Schrittes und unterhalten uns den ganzen Weg über. Ich erinnere mich an das erste Mal, als wir diesen Weg gegangen sind, es

scheint Jahre her zu sein. Sie öffnet die Tür, ich könnte schwören, dass es dasselbe Zimmer ist, aber eigentlich erinnere ich mich nicht an die Nummer. Ich gehe bis zur Mitte des Raumes, diesmal ist es komplizierter, diesmal weiß ich, wer sie ist, diesmal stören mich die Gefühle.
Ich glaube, ich bin nicht die einzige, die nicht weiß, was sie tun soll. "Trinkst du noch etwas?", fragt sie und öffnet die Minibar. "Ein bisschen von allem", erklärt sie, als sie hineinschaut.
"Wein?"
"Alles außer Wein. Aber nichts, was sich nicht lösen ließe." Sie schließt die Kühlschranktür und nimmt das Telefon. Minuten später klopft es an der Tür, es wird eine Flasche Chardonnay gebracht.
"Wunderbar", sage ich und lasse den süßen Geschmack in meinem Mund zergehen.
Sie sitzt auf dem Sofa, mit ihrem Bein an meinem, und trinkt langsam von ihrem. "Was ist mit Mia passiert? Ich habe gemerkt, dass es ihr nicht gut ging, aber trotz Nachfragen wollte sie mir nichts sagen."
"Kapitän Grassi...", beginne ich und verstumme dann schnell wieder.
"Du kannst es sagen, ich kenne Grassi schon zu lange, um überrascht zu sein."
"Grassi hat sie bei der Beurteilung gedemütigt. Sie hielt es nicht aus und gab auf. Er wollte dasselbe mit mir machen. Aber er soll sich nichts vormachen, ich bin nicht leicht zu brechen! Vielleicht will er, dass ich gehe, vielleicht will er keine Frauen in seinem ach so tollen Programm und schon gar keine Journalisten oder andere niedere Wesen, die keine Ärzte sind, aber er muss derjenige sein, der mich rauswirft!" Ich habe mit niemandem darüber

gesprochen, und heute ist definitiv kein guter Tag dafür.
"Ich weiß. Gut, dass nicht er es ist, der beim Programm das Sagen hat."
Sie beugt sich zu mir und küsst mich ohne Vorrede oder Erklärung. Die Ungestümheit der Geste lässt mir keine Zeit, das Glas loszulassen, das glücklicherweise leer auf den Boden rollt. Ihre Zunge drückt gegen meine leicht geöffneten Lippen, gleitet durch den Spalt zwischen ihnen, um sich im Inneren meines Mundes zu verlieren. Der Kuss vermischt den Geschmack des Weins mit ihrem eigenen, den Geschmack von Jacqueline.
Mein Körper entspannt sich völlig, die Muskeln lockern sich, das Gehirn hört auf, zwischen Gedanken hin und her zu springen, und für Augenblicke ist alles, was existiert, ihr Körper auf meinem, zwischen den Sofakissen. Sie streichelt meine Wange und zieht sanft an meinen rosa Haaren, spielt damit. Sie richtet sich gerade so weit auf, um mein Gesicht mit Küssen zu bedecken, ich spüre ihre Berührung am Kinn, an den Lidern, an der Stirn, überall. Es sind zärtliche, köstliche Küsse, es sind romantische Küsse. Sie küsst meinen Hals, während sie gleichzeitig versucht, die Knöpfe meiner Bluse zu öffnen, trotz der Schwierigkeit durch den Pullover darüber. Als sie ihren Mund an mein Ohr legt und hineinbeißt, kann ich ein Stöhnen nicht unterdrücken.
Sie richtet sich auf und setzt sich neben mich, schenkt mir ein Lächeln, das jeden einzelnen Muskel ihres Gesichts einbezieht. Wie sie sich verändert, wenn sie so lächelt. "Komm, im Bett sind wir bequemer", sagt sie, ohne aufzuhören zu lächeln, und deutet mit dem Kinn zum Bett.
Ich brauche keine Ermutigung, stehe auf, und noch bevor sie aufsteht, fange ich an mich auszuziehen, zuerst den Pullover, dann die Bluse, die Hose, ich

werde mich nicht angezogen hinlegen. Ich halte einen Moment inne und schaue sie an. Sie hat sich nicht bewegt, sitzt genau an der gleichen Stelle und weicht mit dem Blick keinen Millimeter ab. Das Gefühl erregt mich viel mehr, als ich erwartet hätte. Ich wollte zu ihr gehen, sie küssen, sie ausziehen, aber ich tue weder das eine noch das andere. Ich fahre fort mich auszuziehen, jetzt langsamer, ohne den Blick von ihr zu lassen. Als ich die Strümpfe ausziehe, lasse ich die Hand über die Beine gleiten, bis zum Oberschenkel, während ich gleichzeitig die Augen aufschlage, um die Wirkung auf sie zu sehen. Ihr Gesicht ist gerötet und ihre Hände ruhen fest auf ihren Beinen.

"Gefällt es dir?", frage ich und provoziere sie noch mehr.

"Hör nicht auf. Jetzt, wo du angefangen hast, zieh es durch."

Ich habe keine Möglichkeit zu fliehen, schließlich war ich es, die die Herausforderung ausgesprochen hat. Ich ziehe mich vollständig aus, bis ich nur noch meine Unterhose anhabe. Ich hätte eine bessere Wahl treffen können, denke ich, als ich feststelle, dass ich eine schwarze Baumwollunterhose trage, die ich normalerweise unter meiner Trainingskleidung trage. Ich nähere mich ihr und richte meinen Bauch genau vor ihr auf. Ohne aufzustehen und ohne etwas zu sagen, legt sie ihre Arme um meinen Körper und lässt ihre Hände über meine Pobacken gleiten. Sie stützt ihre Stirn ab, um das Gewicht ihres Kopfes zu tragen, und nutzt die Gelegenheit, um mich zu küssen. Ich spüre den Kontakt des heißen Speichels auf meiner Haut und meine Knie werden weich. Ihre Hände wandern zu meinen Oberschenkeln, gleiten zwischen sie und berühren mich, ziehen mich immer näher. Ich weiß nicht genau, was sie vorhat, aber in sehr kurzer Zeit werde ich mich in ihren Händen verlieren.

"Jacqueline, wolltest du nicht ins Bett gehen?", frage ich, in dem Versuch, meine Sinne abzulenken, ohne mich von ihr entfernen zu können.

"Nein", ist alles, was sie antwortet.

Vor mir sitzend, mit ihren Knien zwischen meinen Beinen, spreizt sie sie leicht, was dazu führt, dass auch ich meine Beine spreizen muss. Sofort intensivieren ihre Hände den Kontakt. Eine von ihnen ruht auf meinem Hintern und zieht mich nah an sich, während die andere verweilt, um mit dem Stoff meiner Unterhose zu spielen.

Ich spüre, wie meine Knie nachgeben und meine Beinmuskeln zittern, es wird immer schwieriger für mich, stehen zu bleiben. "Hör auf, bitte."

"Oder was?", fragt sie und tut genau das Gegenteil.

"Oder ich halte es nicht mehr aus", flüstere ich und spüre, wie mein Atem immer schneller wird.

"Dann halt es nicht aus."

"Hör bitte auf, Jacqueline." Sinnlose Worte, ich gebe die Kontrolle auf und lasse meinen Körper vor und zurück schwingen, im Einklang mit den Bewegungen ihrer Finger, die jetzt tief in mir sind. Ich klammere mich an ihre Schultern und spüre ihren Mund an meiner Brust.

"Hör nicht auf. Du gibst den Rhythmus vor. Ist dir das klar? Du bist diejenige, die darum bittet." Ihre Stimme klingt heiserer als sonst.

Ich lasse meine Knie beugen und setze mich auf ihre Beine, gerade genug Platz lassend, damit ihre Hände die Bewegung fortsetzen können. Die Berührung ist sehr intensiv, ich spüre sie im ganzen Körper, tief in mir drin, ich spüre sie in meiner Seele. Ich neige meinen Kopf, halte mich mit beiden

Händen fest und lasse sie genau das tun, was sie will, genau das, was ich brauche. In diesem Moment fühle ich, dass ich nichts kontrollieren muss, nichts zeigen muss, und ich gebe mich dem intensivsten Vergnügen hin, das ich je gespürt habe, ohne mich zu schämen, es zu zeigen.

Als sie mich endlich in ihre Arme nimmt, hat sich etwas in mir verändert. Ich muss sie spüren, ich muss ihren Körper sehen, ihr Vergnügen hören. Ich ziehe sie hoch und zwinge sie aufzustehen.

"Zieh dich aus, bitte", sage ich.

Obwohl sie aufsteht, zeigt Jacqueline keine Absicht, das zu tun, worum ich sie bitte. Ich nehme sie wieder in meine Arme und knöpfe langsam ihr Hemd auf, öffne den Knopf und den Reißverschluss ihrer Hose. "Komm", dringe ich in sie und reiche ihr meine Hand, um sie zum Bett zu ziehen.

Sie entledigt sich ihrer Kleidung, behält aber ihren Slip und BH an, und legt sich hin, zieht mich wieder zu sich in einen Kuss voller Verlangen.

"War es nicht genug?", fragt sie, als sie sich ein paar Zentimeter entfernt. Ohne auf eine Antwort zu warten, küsst sie mich auf den Mund, und bevor ich Zeit habe zu realisieren, was passiert, gleiten ihre Lippen über meinen Körper, bis sie ihre ganze Aufmerksamkeit auf den Bereich zwischen meinen Beinen richtet. Eine einzige Berührung ihrer Zunge reicht aus, um mich zum Höhepunkt zu bringen, in einer Folge von Spasmen, die nichts aufhalten könnte.

Wir liegen Seite an Seite, ohne etwas zu sagen. Es gibt so viele Fragen, die ich stellen möchte, und doch bringe ich kein einziges Wort heraus. Ich fühle mich unfähig, unfähig zu sprechen, unfähig auch nur einen Muskel zu bewegen. Das Gefühl der Ekstase hält auf eine Art und Weise an, wie ich es noch nie erlebt habe. Es ist gut, hier zu sein, zu gut. Neben mir atmet Jacqueline gleichmäßig. Ich glaube, sie ist eingeschlafen. Alles ist so neu, so unwirklich, und in Kürze werden wir zusammen sein, in Uniform, und der Zauber verfliegt.

Kapitel 21

Montag, 4. November

Jacqueline

Ich wache benommen auf, ohne sofort zu wissen, wo ich bin. Ich sehe die Lichter, die sich im Fenster spiegeln, es ist draußen dunkel. Ich schaue auf die Uhr, fünf Uhr vierzig. Ich strecke den Arm über das Bett, nur um festzustellen, was ich schon ahne - sie ist weg. Besser so. Ich wüsste nicht, was ich sagen soll.

Ich stehe auf, strecke die Beine und ziehe den Bademantel an, der am Fußende des Bettes liegt. Er riecht nach ihr, stelle ich fest, als ich meine Nase in den Stoff stecke und tief einatme. Vielleicht könnte es in einem anderen Kontext, zu einer anderen Zeit anders sein.

Ich setze mich auf das Sofa, ohne das Licht anzumachen, und konzentriere mich auf das Fenster. Nach und nach nimmt die Bewegung auf der Straße zu, es wird bald hell. Ich habe Hunger. Ich rufe den Zimmerservice an und bestelle Frühstück. Punkt sechs Uhr klopft es leise an der Tür, um ein Tablett mit Rührei, Brot, Croissants und zwei Gläsern Milchkaffee auf den Tisch zu stellen. Der freundliche junge Mann mit dem verschlafenen Gesicht sagt automatisch, bevor er hinausgeht: "Guten Appetit und einen wunderbaren Tag für Sie beide." Ich bedanke mich, ohne ihn zu korrigieren. Ich bin allein, aber ich weiß, dass ich zwei Gläser Milchkaffee brauchen werde. Glücklicherweise hat Grassi ein paar Änderungen vorgenommen und heute und morgen habe ich keinen Unterricht und auch kein Krankenhaus, weil ich die Schichten schon abgesagt hatte. Ich könnte nach Hause gehen, aber die Aussicht, bei Olga zu sein, motiviert mich nicht gerade dazu. Der Geruch der Eier macht sich bemerkbar und steigert meinen Appetit. Ich stehe auf, greife nach dem Telefon, das ich auf dem Nachttisch liegen gelassen habe, setze mich wieder hin und fange an zu essen. Es vergehen gut fünf Minuten, bevor ich tue, was ich vorhatte: die E-Mails zu öffnen. Nachrichten vom Krankenhaus und noch eine über die Party am nächsten Wochenende, nichts Besonderes. In der Ecke des Bildschirms zeigt ein Umschlag an, dass es neue Nachrichten gibt. Ob es Elizabeth ist? Wir müssten reden.

"Jack, ich würde dich gerne morgen treffen. Ich glaube, es gibt noch viel zu sagen." Nur sie und meine Mutter nennen mich Jack. Allein der Gedanke, Anna wiederzusehen, lässt mein Herz höher schlagen. Natürlich gibt es viel zu sagen, und vieles wird nie gesagt werden, weil die Zeit die Dringlichkeit der Worte auslöscht. Morgen? Morgen ist heute, überlege ich und überprüfe die Sendezeit der Nachricht. Ich könnte mich mit ihr in meiner Wohnung treffen, besser nicht, ich habe noch nie jemanden dorthin mitgenommen, es ist ein sicherer Ort, nur für mich. Ich überlege, sie anzurufen, schaue auf die Uhr, es ist zu früh. Ich scrolle nach unten, um die anderen Nachrichten zu sehen, eine von Carol, die mich bittet, sie anzurufen, und noch eine von Anna: "Komm zum Abendessen zu mir nach Hause. 20:30 Uhr. Du kennst den Weg."

§

Ich klingele pünktlich um halb neun. Sie öffnet und begrüßt mich mit zwei Küssen auf die Wange, streckt die Hand aus, um die Weinflasche entgegenzunehmen, die ich ihr reiche. Heute kommt es mir weniger seltsam vor, hier zu sein. Neulich konnte ich nicht aufhören, mich umzuschauen und nach Anzeichen zu suchen, nach ihrer Frau, ihrem Sohn. Ob sie immer noch die gleichen Dinge mag? Was für ein Unsinn, nach über dreißig Jahren mag niemand mehr die gleichen Dinge. Das Haus ist schön, aber etwas karg, es wirkt wie eine Hotelsuite. Weiße Wände mit Schwarz-Weiß-Landschaftsfotografien, ein Tisch und ein Regal aus hellem Holz und ein Sofa, das den Großteil des Wohnzimmers einnimmt. Die Küche ist winzig, aber außerordentlich ordentlich.

"Möchtest du den Rest sehen?", fragt sie, als sie merkt, dass ich den Raum betrachte.

"Entschuldige. Nein, nicht nötig, ich habe geschaut, ob ich herausfinden kann, woher die Fotos sind", lüge ich.

"Fotografierst du noch?"

"Manchmal. Wenig. Als ich in den USA war, hatte ich Unterricht, ich habe mit einigen der Besten fotografiert. Es war außergewöhnlich."

Wir stehen beide immer noch mitten im Wohnzimmer. "Komm, leg die Jacke irgendwo ab. Komm mit in die Küche, ich mache gerade unser Abendessen fertig", sagt sie und zieht mich am Arm.

Sie öffnet die Ofentür und lässt ein himmlisches Aroma heraus. Sie reicht mir die Weinflasche, den Korkenzieher und die Gläser. Und ohne dass Erklärungen nötig wären, tue ich, was von mir erwartet wird.

"Auf zweite Chancen", sagt sie und hebt das Glas.

"Auf zweite Chancen", wiederhole ich, ohne genau zu wissen, worauf sie sich bezieht.
Bis wir uns an den Tisch setzen, dreht sich das Gespräch um so banale wie weltliche Themen, was uns schnell zum zweiten Glas Wein führt. "Ich hoffe, es schmeckt dir. Ich esse seit mehreren Jahren kein Fleisch mehr. Es ist eine Mischung aus Pilzen und Gemüse auf einem Bett von gratinierten Kartoffeln", sagt sie, bevor sie den ersten Bissen in den Mund nimmt.
"Sieht gut aus und riecht wunderbar", antworte ich und schiebe mir ebenfalls eine großzügige Portion in den Mund. Sie isst kein Fleisch mehr? Sie, die sagte, sie könne Steaks zu jeder Mahlzeit essen, ist heute Vegetarierin? Es gibt wirklich viele Dinge, die ich nicht weiß.
"Schmeckt es? Neulich habe ich mich müde geredet, aber du hast kaum etwas gesagt. Du bist dran."
"Es ist großartig", bekräftige ich wahrheitsgemäß, "Frag. Was willst du wissen? Gib mir noch etwas Wein und ich erzähle dir alles", ergänze ich, reiche ihr mein Glas und bringe sie zum Lachen.
"Du hast mich gefragt, ob ich mich in Brüssel verliebt habe."
"Und du hast nein gesagt."
"Und du? Hast du dich verliebt?"
"Nein!", rufe ich automatisch aus. Anna lächelt wieder und erinnert mich an die Zeiten, in denen genau so ein Lächeln ausreichte, um eine Flut von Küssen auszulösen und wer weiß, was noch alles. Die Erinnerung an die Zeiten mit ihr bringt intensive Empfindungen mit sich, Leidenschaft, Küsse, die vielen leidenschaftlichen Nächte - die besten überhaupt. Und doch, wenn man die Dinge mit der Nüchternheit des Abstands betrachtet, hatten wir gar

nicht so viele dieser Nächte. Wir waren Mädchen, die bei ihren Eltern lebten. Wir sind in den Osterferien zelten gegangen, und diese zwei Wochen waren die besten meines Lebens, in denen ich Liebe und Lust auf eine Weise entdeckte, wie es nur die Leidenschaft möglich macht.

"Nein?", wiederholt sie fragend. "Und Francesca?"

"Du hörst dich an wie meine Mutter."

"Kennt deine Mutter Francesca?" Ihr Gesicht spiegelt die Bewunderung wider, die sie empfindet, und entlockt mir ein Lachen.

"Nein. Aber sie sagt, ich hätte diesen "verliebten Blick" gehabt, als ich in Mailand war. Und da sie mich von Francesca reden hörte, hat sie die Verbindung hergestellt. Wenn du es wirklich wissen willst, hat sie mir das erst neulich gesagt, und sie sagte noch mehr, sie sagte, sie habe diesen Blick nur zweimal gesehen, einmal als ich in Mailand war und einmal als ich mit dir zusammen war."

"Bist du sicher, dass du von deiner Mutter sprichst? Sie hat dir das gesagt? Neulich?" Anna hört auf zu essen und schaut mich an.

"Meine Mutter hat manchmal Momente extremer Klarheit und sagt Dinge, von denen ich nie gedacht hätte, sie zu hören. Aber genug. Ich will nicht über sie reden. Es reicht, wie sehr sie sich in unser Leben eingemischt hat. Krank, alt, klar oder weniger klar im Kopf - ich will sie so weit weg wie möglich haben", schließe ich, verärgert darüber, dass ich an meine Mutter denke und über sie rede. Ich nehme einen Schluck Wein und fülle die Gläser nach. "Vielleicht war ich in Francesca verliebt, vielleicht bin ich es immer noch, aber es ist anders, es ist 'Francesca'!"

"Ich weiß nicht, ob ich das verstehe, aber ich glaube, ich will es auch nicht

verstehen", sagt sie und schiebt sich einen weiteren Bissen in den Mund.
"Warst du immun gegen Francesca?", kann ich nicht anders, als zu fragen.
"Nein", ist das einzige Wort, das sie äußert, bevor sie wieder nachhakt: "Und Olga?"
"Olga ist bequem. Lebhaft, fröhlich, immer auf Partys, viele Freunde, gutes Essen und viel Wein."
"Klingt wie die Beschreibung eines Urlaubsprogramms", sagt sie ironisch und schüttelt den Kopf.
"Und deine Frau?"
"Sie ist nicht lebhaft oder fröhlich. Sie ist Physikerin! Sie ist gerne allein. Zwei oder drei Freunde und endlose Gespräche über zumindest für mich seltsame Themen."
"Klingt wie ein Ablehnungsschreiben", kontere ich mit dem gleichen Sarkasmus.
"Ich wollte Kinder haben und nicht allein sein. Francesca hat uns zum richtigen Zeitpunkt einander vorgestellt. Lucas ist fantastisch und sie ist eine fabelhafte Mutter, das lässt sich nicht leugnen. Kaffee?", fragt sie, während sie aufsteht, um die Teller abzuräumen.
Ich folge ihr in die Küche und lehne mich an die Arbeitsplatte, während sie den Kaffee macht. "Diese Liebesgeschichte ist für uns nicht besonders gut ausgegangen", stelle ich fest, "Du hast es besser, zumindest hast du Lucas".
"Wir lassen uns scheiden", antwortet sie und reicht mir die Tasse, während sie einen Löffel Zucker und einen Schuss Milch in ihre gibt.
"Wirklich?"
"Lucas wird 16, mir geht es gut, es ist an der Zeit, dass jede ihren eigenen

Weg geht. Er wird bei ihr wohnen bleiben, sie verstehen sich gut und er will Brüssel nicht verlassen."

"Und du? Hast du nicht gesagt, du bist nur für ein paar Monate hier?", ich lasse mich auf dem Sofa nieder und balanciere die Tasse auf den Knien, ohne aufzuhören darüber nachzudenken, was sie mit "mir geht es gut" meint.

"Mein Plan ist, nach Mailand zurückzukehren, aber wer weiß..." Auf dem Weg von der Küche ins Wohnzimmer hält Anna an, um die Musik zu wechseln, die zu hören ist. Sie nimmt die leere Tasse von meinem Schoß und setzt sich neben mich, so dass sich unsere Knie berühren.

"Erinnerst du dich?", fragt sie, als unser Lied ertönt.

Ich rieche ihren Duft, spüre die Wärme der Haut ihres Gesichts an meinem und fast sofort die Berührung ihrer Lippen. Es ist unvermeidlich.

Wir küssen uns innig und leidenschaftlich. In diesem Moment fühlt es sich an, als wären wir in der Zeit zurückversetzt worden, zu den glücklichen Momenten unserer Jugend voller Liebe und Lust.

Doch plötzlich kommt mir das Bild von Elizabeth gestern Nacht in den Sinn. Alles auf einmal ist zu viel, um weiterzumachen.

Liebevoll nehme ich Annas Hand. "Ich glaube, wir gehen zu schnell vor." Sofort sieht sie mich nach einer Erklärung suchend an. "Entschuldige, ich habe mich mitreißen lassen. Es ist schwer, sich zurückzuhalten."

"Warum musst du dich zurückhalten? Ich verstehe nicht."

"Entschuldige. Ich will, das weißt du, aber wir müssen es langsamer angehen lassen." Das ist es nicht, das weiß ich, aber welche andere Erklärung kann ich ihr geben?

Sie umarmt mich erneut, nimmt mein Haar zwischen ihre Finger und küsst mich sanft. "Wir haben alle Zeit der Welt."

Kapitel 22

Samstag, 9. November

Elizabeth

Wir betreten den Saal Seite an Seite, nachdem ich mich entschieden geweigert habe, Händchen haltend hineinzugehen. Alles hat seine Grenzen. Rafael ist in seinem Element, in schwarzem Anzug über einem ebenfalls schwarzen Pullover, mit nach hinten gekämmtem Haar, sieht er noch mehr wie ein Filmstar aus. Nachdem er tagelang versucht hatte, mich zu überreden, ein Kleid zu tragen, blieb ihm keine andere Wahl, als zu akzeptieren, dass ich in einem beigen Hosenanzug und gekreuzter Jacke komme, die vermuten lässt, dass ich nichts darunter trage, obwohl das nicht stimmt. Auf dem kurzen Weg zur Bar sind es mehrere Personen, die sich an uns wenden. Ich kenne niemanden, aber er verteilt Grüße und Lächeln.

"Sohn!" Ich springe erschrocken zurück, als ich die Stimme hinter mir höre. Ein älterer Mann spricht Rafael an und schließt ihn in die Arme.

"Papa", erwidert er das Offensichtliche.

Das ist also der mächtige Doktor Pérez, jetzt, wo ich genauer hinschaue, erinnere ich mich, ihn schon einmal gesehen zu haben.

"Willst du uns nicht vorstellen?", fragt er und fixiert seinen Blick auf mich, genauer gesagt auf mein Dekolleté.

"Natürlich Papa, das ist Elizabeth. Ich habe dir schon von ihr erzählt." Rafael nutzt den Moment und legt den Arm um meine Taille.
Als er mich begrüßt, schreckt Rafaels Vater nicht davor zurück, seine Hand auf meinem Rücken ruhen zu lassen und mich leicht über dem Po zu berühren. Wie ekelhaft, denke ich, schließe die Augen fest, um es auszuhalten und nicht sofort von hier nach draußen zu rennen. Als ich sie einen Moment später wieder öffne, begegne ich Jacquelines Blick. Sie steht auf der anderen Seite des Saals, begleitet von Grassi und einem Mann, den ich noch nie gesehen habe, der sie aber mit ziemlicher Vertrautheit behandelt. Ich weiche zur Seite aus und befreie mich nicht nur von der Begrüßung von Rafaels Vater, sondern auch von Rafaels Arm. "Ich brauche einen Drink", sage ich.
Da er anscheinend nichts anderes zu tun und niemand anderen hat, mit dem er reden kann, fährt Rafaels Vater fort, Fragen zu stellen. Rafael antwortet, als ob alles einen Sinn ergäbe, als ob wir tatsächlich über unser Leben, unsere Beziehung sprechen würden. Aus dem Nichts gibt er mir einen Kuss, so unerwartet wie vorhersehbar. Sein Vater schaut uns an und lächelt, sofort wende ich den Blick in den hinteren Teil des Saals, Jacqueline lächelt nicht, aber sie starrt uns direkt an.
"Lange nicht gesehen, dich habe ich schon ewig nicht mehr getroffen", ertönt neben mir eine männliche Stimme, die sich an Rafaels Vater richtet.
"Wie geht es dir? Was für eine Ewigkeit!", antwortet er und begrüßt den Mann mit einer Umarmung. Er macht Platz, damit der Freund näher kommen kann, "Rafael, mein Sohn, erinnerst du dich an ihn?"
"Natürlich, er sieht noch genauso aus wie als Kind", behauptet der andere

und schenkt auch Rafael eine Umarmung.
"Die Freundin, die hübsche Elizabeth", fährt er fort und legt seine Hand auf meine Schulter.
"Hübsch, ohne Zweifel", kommentiert er und reicht mir die Hand. "Luiza, komm her. Schau mal, wen ich getroffen habe!"
Noch bevor ich mich umdrehe und ihr begegne, kann ich erahnen, was passieren wird, die Welt ist zu klein, Zufälle gibt es, und heute Abend ist definitiv nicht mein Abend.
Während des Abendessens verläuft alles normaler, wir sitzen neben Camila, Mia und anderen Kollegen aus dem Programm und glücklicherweise weit weg von Rafaels Vater, Grassi und Jacqueline. Obwohl ich die Distanz zu schätzen weiß, kann ich nicht aufhören, sie aus den Augenwinkeln zu beobachten und jede ihrer Bewegungen zu verfolgen. Wer mag der Mann sein, der bei ihr ist? Ob sie wohl verheiratet ist? Wir haben nie darüber gesprochen, wir haben eigentlich nie über irgendetwas gesprochen, aber ich bin immer davon ausgegangen, dass sie es nicht ist.
"Jetzt, wo wir unter uns sind", sagt Camila lachend und dreht den Kopf von einer Seite zur anderen, "könnt ihr mir erklären, was das für eine Geschichte ist, dass ihr hier Händchen haltend wie zwei Turteltauben herumlauft? Was zum Teufel ist los?"
Ohne zu antworten, zuckt Rafael mit den Schultern und küsst mich. Ich erwidere den Kuss nicht, aber ich stoße ihn auch nicht weg. Wieder schaut Jacqueline zu, und natürlich auch sein Vater. Ich merke, wie er etwas sagt, das Grassi laut auflachen und das Glas in unsere Richtung heben lässt.
Nach dem Abendessen teilen sich die Gruppen wieder auf und verteilen sich

im Saal. Rafael besteht darauf, dass wir tanzen. "Es läuft doch gut", sagt er mir ins Ohr und bewegt sich langsam im Takt der Musik.
"Wenn du meinst", ich führe eine Hand an die Stirn, um wie gewohnt die Haarsträhne beiseite zu schieben, und folge dem Rhythmus der Ballade, die zu hören ist.
"Mein Vater vergöttert dich. Jacqueline ist im Aufwind. Sogar Grassi scheint sich zu amüsieren."
"Wer ist der Mann, der bei ihr ist?", frage ich, ohne meine Neugier zügeln zu können.
"Ich habe ihn noch nie gesehen, vielleicht ist es ihr Mann", antwortet er unverbindlich. "Wusstest du nicht, dass sie verheiratet ist?"
"Nein, das wusste ich nicht, aber das ist auch egal. Ich habe nichts mit ihrem Leben zu tun. Sollen sie doch alle zur Hölle fahren. Ich habe die Nase voll von diesem Programm." Ich halte abrupt an, drehe mich um und gehe in den Garten. Mit Ausnahme von drei Rauchern ist der Bereich menschenleer, wahrscheinlich wegen der Kälte.
"Komm rein, das tut dir nicht gut." Rafael legt den Arm um meine Schultern, was die Eiseskälte etwas mildert. "Lass uns etwas Stärkeres trinken." Er nimmt mich an der Hand und führt mich in Richtung Bar.
Wir bestellen zwei Kaffee und zwei Gins. Der Kaffee hilft mir, mich aufzuwärmen, und der erste Schluck Gin erledigt den Rest. Ich fühle mich schon besser.
"Du bist eine der Besten in diesem Programm."
"Was sagst du da? Hast du zu viel getrunken, oder was?", frage ich mit zusammengekniffenen Augen. Sein Gesichtsausdruck ist schrecklich ernst,

für einen Moment wirkt er wie jemand, dem man vertrauen kann, mit dem man reden kann.
"Du bist großartig. Du hast alles, was das Programm sucht. Ich kann mir vorstellen, wie du auf Missionen gehst, selbst unter extremsten Bedingungen. Fotografierst, Reportagen machst und sogar, sogar... Manchmal wirkst du auch wie eine Ärztin."
"Bin ich auch", antworte ich, ohne mich zurückzuhalten, und halte mir die Hand vor den Mund.
"Bist du? Du bist Ärztin?" Seine ungläubige Miene bringt mich zum Lachen.
"Am Ende bist du doch nicht so gut informiert, wie du denkst", gewinne ich Zeit, um mir zu überlegen, wie ich aus der Situation herauskomme.
"Du hast bei der Bewerbung gelogen", wirft er ein und stellt das leere Glas zurück auf die Theke.
"Ich habe nicht gelogen, nur etwas verschwiegen."
"Es gab ein Bewerbungsverfahren für Ärzte und eines für Journalisten, man sollte sich nicht als Journalist bewerben und dann Arzt sein."
"Es stand nirgendwo, dass es verboten ist", erwidere ich.
"Du hast damit einen Vorteil gewonnen."
"Vielleicht, na und? Sie wollen doch die Besten, oder?"
"Wow, diese Seite kannte ich noch nicht an dir. Erinnere mich daran, dich nie zum Fußballspielen einzuladen", sagt er ironisch, ohne mich merken zu lassen, wie harmlos der Kommentar ist.
"Und du? Was verheimlichst du?"
"Nichts, ich bin so durchsichtig wie der Gin in deinem Glas", sagt er feierlich und lacht laut auf, als er die rosa Flüssigkeit betrachtet, die der Barkeeper in

mein Glas gegossen hat.
Diesmal lache auch ich. "Wirst du mir nicht verraten, warum du das alles machst? Erst die Prüfung, jetzt das, du musst etwas verbergen."
Wir werden unterbrochen durch die Ankunft seines Vaters, begleitet von Grassi, Jacqueline und dem Mann, der bei ihr ist und den ich nun als Antonio kenne.
"Rafael, was verheimlichst du?", fragt ihn sein Vater, der meine letzten Worte aufschnappt. "Bei einer Frau wie dieser musst du dich anständig benehmen", wieder ein Chor von Gelächter, auf das Jacqueline mit einem gequälten Lächeln antwortet. "Sie kennen sich alle, nicht wahr?" Rafaels Vater benimmt sich, als wäre er der Gastgeber, und niemand widerspricht ihm.
Der Einzige, der reagiert, ist Rafael, der sich an den Mann neben Jacqueline wendet: "Ich glaube, wir wurden nicht vorgestellt, Rafael Pérez", sagt er und reicht ihm die Hand.
"Dein Vater hat schon die Ehre gehabt", antwortet er und schüttelt ihm die Hand. "Antonio, Jacquelines Mann."
Mein Herz macht einen Satz und für einen Moment sehe ich alles verschwimmen. Ich darf nicht ohnmächtig werden, nicht jetzt, nicht hier.
"Geht es Ihnen gut, Elizabeth?", fragt Grassi, packt mich am Arm und legt in einer automatischen Geste die Finger auf meinen Puls. "Sie sind plötzlich blass geworden."
"Nein, es ist nichts. Ich habe wohl ein bisschen zu viel getrunken." Ich stehe auf und renne zur Toilette. Zum Glück ist niemand da. Ich schließe die Tür hinter mir und übergebe mich, spüre heftige Krämpfe, jedes Mal, wenn die

Flüssigkeit gluckernd aus meinem Mund quillt. Ich wische mir die Lippen mit etwas Papier ab und setze mich auf den Boden, die Beine angewinkelt, die Knie an die Brust gepresst. Ich schmecke Bitterkeit, meine Nase läuft und meine Augen brennen, aber nichts davon stört mich so sehr wie das Engegefühl in meiner Brust. Ich atme wieder und wieder tief durch, atme langsam aus in dem Versuch, wieder etwas Kontrolle zu erlangen. Als ich endlich die Tür öffne, wartet Mia am Waschbecken auf mich.

"Geht es dir gut? Doktor Brun hat mich geschickt, um nach dir zu sehen, sie sagt, dir ist schlecht geworden", kommt sie auf mich zu und nimmt mich liebevoll an der Hand.

"Es muss wohl der Gin gewesen sein. Mir geht es schon besser. Lass mich noch schnell das Gesicht waschen, dann gehen wir wieder raus", setze ich meine Worte in die Tat um.

Mia scheint es nicht eilig zu haben zurückzugehen. "Hattest du eine Ahnung, dass sie verheiratet ist?" Als sie meine Überraschung bemerkt, erklärt sie mir in wenigen Worten, wie ihre Mutter und Jacqueline sich kannten, und schließt mit den Worten: "Ich kann kaum glauben, dass Jacqueline nach allem, was ich meine Mutter habe sagen hören, mit einem Mann verheiratet ist."

"Was willst du damit sagen?"

"Dass ich immer davon ausgegangen bin, dass sie lesbisch ist. Aber heute ist sie mit ihrem Mann hier, ich kann nicht aufhören zu denken, dass da etwas nicht zusammenpasst."

"Nach dem, was du sagst, hat deine Mutter sie vor über fünfzehn Jahren kennengelernt, da kann sich vieles geändert haben, das weißt du nicht", stelle

ich fest und vermeide es, zu viel über ihren Kommentar nachzudenken.
Wir gehen zurück zu Rafael, der sich zu Grassi, Jacqueline und Antonio, Camila und zwei weiteren Ärzten aus dem Programm gesetzt hat. Ich drehe den Kopf und schaue mich im Saal nach seinem Vater um, kann ihn aber nicht entdecken. Rafael lächelt mich an, rückt den Stuhl neben sich zurecht, damit ich mich setze, und legt seine Hand auf meine auf dem Tisch. Ich weiß nicht, warum alle fast schweigen und warum sie zur Bühne schauen, die vorerst leer ist. Wie als Antwort auf meine Fragen werden die Lichter gedimmt und Rafaels Vater taucht auf und geht unter tosendem Applaus zum Mikrofon.
"Danke! Danke an das ganze Organisationsteam, nicht nur für den heutigen Tag, sondern für das großartige Programm, das Sie durchführen. Im Namen aller, die das Programm unterstützen, obliegt es mir, ein paar Worte zu sagen. Ich werde mich kurz fassen und versuchen, Sie nicht zu langweilen."
Er macht eine theatralische Pause, während ein Lichtstrahl den nun dunklen Saal durchquert und nacheinander jeden der Tische beleuchtet. In dem Moment, in dem unserer beleuchtet wird, sehe ich, wie Jacquelines Augen auf Rafaels Hand ruhen, die auf meiner liegt.
"Jeder weiß, wie schwierig es war, die Bedingungen zu schaffen, um dieses Programm durchführen zu können, das zum ersten Mal militärische und zivile Anstrengungen vereint. Wir werden das differenzierteste Zentrum für komplexe Traumata in Europa haben. Wie Sie wissen, besteht unsere Aufgabe darin, Situationen mit hochkomplexen Traumata zu behandeln, insbesondere im Zusammenhang mit Unfällen und Hochleistungssport. Zusätzlich zu dem Zentrum hier in Barcelona werden wir Teams haben, die

in Extremsituationen eingreifen, wo immer es nötig ist."

Eine Weile höre ich ihm nicht mehr zu, in dem Saal herrscht tiefe Stille, als ob niemand zu atmen wagt. Er sagte Teams in der Mehrzahl, ist das ein Fehler? Soweit ich weiß, sollte nur ein Eliteteam aufgestellt werden, und nur für Einsätze im europäischen Raum. Das stand in den Anfangsinformationen und daran erinnere ich mich, es von Grassi an unserem ersten Tag gehört zu haben.

"Geht es dir gut?", fragt mich Rafael ins Ohr, während er leicht meine Hand drückt.

Ich nicke und konzentriere mich wieder auf die Rede.

"Die Ergebnisse, die uns für diesen ersten Arbeitsmonat übermittelt wurden, sind fantastisch. Es scheint, dass die Auswahl der Kandidaten richtig war und wir Schwierigkeiten haben, zu entscheiden, wer am Ende bleiben wird. Meine Rolle in diesem Projekt ist es nicht, bei Ihnen zu sein oder Teil des klinischen Teams zu sein, so sehr ich das auch möchte, dafür bin ich nicht mehr jung genug. Aber das Alter hilft bei anderen Arten von Aufgaben, und es ist mit großem Stolz, dass ich heute ankündige, dass wir Unterstützung erhalten haben, die es uns ermöglichen wird, die Grenzen unserer Missionen auf die ganze Welt auszudehnen und das Zentrum für mindestens fünf Jahre zu finanzieren."

Noch bevor er die letzten Worte ausspricht, wird der Applaus hörbar, breitet sich allmählich auf den ganzen Saal aus und bringt viele dazu, von ihren Stühlen aufzustehen zu einer stehenden Ovation.

"Es war schwierig, das werde ich nicht leugnen, und wir mussten verschiedene Bedingungen akzeptieren, aber wir haben es geschafft. Heute habe ich die Ehre, einige der Namen mit Ihnen zu teilen, die es uns ermöglichen, hier zu sein." Rafaels Vater macht eine Pause und auf dem Bildschirm hinter ihm erscheinen Namen von Unternehmen, Personen und einige Fotos. Ich erkenne einen republikanischen Senator des konservativsten Flügels der Partei in den Vereinigten Staaten, einige Pharmaunternehmen, ein Unternehmen, das Hochleistungssport in den Emiraten fördert, und ein italienisches Technologieunternehmen. Inmitten der Bilder so vieler Männer fällt mir das Foto einer Frau auf. Nach und nach frage ich mich, was das alles bedeutet. Wusste Rafael es schon?

Kapitel 23

Samstag, 9. November/ Sonntag, 10. November

Jacqueline

Francescas Bild inmitten der Mäzene zu sehen, ist gelinde gesagt unerwartet. Wir haben oft über dieses Programm gesprochen und eigentlich war sie es, die mich davon überzeugt hat, dass ich den Vorschlag annehmen sollte. Wie kommt es, dass sie mir nie etwas gesagt hat? Ich schlucke, zeige aber mein Unbehagen nicht. Letztendlich lässt sich der Abend mit "Unbehagen" zusammenfassen.

Als Rafaels Vater wieder an unserem Tisch ist, wirkt er sichtlich begeistert, außerdem scheint er schon mehr getrunken zu haben als klug wäre. "Wir sind an der Spitze! Die Besten der Besten!", ruft er aus und erhebt sein Champagnerglas in die Luft. "Wir mussten Zugeständnisse machen, das stimmt, aber wir werden uns nicht über mangelnde Finanzierung beklagen können."

"Welche Zugeständnisse denn genau?", kann ich nicht umhin zu fragen, obwohl ich weiß, dass es besser gewesen wäre zu schweigen.

"Liebe Doktor Brun, viele ziehen es immer noch vor, Männer in diesen Positionen zu sehen, Sie wissen ja, wie das ist. Missionen, riskante Orte, schwierige Entscheidungen, da müssen Sie zustimmen, dass Männer besser

geeignet sind für solche Dinge."
Ich will antworten, schlucke aber nur noch einmal.
"Nein, verstehen Sie mich nicht falsch, ich sage nicht, dass es keinen Platz für alle gibt, nur müssen wir bei unseren Entscheidungen strategisch vorgehen."
"Wie viele Elite-Teams gibt es am Ende?", mischt sich Grassi ein.
"Mindestens zwei, eines für Europa und den Nahen Osten und eines für Amerika. Wer weiß, was die Zukunft bringt."
Ich halte noch ein paar Minuten durch, bevor ich mich mit dem Verweis auf frühe Verpflichtungen morgen verabschiede.
"Soll ich dich zur Wohnung bringen?", fragt mich Antonio, ohne zu erwähnen, was da drinnen passiert ist.
"Ich glaube, ich fahre mit dir. Ich habe Olga gesagt, dass ich nicht hingehe, aber nach diesem Abend wird es mir guttun. Morgen, ich meine später", korrigiere ich mich mit einem Blick auf die Uhr, die schon fast drei Uhr morgens zeigt, "fahre ich mit dem Zug zurück."
Wir legen die Fahrt schweigend zurück. Antonio setzt mich an der Tür ab, ich danke ihm und sehe dem Auto nach, bis die Lichter am Ende der Straße verschwinden. Ich gehe durch das Tor, zu dieser Jahreszeit schläft Ben in der Küche, besser so, sonst hätte ich das ganze Haus geweckt. Ich drehe den Schlüssel im Schloss und betrete das Wohnzimmer. Wie zu erwarten sind die Lichter aus. Olga muss schon schlafen, auch wenn sie zum Abendessen da waren, müssen sie schon vor Stunden gegangen sein, denke ich, als ich bemerke, dass Teller auf der Spüle stehen.
Ich halte in der Küche an, um Wasser zu trinken, und gehe dann die Treppe

in zwei Stufen auf einmal hoch. Als ich mich der Schlafzimmertür nähere, höre ich gedämpfte Stimmen, ein Geräusch, von dem ich annehme, dass es vom Fernseher kommt. Es ist immer dasselbe, sie schläft ein und lässt den Fernseher die ganze Nacht laufen. Ich öffne die Tür, der Raum ist vom Bildschirm erleuchtet, wo die Figuren in eine tiefgründige Diskussion vertieft zu sein scheinen. Bevor ich ausschalte, werfe ich einen Blick auf das Bett. Mein Herz bleibt fast stehen, ich springe auf, stütze mich auf die Kommode, um nicht zu fallen, und lehne mich an die Wand, unfähig, einen Laut von mir zu geben. Halb zugedeckt liegen Olga und Carl tief schlafend im Bett. Ich atme wieder und wieder, bis ich meine Fassung zurückgewinne. Ich möchte schreien, fliehen, sie schlagen, und alles, was ich tue, ist mich umzudrehen und leise die Tür hinter mir zu schließen und den Fernseher im Zimmer weiterlaufen zu lassen.

Ich setze mich auf das Sofa im Wohnzimmer, ohne zu wissen, was ich tun oder wohin ich gehen soll. Ich habe nicht mal ein Auto, überlege ich und schüttele heftig den Kopf, um dann das Gesicht in den Händen zu verbergen und die Ellbogen auf die Knie zu stützen. Ich kann nicht weinen. Es ist zwanzig nach vier, heute ist Sonntag, der erste Zug fährt erst um neun. Ich nehme einen der wärmeren Mäntel aus dem Schrank hier unten, wechsle die Schuhe gegen Turnschuhe und gehe wieder hinaus. Ziellos wandere ich über zwei Stunden durch die menschenleeren Straßen des Viertels. Fünfzehn vor sieben bleibe ich vor dem Haus meiner Mutter stehen. Das Licht im Küchenfenster deutet an, dass es schon Bewegung gibt. Sicher werden sie es merkwürdig finden, aber ich brauche wirklich einen Kaffee. Ohne Alternative und wahrscheinlich benommen von der durchwachten Nacht

überquere ich den Garten und klopfe mit den Knöcheln an die Holztür.
Ich höre Schritte und dann öffnet sofort eine der Frauen, die sich um meine Mutter kümmern, die Tür, ohne ihre Überraschung zu verbergen. "Ist alles in Ordnung, Doktor? Ist etwas passiert? Kommen Sie rein, Sie sehen halb erfroren aus, Ihre Lippen sind blau. Setzen Sie sich hier in der Küche hin und trinken Sie einen Kaffee, ich habe gerade welchen für Ihre Mutter gemacht."
Ich tue genau, was sie sagt, ohne mich darum zu kümmern, ihre Fragen zu beantworten; eigentlich scheint es sie auch nicht zu kümmern, Antworten zu bekommen. Meine Mutter sitzt in der Küche, mit einer Tasse Kaffee und einem Toast. "Guten Morgen", sagt sie und sieht mich an, als wäre es das Normalste, dass ich um diese Zeit hier bin. "Setz dich und iss. Du bist blass. Bist du krank? Weißt du, ob dein Vater schon wach ist?"
Es ist schön, die Realität zu vergessen und zu glauben, dass alles ist wie früher, aber das ist es nicht. "Es geht mir gut. Nichts, was ein Milchkaffee nicht lösen kann", antworte ich, als hätte ich den Rest nicht gehört.
Geschickt zieht sich die Dame, die mir die Tür geöffnet hat, unter dem Vorwand zurück, meine Anwesenheit zu nutzen, um sich zu waschen.
"Du brauchst nicht so ein Gesicht zu machen, ich weiß, dass dein Vater schon tot ist, aber ich denke gerne, dass er noch bei uns ist."
Ich hole tief Luft, das Gespräch kommt mir immer seltsamer vor. "Ich war bei Anna", sage ich ohne Zusammenhang.
"Und warum hast du nicht dieses Leuchten in den Augen?" Trotz der Seltsamkeit der Frage hat sie durchaus Recht.
"Die Zeit ist vergangen. Es gab Momente, in denen mir alles gleich vorkam,

und andere, in denen ich das Gefühl hatte, bei einer Fremden zu sein. Ich konnte nicht. Ich konnte nichts fühlen."

"War es die Zeit oder dieses andere Mädchen, von dem du mir erzählt hast? Kannst du mir noch Kaffee geben?", fährt sie im selben Ton fort und reicht mir die Tasse.

Es ist verwirrend. "Wer, Elizabeth? Nein, das hat nichts damit zu tun. Ich hatte Anna seit über dreißig Jahren nicht mehr gesehen, die Menschen ändern sich und die Gefühle auch."

"Es gibt eine Geschichte, die ich dir nie erzählt habe. Als du sechs Jahre alt warst, habe ich mich Hals über Kopf in einen Freund von uns verliebt. Er war verheiratet, ich auch. Ich hatte keinen Zweifel, dass er die Liebe meines Lebens war, und ich kann sagen, dass er genauso empfand. Wir waren ein paar Mal zusammen, bis dein Vater es herausfand und es seiner Frau erzählte. Ich habe mich nicht von deinem Vater getrennt und er auch nicht von seiner Frau. Wir hörten auf, uns zu sehen, und machten mit dem Leben weiter. Jahre später ließ er sich scheiden, suchte mich aber nicht auf. Als dein Vater starb, suchte ich ihn auch nicht auf. Es vergingen mehr als dreißig Jahre, bevor wir uns wieder trafen. Wir unterhielten uns, küssten uns, schliefen miteinander, aber der Zauber war verflogen. Die Realität wird den Erinnerungen nie gerecht, schon gar nicht Erinnerungen, die wir so lange gepflegt haben. Man kann nicht zurückholen, man kann nicht zurück, bestenfalls kann man sich neu in diese Person verlieben, die man am Ende gerade erst kennengelernt hat, aber das ist alles."

Ich höre meiner Mutter zu, als wäre es ein Traum, aus dem ich nicht aufwachen will. Ihr intensiver Blick, ihre Hände um die Tasse, die Tiefe

jedes Wortes, alles hat einen Hauch von Unwirklichkeit, und gleichzeitig ist es, als würde sie meine eigene Geschichte erzählen, als würde sie das letzte Kapitel eines Buches enthüllen, das ich noch nicht gelesen habe.
"Ich glaube, du hast dich schon verliebt und hast es noch nicht gemerkt. Kannst du jetzt bitte nach hinten gehen und schauen, ob dein Vater noch lange braucht? Der Kaffee wird kalt und du weißt, wie er ihn gerne heiß mag."
Ich schiebe den Stuhl zurück und tue, was sie sagt. Im Flur treffe ich die Dame, die hier offensichtlich Zeit schinden will, um uns nicht zu unterbrechen. "Danke. Ich glaube, ich muss gehen", sage ich einfach, aber nicht ohne sie vorher zu umarmen.
Auf der Straße hat der Verkehr erheblich zugenommen, ich schaue auf die Uhr, halb neun, ich muss mich beeilen, wenn ich den Zug erwischen will.
Ich schlafe ein, sobald ich mich in den Sitz lehne, und wache gerade noch rechtzeitig auf, um an meiner Station auszusteigen. Ich komme erschöpft in der Wohnung an, aber unerklärlich ruhig. Ich lege mich angezogen aufs Bett, schließe die Augen und denke an die Party, an die Worte von Rafaels Vater, an das Foto von Francesca, an Carl, der in meinem Bett liegt, an meine Mutter, an Elizabeth, die Rafael küsst, an ihr Gesicht, als Antonio sich als mein Mann vorstellte, und ich höre nicht auf zu lächeln. Als ich aufwache, scheint die Sonne nur noch schwach. Ich sterbe vor Hunger. Ich greife nach dem Telefon, noch bevor ich aufstehe, ich muss Francesca anrufen, aber bevor ich Zeit habe anzurufen, erscheint eine Nachricht: "Wie war die Party? Ist alles in Ordnung, Jack?"
Ich beginne eine Antwort zu schreiben, gebe aber auf und rufe sie an: "Hast

du Lust, etwas essen zu gehen?", frage ich, sobald sie abnimmt.
"Auch dir einen guten Nachmittag. Bist du gerade aufgewacht oder täusche ich mich?"
"So ungefähr. Ich habe Kopfschmerzen."
"Das passiert, wenn man zu viel trinkt", antwortet sie lachend. "Komm her, ich mache dir etwas zu essen und gebe dir ein Schmerzmittel."
Nach einem Sandwich, einer heißen Tasse Tee und einer Tablette fühle ich mich viel besser. Ich möchte meine letzten vierundzwanzig Stunden mit ihr teilen, weiß aber nicht, wo ich anfangen soll. Knapp beschreibe ich ihr die Party, lasse alles aus, was mit Elizabeth zu tun hat, und konzentriere mich auf das Thema der Mäzene und Francesca, die ich am Ende immer noch nicht angerufen habe.
"Ich verstehe die Überraschung nicht. Du bist zu naiv.", ist der Kommentar zu meinen Worten.
"Wie meinst du das? Was willst du damit sagen? Kennst du das Programm? Weißt du etwas, was ich nicht weiß?"
"Vielleicht. Aber was ich weiß oder nicht weiß, ist nicht relevant. Warum bist du Teil des Programms?"
Die Frage erwischt mich unvorbereitet: "Weil ich eingeladen wurde."
"Richtig. Aber wer hat dich eingeladen? Und warum?"
"Grassi.", versuche ich mir ins Gedächtnis zu rufen, was damals passiert ist. Es war vor ungefähr sechs Monaten. Als ich aus New York zurückkam, arbeitete ich im Zentralkrankenhaus und, wenn ich so darüber nachdenke, machte ich nichts Relevantes auf diesem Gebiet. "Ich weiß nicht warum. Wir hatten uns seit Jahren nicht mehr gesehen. Vielleicht hatte er von meiner

Arbeit in New York gehört. Ich weiß es nicht, ich habe ihn nie gefragt. Er lud mich ein, erklärte mir das Projekt und ich dachte, es sei perfekt. Ich habe keine Erwartungen, in den Elitemissionen zu bleiben, aber vielleicht bieten sie mir einen Platz im neuen Zentrum an. Wenn nicht, zählt es als Erfahrung."

Anna sieht mich weiterhin an, ohne etwas zu sagen.

"Glaubst du, es war Francesca? Ich habe mit ihr darüber gesprochen, aber ich hätte nicht gedacht, dass sie etwas davon weiß", frage ich mich mehr selbst als sie.

"Ich weiß nicht, kann sein. Vielleicht dachte sie, dass es dir im Zentralkrankenhaus nicht gut ging. Warum fragst du sie nicht?"

"Ich werde keinen Platz annehmen, der durch Lobbying gewonnen wurde", erkläre ich kategorisch kopfschüttelnd. "Das ist gut für diesen Rafael und seine Familie, nicht für mich."

"Auch wenn du nicht annimmst, riskierst du, von einer anderen Lobby übergangen zu werden, denk darüber nach."

Ich bin zu müde, um dieses Gespräch fortsetzen zu können. Morgen rufe ich Francesca an, ich muss verstehen, was los ist. "Um das Thema komplett zu wechseln, ich habe dir noch etwas Wichtiges nicht erzählt, Olga ist mit Carl zusammen.", platze ich heraus.

"Wie meinst du das, 'ist mit Carl zusammen'? Wer ist Carl?", richtet sie sich auf dem Sofa auf und dreht sich mir zu, die Beine über den Sitz gekreuzt.

"Ein Kollege von ihr, ein Lehrer dort an der Schule. Gestern bin ich am Ende mit Antonio per Anhalter zurückgekommen. Als ich mitten in der Nacht nach Hause kam, ging ich ins Schlafzimmer und sie waren dort, eng umschlungen in meinem Bett schlafend. Reicht das, um 'zusammen sein' zu definieren oder brauchst du mehr?"

Anna rückt näher zu mir und breitet die Decke, die sie auf dem Schoß hat, über unsere Knie aus. "Besser so, das macht alles klarer. Hast du mit ihr gesprochen? Was wirst du tun?"

"Nein. Ich bin rein und raus und sie haben mich nicht gesehen. Ich werde mich von einer Ehe scheiden lassen, die nie existiert hat, zumindest auf dem Papier. Jetzt werden wir beide geschieden sein", sage ich lachend und umarme sie.

Ihr Gesicht dicht an meinem, der Duft ihres Parfüms, die Hände in ihrem Haar, das reicht aus, um von einer Welle der Lust erfasst zu werden. Vielleicht hat meine Mutter Recht, vielleicht kann ich mich wieder verlieben. Ich küsse sie und sie erwidert, immer und immer wieder. Ich streiche mit den Fingern über ihr Hemd, aber mit einer sanften Geste ergreift sie meine Hand und lässt mich nicht weitermachen.

"Langsam, ohne Eile, das hast du selbst gesagt. Heute ist ein Tag, um Tee zu trinken, zu reden, im Pyjama zu Abend zu essen und vielleicht später einen Film anzuschauen. Verstanden?"

"Verstanden", antworte ich und gebe ihr einen Kuss auf die Lippen.

"Darf ich dir eine Frage stellen? Du antwortest nur, wenn du willst."

"Natürlich", was wird wohl jetzt kommen?

"Hast du dich in all den Jahren jemandem wirklich hingegeben?", spricht sie langsam und hält meine Hand fest, lässt mich nicht weggehen.

Unerwartet, ist alles, was ich denken kann. Ich könnte lügen, schließlich war ich mit vielen Frauen zusammen, ich bin mit Olga verheiratet, "Nein, ich

glaube nicht. Das heißt, es gab da einen Moment, in Mailand."
"Francesca schafft, was sonst niemand wagt." Ich bin immer mehr davon überzeugt, dass Anna Francesca vielleicht sogar besser kennt als ich. "Und Olga?"
"Olga hat damit nichts zu tun, das habe ich dir schon gesagt, eine Ehe aus Zweckmäßigkeit, und jetzt wird es eine Scheidung voller Unannehmlichkeiten", lache ich laut auf und rücke diesmal zur Seite, greife nach einem Kissen, das ich an mich drücke. "Und du? Und deine Frau?"
"Wir hatten Momente. Unser Leben war nicht einfach, das erzähle ich dir ein anderes Mal."

Kapitel 24

Montag, 11. Nov.

Elizabeth

"Gestern hast du den ganzen Tag nicht ans Telefon gegangen", Rafael setzt sich neben mich und legt sofort seine Hand auf mein Bein.
"Willst du damit aufhören?", sage ich, werfe ihm einen wütenden Blick zu und schiebe seine Hand weg. "Die Party ist vorbei, dein Vater ist nicht hier, du kannst aufhören."
"Ich will nicht aufhören. Ich mag es, dein Freund zu sein", legt er die Hand wieder an dieselbe Stelle und lacht laut auf, neigt den Kopf und gibt mir einen Kuss auf den Hals.
Unter dem Stuhl spüre ich einen Tritt von Mia, die auf der anderen Seite sitzt. Vor uns, regungslos und schweigend, sitzt Jacqueline.
"Wenn ihr fertig seid, können wir anfangen", der Ton ist schneidend, aber nichts im Vergleich zu dem Blick, der mich trifft. "Heute ist die Sitzung leicht, Vertrauensübungen und Wiederbelebung für diejenigen, die keine Ärzte sind. Teilt euch in Paare auf. Du, Meyer, kannst bei Pérez bleiben, ich glaube, das wird euch gefallen."
Ich verstehe nicht, was sie damit meint, wage aber nicht zu fragen. Wir verteilen uns im Raum und beginnen mit einfachen Übungen, ähnlich wie

viele, die ich im Tanz gemacht habe, Symmetrie, Spiegel, Koordination. Die Spiele beschäftigen uns über eine Stunde lang. Sie hatte Recht, die Sitzung ist leicht und allmählich entspanne ich mich.
"Letzte Übung, Mia und Camila, ihr könnt nach vorne kommen", zum ersten Mal seit wir begonnen haben, macht Jacqueline die Übung nicht vor, sondern bittet stattdessen Mia, es zu tun. Ich habe das schon hundertmal gemacht, einen Schritt nach vorne, Hände an die Seite des Körpers, Augen zu, und dann lassen wir uns nach hinten fallen, im Wissen, dass unser Partner da ist, um uns aufzufangen. Ich nehme meine Position ein, schaue über die Schulter, um Rafaels Platz zu bestätigen, und als ich meinen Namen höre, lasse ich mich fallen. Im letzten Moment beuge ich das linke Bein und trete einen Schritt zurück.
"Meyer, so nicht. Füße zusammen und fallen lassen. Vertraust du ihm nicht?", Jacqueline kommt näher zu mir, zu nah. Mein Herz beschleunigt sich gleichzeitig mit dem Einatmen, was mich den Duft ihres Parfüms noch stärker wahrnehmen lässt.
"Natürlich", nehme ich die Position wieder ein und versuche es erneut. Einmal, noch einmal und noch einmal, ich versuche es über zehn Mal, ohne es je zu schaffen, mich fallen zu lassen. Um uns herum hat sich ein Kreis mit allen anderen gebildet, angefeuert durch Jacquelines scherzhafte Kommentare, was die Situation immer schwieriger macht. Nach und nach wird auch Rafael, der versucht hat, mich zu beruhigen, wütend.
"Pérez, es scheint, dass Meyer dir nicht vertraut. Das ist ein Minuspunkt für euch beide. Stellt euch vor, wenn wir in einer kritischen Situation sind, darf es keine Zweifel, keine Fehltritte geben. Wer bei uns ist, kann und wird uns

das Leben retten, wenn es nötig ist, und wir müssen ihm unseres anvertrauen. Was ihr gezeigt habt, ist, dass ihr ein zum Scheitern verurteiltes Team seid, ihr könnt technisch fantastisch sein, aber ihr habt kein Vertrauen. Ich persönlich würde mit keinem von euch beiden im Feld sein wollen. Wir wechseln." Jacqueline ruft einen Kollegen, um mein Partner zu sein, und stellt Rafael mit Camila zusammen. Sie sind es, die anfangen, und sie lässt sich immer wieder fallen, sie tauschen die Plätze und auch er lässt sich mit geschlossenen Augen ohne das geringste Zögern nach hinten fallen.

"Einen anderen Partner für Pérez, bitte". Einer nach dem anderen wechseln sich die anderen Mitglieder der Gruppe ab, wobei Rafael ihren Fall auffängt und sie sich in seine Arme fallen lassen.

"Es scheint, dass die Arbeit mit Pérez sicher ist. Jetzt zu dir, Meyer, hast du nur mit ihm Vertrauensprobleme?" Sie sieht mich an und zuckt mit den Schultern, eine Geste, die ich nicht zu deuten weiß. Sie ist wütend und bemüht sich nicht einmal, es zu verbergen, aber warum?

Ich nehme wieder dieselbe Position ein, und diesmal schaue ich nicht einmal über die Schulter. Ich schließe die Augen und tue so, als wäre ich im Club und Kate stünde hinter mir, aber im letzten Moment breche ich den Fall wieder ab, indem ich einen Schritt zurücktrete.

"Genug. Meyer, ich kann dir keine positive Note geben. Wir gehen weiter zur Herz-Lungen-Wiederbelebung. Du machst die Übung mit Pérez, er spielt das Opfer und du die Reanimation. Daneben hast du einen Simulator für die Thoraxkompressionen, aber den ersten Teil, bis du die Hände in Position bringst, machst du mit Pérez. Hast du das Handbuch gelesen?"

"Natürlich, Doktor Brun", antworte ich, als wäre ich in der Schule.

Rafael legt sich regungslos auf den Boden in seiner Rolle als Opfer. Ich knie mich neben ihn, überprüfe Atmung und Puls. Der Übung entsprechend schreie ich so laut ich kann: "Hilfe! Hilfe! Ich brauche Hilfe, er atmet nicht und hat keinen Puls." Bis hierher weiß ich, dass ich die Regeln des Handbuchs genau befolgt habe. Ich beuge mich über ihn und lege meine Hände auf seine Brust, ohne natürlich Kompressionen durchzuführen.

"Die Hände sind nicht an der richtigen Stelle. Vielleicht ist es besser, wenn du den Brustkorb freilegst und siehst, was du tust." Jacqueline geht um uns herum auf und ab und macht mich immer nervöser, falls das überhaupt noch möglich ist.

Ich habe schon mehrere Kurse in Herz-Lungen-Wiederbelebung und sogar einen in erweiterter Wiederbelebung gemacht und weiß, dass man in einer Straßensituation das Opfer normalerweise nicht entkleidet, aber ich weiß auch, dass sie hier das Sagen hat. Ich öffne den Kittel und knöpfe Rafaels Hemd auf, lege die Hände wieder auf, jetzt direkt auf die Haut.

"Wie viele Kompressionen?"

"Dreißig."

"Und danach?"

"Beatmung."

"Dann mach es."

Wie, ich soll es machen? Ich ändere meine Position und platziere meinen Mund ein paar Zentimeter von seinem entfernt, als würde ich die Bewegung ausführen, ohne es tatsächlich zu tun. Hinter mir legt Jacqueline ihre Hand auf meinen Kopf und zwingt mich, mich zu senken und damit meinen Mund auf Rafaels zu pressen.

"Ich sagte, mach die Übung, nicht so tun als ob. Nach so vielen Küssen auf der Party hast du Skrupel, eine Beatmungsübung zu machen?" Sie entfernt sich von uns, während ein Gemurmel durch den Raum geht.

Als wäre nichts Außergewöhnliches passiert, leitet Jacqueline den Rest der Übungen an, abwechselnd mit Rollenspielen, bei denen einige Münder aufeinandergepresst werden, und Training der Thoraxkompressionen am Simulator.

Ich verlasse den Raum, sobald ich höre, dass die Sitzung beendet ist, bleibe aber ein paar Meter von der Tür entfernt im Flur stehen. Jacqueline kommt ein paar Minuten später mit Mia heraus und trägt die Simulationspuppe. Als sie an mir vorbeigehen, trete ich einen Schritt vor: "Kann ich mit Ihnen sprechen, Doktor Brun?"

"Mia, bring bitte die Puppe weg." Mit einem Nicken setzt Mia ihren Weg fort und lässt uns allein. "Was willst du, Meyer?"

"Wir müssen reden."

"Nein, müssen wir nicht. Es gibt nichts zu sagen."

"Ich bin nicht mit Rafael zusammen."

"Das geht mich nichts an. Geh aus mit wem du willst. Küss wen du willst, aber wenn du bis zum Ende dieses Programms durchhalten willst, musst du es besser machen, viel besser." Sie sieht mich an, aber ich bin unfähig, etwas zu sagen. "Wenn wir fertig sind, habe ich viel zu tun." Ich stehe hier mitten im Flur und sehe zu, wie sie sich entfernt, bis sie durch die Tür am Ende geht.

§

"Ich habe dich noch nie so erlebt, bitte sag mir, was passiert ist", hockt sich

Gloria vor mich und versucht vergeblich, mich zu beruhigen. Als ich nach Hause kam, setzte ich mich auf das Sofa, ohne mir die Jacke auszuziehen, und blieb hier sitzen, ohne Zeitgefühl, bis sie hereinkam. "Beruhige dich, nimm das Glas, trink etwas", sie nimmt meine Hand in ihre und zwingt mich, das Glas zu halten. Mir wird klar, dass ich zittere, weil es mir schwerfällt, das Wasser zu trinken. Nach und nach schlucke ich Schluck für Schluck und ändere damit meine Atemfrequenz.

"Ich kann nicht mehr! Es reicht!", rufe ich fast schreiend.

"Was ist passiert? Sprichst du vom Programm? Von Kate?" Gloria hilft mir, mich aufzurichten, nimmt das Kissen weg, an dem ich mich festhalte, und zieht mir buchstäblich die Jacke aus.

"Kate habe ich nicht mehr gesehen und will ich auch nicht", antworte ich.

"Dann, wenn sie es nicht ist, ist es das Programm. Was hat Rafael diesmal getan?"

"Wäre es bloß das."

"Jacqueline?", versucht sie zu erraten.

"Sie hat mich gedemütigt. Weißt du, was es heißt, buchstäblich vor allen vorgeführt zu werden?", mit kurzen, etwas zusammenhanglosen, aber ausreichenden Worten erzähle ich ihr, was passiert ist.

"Ich glaub's nicht, hat sie dich gegen ihn gedrückt? Habt ihr euch geküsst?"

"Nicht direkt, Mund-zu-Mund-Beatmung ist kein Kuss, aber das war nicht nötig. Sie war wütend, und ich verstehe nicht mal, warum. Sie hatte kein Recht dazu. Sie hatte es nicht", wieder laufen mir Tränen übers Gesicht, mehr aus Wut als aus Traurigkeit.

"Ich gehe nicht mehr hin, nie wieder."

"Das ist nicht der richtige Zeitpunkt für diese Entscheidung. Komm, lass uns zu Abend essen. Wenn du morgen früh immer noch aufgeben willst, dann werde ich dich nicht vom Gegenteil überzeugen."
Pizza ist immer das Essen für solche Gelegenheiten. Gloria macht Orangensaft in hohen Gläsern und legt zwei großzügige Stücke Pepperoni-Pizza vor mich hin. Ich hatte keinen Hunger, dachte sogar, ich könnte gar nichts essen, aber sobald ich auf den Teller schaue, läuft mir das Wasser im Mund zusammen.
"Essen ist eine gute Medizin", scherze ich, nachdem ich mir noch ein Stück genommen habe. "Ich fühle mich besser."
"War es nur Jacqueline?", beharrt sie und sieht mich an, sie versucht irgendein Zeichen zu deuten.
"Ich habe mich an alles erinnert, was mit meiner Mutter passiert ist. Erst die Wut, das Schreien und die Drohungen, dann die ständigen Demütigungen, alles war ein Grund, mich in Frage zu stellen. Eigentlich wollte ich nicht von zu Hause weg, ich hatte keine andere Wahl."
"Es ist so lange her, du solltest versuchen, mit ihr zu reden."
"Und was sagen? Dass Kate mich verlassen hat, dass ich nicht mehr tanze und vorerst nicht mal einen Job habe? Ein schönes Gespräch." Ich habe den Hunger verloren, schiebe den Teller zur Seite und hole ein Bier aus dem Kühlschrank.
"Du solltest nicht trinken", sagt sie ohne große Überzeugung und steht ebenfalls vom Tisch auf. "Wenn du das Programm abbrechen willst, brauchst du einen Plan. Gilt das Angebot der Zeitschrift noch?"
"Ich glaube nicht, es ist so lange her, ich habe nie offiziell abgesagt, habe es

immer wieder aufgeschoben und sie haben aufgehört zu drängen, sie müssen eine andere Lösung gefunden haben."

Ich lege mich erschöpft hin, kann aber nicht einschlafen, jedes Mal, wenn ich die Augen schließe, höre ich Jacqueline in meinem Kopf schreien. Ich kann nicht aufhören daran zu denken, dass sie so wurde, weil sie mich mit Rafael auf der Party gesehen hat. Aber sie war ja selbst mit ihrem Mann da. Das ergibt keinen Sinn. Nichts davon ergibt Sinn.

Das Handy vibriert auf dem Nachttisch, ich setze mich im Bett auf und mache das Licht an. Eine Nachricht von Luiza: "Wo warst du gestern? Warum warst du nicht im Club? Ich habe auf dich gewartet."

"Ich tanze nicht mehr", schreibe ich und ergänze sofort "Es hat mich gefreut, deinen Mann kennenzulernen."

"Ihn hat es auch gefreut, dich kennenzulernen."

Was zum Teufel, was soll das nun heißen, macht sie sich über mich lustig? Heute nicht! "Machst du Witze? Findest du das witzig?"

"Nicht im Traum. Wann sehen wir uns? Wenn du nicht mehr tanzt, muss ich nicht in den Club, umso besser. Im Hotel, nächsten Samstag?" Ich antworte nicht und es kommt eine weitere Nachricht: "Rafael ist bezaubernd, Glückwunsch."

Luiza und ihr Mann, Jacqueline und ihr Mann, ich und Rafael, alles scheint verrückt zu sein, oder ich bin diejenige, die den Verstand verliert, wie meine Mutter immer zu sagen pflegte. Ich habe schon lange niemanden mehr diesen Ausdruck wiederholen hören.

Ich greife zum Telefon und rufe zu Hause an.

"Papa?"

"Beth? Ist was passiert?"
"Es ist alles in Ordnung. Ich musste deine Stimme hören."
"Du rufst seit fast einem Jahr nicht an, und heute um elf Uhr abends willst du meine Stimme hören? Geht es dir gut? Ist was passiert?"
Ich weiß nicht, was ich sagen soll, ich fange an, zu bereuen, dass ich angerufen habe. Ohne nachzudenken sage ich: "Ich wollte mit Mama sprechen."
"Du willst mit Mama sprechen?" Mein Vater stellt die Fragen in einem immer ungläubigeren Ton. Ich verstehe es, dieser Anruf von mir ergibt keinen Sinn.
"Beth, ich weiß nicht, was passiert ist, aber ich bin sicher, dass etwas passiert ist. Deine Mutter ist nicht hier, sie macht ein Praktikum. Aber wenn du wirklich mit ihr reden willst, ist es vielleicht besser, wenn du nach Hause kommst, nach all den Jahren ist das kein Gespräch fürs Telefon, nicht wenn es ernst gemeint ist. Ich sage dir auch, wenn das nur eine Sache des Augenblicks ist, ein paar Drinks zu viel, dann such sie bitte nicht auf."
"Geht es ihr gut?"
"So gut, wie es ihr in den letzten Jahren ging."

Kapitel 25

Mittwoch, 13. November

Jacqueline

Es ist nach halb neun und Elizabeth ist immer noch nicht aufgetaucht, ich kann nicht länger warten, denke ich verärgert, während ich erledige, was ich kann, bevor die Simulationstrainings beginnen. Die Gruppen sind komplett, bis auf Mia, die keinen Partner hat.

Wir sind im Hauptraum des Simulationszentrums und sitzen im Kreis. Ich habe bereits jeden der Übungen im Detail erklärt und versucht, die Zeit zu überbrücken. Ich sehe ihre neugierigen Blicke, um uns herum sind mehrere Räume mit geschlossenen Türen, an jeder hängt ein Blatt mit nur einem QR-Code.

"Okay, verschwenden wir keine weitere Zeit, ihr könnt zu euren Szenarien gehen. Wenn ihr an eurer Tür ankommt, lest den Code mit dem Handy, lest die Informationen, die euch angezeigt werden, betretet den Raum und handelt so gut wie möglich. Nach einer halben Stunde werdet ihr einen Alarm hören und, egal, was ihr gerade macht, lasst alles stehen und liegen und kommt hierher zurück. Irgendwelche Fragen?"

Sie springen auf wie Sprungfedern und niemand sagt etwas, außer Mia, die sitzen bleibt. Nachdem alle anderen in die Räume gegangen sind, setzt sie

sich auf den Stuhl neben mir: "Elizabeth ist nicht zu spät, sie hat das Programm verlassen."
"Wie, sie hat das Programm verlassen?", hake ich nach und hebe die Stimme. "Ist etwas mit Grassi passiert?"
"Nicht, dass ich wüsste. Sie war gestern mittags hier, sprach erst mit Rafael und dann mit mir. Sie war seltsam, sah krank aus, sehr blass, ich glaube, sogar dünner. Sie wollte mir nicht sagen, warum sie nicht weitermachen würde, und egal, wie sehr ich darauf bestand, sie gab keine vernünftige Erklärung, sagte nur zusammenhanglose Dinge, die eigentlich sehr wenig Sinn ergaben. Dass sie müde sei, dass sie wieder Arbeit finden und Geld verdienen müsse, dass sie es nie schaffen würde, ausgewählt zu werden, ich habe es einfach nicht verstanden. Natürlich muss der Grund ein anderer sein." Mia redet ununterbrochen und für ein paar Minuten greife ich nicht ein. Wie kann Elizabeth das Programm verlassen, ohne mit mir zu sprechen?
"Mia, warte, lass mich versuchen zu verstehen, was los ist. Such dir einen Raum aus und bleib als Beobachterin. Ich bin gleich zurück." Ohne zweimal darüber nachzudenken, gehe ich den langen Flur entlang, zur Seite des Militärkrankenhauses, zu Grassis Büro. Ich klopfe zweimal und öffne die Tür, ohne auf eine Einladung zu warten.
"Jacqueline, was für eine Überraschung", sagt er und schaltet hastig aus, was auch immer er sich am Computer angesehen hat, bevor er in meine Richtung aufsteht. "Ist etwas bei der Simulation passiert? Ich wollte gleich bei euch sein."
"Nein. Es ist alles in Ordnung, sie machen gerade die erste Übung. Was ist mit Elizabeth Meyer passiert?", frage ich direkt.

"Sie hat aufgegeben. Gestern ganz früh kam sie zu mir und sagte, sie wolle aufgeben. Es überrascht mich nicht, sie hatte nicht das Zeug dazu. Seit dem ersten Tag dachte ich, dass sie es nicht schaffen würde, du weißt, was ich von dieser Geschichte halte, Journalisten zulassen zu müssen. Sie sind nicht aus dem richtigen Holz geschnitzt, nicht vorbereitet, noch schlimmer, wenn es Mädchen sind, jede Kleinigkeit schockiert sie."
Ich drehe mich um und gehe, ohne mir die Mühe zu machen, ihm zu antworten.
"Jacqueline, warte. Wohin gehst du? Geht es dir gut?" Grassi ist in den Flur gekommen, aber zum Glück folgt er mir nicht. Mit langen Schritten entferne ich mich und fühle mich immer noch eingeschüchtert von der Anzahl der Menschen in Militäruniformen um mich herum.
Ich komme genau in dem Moment zurück, als der Alarm ertönt, der die Übung beendet. Ich setze mich auf denselben Stuhl wie zuvor und überkreuze die Beine. In wenigen Sekunden sind alle wieder an ihren Plätzen, außer der Gruppe von Rafael und Camila, die, wie ich verstehe, jetzt auch Mia einschließt, die sich uns erst fast fünf Minuten nach dem Signal anschließen. Ich bleibe still, bis sie sich setzen, und niemand wagt es, irgendetwas zu sagen.
"Könnt ihr keine Befehle befolgen?"
"Entschuldigung Jacqueline, wir waren..."
Ich lasse Rafael nicht zu Ende sprechen: "Doktor Brun, wenn wir hier sind. Und ihr hattet nichts zu tun. Der Alarm ertönt und ihr kommt an eure Plätze, das ist ein einfacher Befehl. So einfach, dass ihn jedes Kind verstehen würde. Wenn ihr nicht einmal das schafft, seid ihr nicht in der Lage, hier zu

sein."
"Doktor Brun", greift Mia sanft ein, "es war meine Schuld, ich bin zu spät in den Raum gegangen und sie haben versucht, mir zu erklären, was sie zu Beginn der Übung gemacht haben, das war alles."
"Nur das?", brülle ich. "Ich würde gerne wissen, ob Hauptmann Grassi hier wäre, ob Pérez dann einen Befehl ignorieren würde. So wie ich das sehe, habt ihr nicht die Voraussetzungen, hier zu sein, geschweige denn Anspruch darauf zu erheben, auf Missionen zu gehen. Wer hat die Gruppe koordiniert?", frage ich, obwohl ich genau weiß, wer es war.
"Ich. Ich war es, Doktor Brun", antwortet Rafael und steht auf.
"Wenn du es warst, dann kannst du gehen, für heute bist du entlassen. Camila, mach mit Mia ein Paar. Ihr könnt zum nächsten Szenario übergehen, wir besprechen es, wenn ihr fertig seid."
Nur Rafael und ich bleiben einander gegenüber sitzen, jeder auf seinem Stuhl.
"Ist alles in Ordnung, Doktor Brun? Kann ich irgendwie helfen?", fragt er zynisch.
"Eigentlich schon, du kannst mir aus den Augen gehen."
Es ist schon später Nachmittag, als ich die Sitzung beende. An ihren Gesichtern erkenne ich, wie erschöpft sie sind und wie hungrig sie sein müssen. Ich bleibe hier sitzen. Ich werde nichts runterbringen, vielleicht Suppe, überlege ich. Bei dieser Überlegung beschließe ich, in die Bar zu gehen, ich will ihnen nicht in der Kantine begegnen. Merkwürdig, denke ich beim Gehen, Grassi ist am Ende nicht aufgetaucht, umso besser. An der Theke sitzend führe ich methodisch einen Löffel nach dem anderen zum

Mund, ohne zu merken, was ich esse. Ich halte mein Handy und schreibe Carol eine Nachricht, seit mehreren Tagen habe ich nicht mit ihr gesprochen. Wie mögen die Proben laufen, und noch wichtiger, wie überlebt sie die Schwiegereltern?

Nachdem ich den Text gesendet habe, ruft sie mich an: "Hallo! Du ahnst nicht, das hier ist der reinste Wahnsinn. Guter Wahnsinn, meine ich. Aber vorher, wie geht's dir?"

"Wie lange habe ich diese Stimme nicht mehr gehört", antworte ich lachend, "ich nehme an, es läuft gut."

"Mehr als gut, hervorragend. Ich weiß nicht, wie ich so lange weg sein konnte. Und die neue Tänzerin, sie ist fantastisch. Gut, dass sie zu uns gestoßen ist. Stell dir vor, sie hat seit Jahren nicht mehr in einer Kompanie getanzt."

"Toll, schön, dass es gut läuft", stelle ich fest, mehr um sie zu unterbrechen, damit sie wenigstens atmen kann. "Und Amy? Und deine Schwiegereltern?"

"Auch super, sie verstehen sich prächtig, sie beschäftigen sie und sie lässt ihnen keine Minute Ruhe. Alle profitieren."

"Verstehe", bestätige ich ohne Begeisterung.

"Thomas ist wieder weg. Er kommt gerade noch rechtzeitig zu Weihnachten und wird nicht bei meiner Premiere dabei sein."

"Du klingst nicht traurig." Das Telefon zeigt eine Nachricht an und dann noch eine.

"Ich habe nicht mal Zeit, darüber nachzudenken. Und du, hast du dich mit Olga versöhnt?"

Carol hat keine Ahnung, was passiert ist, aber ich werde es ihr auch jetzt

nicht erzählen. Außer Anna habe ich es niemandem erzählt. Ich habe sehr schnell mit Olga telefoniert und so getan, als wäre nichts passiert, im Moment muss das so sein. Die Nachricht hat mich nervös gemacht, ob sie es wohl ist? Mit zwei oder drei weiteren Sätzen beende ich das Gespräch mit Carol und verspreche, am Wochenende zu ihr zu kommen.
"Jack, wollen wir heute Abend essen gehen?", "Ich würde gerne deine Wohnung kennenlernen."
Mit Anna essen zu gehen ist eine gute Idee, denke ich, ohne die Enttäuschung zuzugeben, die ich empfinde, weil es nicht Elizabeth ist. Wie könnte sie auch? Sie hat nicht mal meine Nummer.
Anna klingelt zur vereinbarten Zeit. Ich habe Essen von einem thailändischen Restaurant bestellt, den Tisch in der Küche gedeckt und eine Flasche Prosecco di Valdobbiadene aus der Reserve geöffnet.
"Weckst du Erinnerungen an Mailand ?", fragt sie mit hochgezogenen Augenbrauen, als sie das Glas zum Mund führt.
"Vielleicht schaffen wir neue italienische Erinnerungen", antworte ich lachend, beuge mich über den Tisch und lege meine Lippen auf ihre, "Dein Geschmack vermischt sich mit dem Wein."
"Du siehst nicht gut aus, ist was passiert?"
"Nichts Wichtiges, Sachen aus dem Programm", bestätige ich und wechsle sofort das Thema, "Weißt du, dass du die erste Person bist, die ich in diese Wohnung einlade?"
"Wirklich? Ein perfekter Ort für eine Nacht voller Lust, und du hast noch nie jemanden hierher gebracht."
"Niemanden, nicht mal Olga. Klar, sie war schon hier, das ist es nicht, aber

wir haben nie hier übernachtet." Ich habe das hier immer als meine letzte Zuflucht betrachtet, nur für mich, ohne andere Gerüche, andere Erinnerungen, ein vollkommen sicherer, vollkommen kontrollierter Raum.
"Entschuldige, dass ich vorgeschlagen habe, hierher zu kommen, ich wusste das nicht."
"Du musst dich nicht entschuldigen. Ich will mit dir hier sein."
Wir essen zu Ende und gehen ins Wohnzimmer. Wir setzen uns auf den Teppich, verteilen mehrere Kissen um uns herum, die Weingläser auf dem Boden und eine Musik, die zum Erinnern ausgewählt wurde.
"Du hast ein gutes Gedächtnis", sagt Anna, rückt näher und legt ihren Kopf auf meine Beine. "Soll ich daraus schließen, dass du andere Absichten hast?"
"Du glaubst nicht an Zufälle, oder? Wir haben das fast jeden Abend gehört, als wir im Urlaub zelten waren, erinnerst du dich?"
"Das könnte ich nicht vergessen."
Wir liegen da, Anna bewegt sich, um mich von vorne ansehen zu können, lächelt und gibt mir einen Kuss. "Du hast mich nie gefragt, wie Lucas zur Welt kam."
"Du hast gesagt, du seist nach Mailand gegangen, Francesca hätte dir deine Frau vorgestellt, ich weiß nicht, ich bin einfach nicht darauf gekommen", sage ich fast wie eine Entschuldigung.
Sie lacht leise auf und schüttelt den Kopf, um die Haare aus den Augen zu bekommen. "Francesca hat mein Leben gerettet. Ich habe die Arbeit in Mailand angenommen und sie kurz darauf auf einer Party kennengelernt."
"Francescas Partys".
"Genau! Du weißt ja. Wir haben uns an dem Abend und an einigen folgenden

unterhalten. Nach und nach wurden wir Freundinnen."

"Freundinnen?"

"Von all den Worten, die ich benutzen könnte, um zu beschreiben, was wir sind oder waren, ist das das wichtigste", antwortet sie lachend und zuckt mit den Schultern. "Francesca wusste, dass ich mir sehr ein Kind wünschte, aber nicht schwanger werden konnte. Gill war schwanger und allein. Sie hat uns vorgestellt und der Rest, der Rest war Schicksal. Es lief gut, sogar sehr gut, aber jetzt ist es vorbei."

"Ich weiß nicht, was ich sagen soll."

"Sag nichts."

Ich schaue auf ihre Brust und fahre mit dem Finger über die feine Narbe, die zu sehen ist, "Geht es dir gut?"

"Laut den Ärzten bin ich geheilt."

"Warum hast du mir das nicht schon früher erzählt?"

"Weil du mich dann anders angesehen hättest. Ich wollte wieder mit dir zusammen sein, aber ich wollte sicher sein, dass du es nicht aus den falschen Gründen tust."

Kapitel 26

Donnerstag, 14. November

Elizabeth

Ich weiß nicht, warum ich zugestimmt habe zu kommen. Ich schaue auf die Uhr, fünf Minuten sind vergangen seit dem letzten Mal. Ich betrachte die Straße durch das Glas und sehe schließlich Camila in eiligem Schritt.

"Entschuldige, ist alles okay? Es ist kalt draußen", redet sie atemlos vor sich hin, während sie Mantel und Schal auszieht und sich mir gegenüber niederlässt, bestellt eine heiße Schokolade und ein Croissant.

"Schon gut", lüge ich, "Ich habe wirklich nichts zu tun."

"Du kannst das Programm nicht abbrechen", kommt sie gleich zur Sache. "Das ergibt keinen Sinn. Sie sind grob zu allen, so funktioniert das, du darfst das nicht an dich ranlassen, das ist nichts Persönliches."

"Vielleicht, aber für mich ist es persönlich, und es hat das überschritten, womit ich umgehen kann. Die Entscheidung ist getroffen, es hat keinen Sinn, dass du versuchst, mich vom Gegenteil zu überzeugen", ich bestelle auch noch einen Kaffee und wärme die Hände um die Tasse, wie ich es immer tue. Ich mag die Wärme der Tasse mehr als den Kaffee selbst.

"Ich werde nicht versuchen, dich zu überzeugen, ich wollte nur verstehen. Was ist passiert? War es Hauptmann Grassi? War es Rafael? Du darfst nicht auf ihn hören, er ist so", Camila lehnt sich auf dem Stuhl zurück und zieht die Handschuhe aus, um das Croissant zu greifen, gleich darauf nimmt sie einen riesigen Bissen, der es ihr unmöglich macht zu sprechen, "Ich habe Hunger, habe noch kein Mittagessen gehabt", bringt sie hervor, als es ihr gelingt zu schlucken.

"Ich weiß schon, 'er ist so, aber ein Genie im OP'. Das reicht nicht, jemand muss ihm sagen, dass er erwachsen werden soll, andere respektieren."

Nachdem sie das Croissant verschlungen und die Hälfte der Schokolade getrunken hat, schafft sie es fortzufahren: "Rafa mag dich und respektiert dich. Er hat mir gesagt, er hat tausendmal versucht, dich anzurufen, aber du gehst nicht ran."

"Was hat er noch gesagt? Dass er mich erpresst, mich belästigt hat? Oder dass er mein guter Freund ist und alles nur ein Austausch von Gefälligkeiten?"

"Wovon redest du?", sie scheint wirklich überrascht, "Ich dachte, ihr hättet angefangen, miteinander auszugehen, und euch gestritten. Wart ihr nicht zusammen auf der Party? Wenn nicht, habt ihr es sehr gut vorgetäuscht, alle dachten, ihr wärt es."

"Wir waren nie zusammen und werden es nie sein. Ich bin lesbisch! Und selbst wenn ich es nicht wäre, würde ich nie mit einem Typen wie ihm gehen." Ein Mädchen, das zwei Tische weiter sitzt, dreht den Kopf in meine Richtung, und mir wird klar, dass ich zu laut spreche. Ich verstecke das Gesicht in den Händen und atme tief durch, bevor ich die Haare zurückwerfe und wieder zu Camila blicke.

"Ich verstehe immer weniger, wenn du ihn nicht magst, warum habt ihr euch dann auf der Party geküsst? Und auch im Unterricht seid ihr immer zusammen, tuschelt miteinander. Ich glaube, sogar Doktor Brun war etwas verstört deswegen. Oder etwa..." Camila unterbricht den Satz, wie unwohl wegen des Gedankens, der ihr kommt. Sie sagt nichts mehr und tut so, als würde sie sich auf die Schokolade konzentrieren, die noch im Glas ist. "Hast du was mit ihr?", fragt sie abrupt und sieht mich fest an.

Ich verschlucke mich an dem Kaffee, den ich im Mund habe, so sehr, dass ich aufstehen und ein Glas Wasser holen muss. Ich komme zum Tisch zurück, und Camilas Blick ist immer noch auf mich geheftet. Bei meinem Schweigen fährt sie fort: "In der Kategorie 'ergibt überhaupt keinen Sinn' könnte diese Geschichte immer noch mehr Sinn ergeben. Sag mir, bist du aus dem Programm ausgestiegen, weil du was mit ihr hast?", sie kneift die Augen zusammen und runzelt die Stirn.

Ich öffne den Mund, um zu antworten, schließe ihn aber gleich wieder, unterbrochen von Rafaels Ankunft.

"Was machst du hier?", fragt Camila und steht auf, ohne ihre Verärgerung zu verbergen.

"Ich muss mit ihr reden", erklärt er entschieden, zieht einen Stuhl heran und setzt sich, als wäre er eingeladen worden.

"Du wirst immer dämlicher. Mein Fehler war, dass ich dir gesagt habe, dass ich mich hier mit ihr treffe. Sie will nicht mit dir reden, und im Moment ich auch nicht. Geh, Rafael, keiner von uns ist mehr in dem Alter oder hat die Geduld für deine Spielchen", Camila setzt sich wieder, ändert aber nicht den gereizten Ton.

Ich sehe ihn an, zum ersten Mal wirkt Rafael müde. Er ist blass, hat eingefallene Augen von jemandem, der seit Tagen nicht geschlafen hat, und ein Anflug von Lächeln, das nur die tiefe Traurigkeit betont, die sich in seinem Gesicht widerspiegelt. Trotz Camilas Bemühungen scheint er nicht bereit zu gehen.

Unfähig zu schweigen, spreche ich schließlich aus: "Wozu das alles? Alles ist toll, du hast alles, was man sich wünschen kann, und trotzdem..."

"Entschuldige das Klischee, aber der Schein trügt. Man überlebt nicht ohne Zugeständnisse, das habe ich gelernt, bevor ich sprechen lernte. Mit der Zeit bin ich darin zum Experten geworden."

"Ich verstehe immer noch nicht."

"Das Zusammenleben mit meinem Vater ist nicht leicht. Das war es nie, aber nachdem meine Mutter gegangen ist, wurde es schlimmer." Ich weiß nicht, wovon er redet, aber es ist nicht der Moment zu fragen. An Camilas Gesichtsausdruck, der sich entspannt hat, erkenne ich, dass sie die Geschichte kennt.

"Ich muss es schaffen, hier rauszukommen, und die Neuro ist eine kleine Welt, wenn er sich querstellt, werde ich nirgendwo angenommen. Die Möglichkeit, Teil der Mission zu sein..."

Der Kellner unterbricht uns, um zu fragen, ob wir noch etwas wollen, und Rafael nutzt den Moment, um aufzustehen und unter dem Vorwand zum Tresen zu gehen, etwas auszusuchen.

"Super, er will bei der Mission dabei sein, der Vater bestimmt über das Programm, und als Extra ist er hervorragend in dem, was er tut", sage ich mit Blick auf Camila. "Mich beginnt die Opferpose zu nerven."

"Ich weiß nicht genau, was passiert ist, aber die Mutter ging, als er im

Studium war. Er kam schon nicht gut mit dem Vater aus, aber in der Zeit wurde es viel schlimmer." Rafael kommt schnell zurück und setzt sich, und Camila fügt nichts mehr hinzu. "Ich lass euch allein", erklärt sie und steht auf. "Ich glaube, ihr müsst reden und ich werde in diesem Gespräch nicht gebraucht."

Weder ich noch er versuchen, sie aufzuhalten. Eigentlich bin es jetzt ich, die mit ihm reden und ihm ein paar Dinge sagen will, die mir im Hals stecken. An seiner Haltung erkenne ich, dass er dasselbe erwartet, und ich lasse mich nicht lange bitten: "Warum musst du damit drohen, Jacqueline anzuschwärzen, was gewinnst du damit? Das Programm verliert, alle verlieren", ich atme tief durch, "Was ich wirklich glaube, ist, dass du ein verwöhntes Kind bist, das es gewohnt ist, alles zu bekommen, was es will, und das nicht auf die Mittel schaut, um die Ziele zu erreichen, komm mir nicht mit der Geschichte von Zugeständnissen, ich habe dich nie etwas nachgeben sehen. Du hast Pauls Chancen ruiniert, du hast dafür gesorgt, dass ich gegangen bin..."

"Es ist komplizierter, als du denkst."

"Und das wirst du mir erzählen? Oder ist dieses Gespräch reine Zeitverschwendung?"

"Ich brauche dich zurück im Programm", die Aussage ist feierlich und macht eine Pause, um meine Reaktion abzuwarten.

"Und?", frage ich und zucke mit den Schultern.

"Ich habe schon mit Grassi gesprochen, er ist bereit zu vergessen, was passiert ist, und dich wieder aufzunehmen." Rafael legt seine Hand auf mein Knie und ich weiche ostentativ aus, indem ich das Bein in die entgegengesetzte Richtung kreuze. Die Dreistigkeit dieses Typen ist unglaublich, "Du bist verrückt, jetzt völlig übergeschnappt. Ich komme nicht zurück. Außerdem habe ich schon einen Job gefunden und fange nächste Woche an", lüge ich.

"Du wirst absagen müssen. Nimm dir diese und nächste Woche frei, ruh dich aus, und dann kommst du zurück. Du musst nichts tun oder sagen, ich kümmere mich um alles, du musst nur auftauchen. Und wo wir gerade dabei sind, wenn du pünktlich sein könntest", lacht er laut auf und schiebt sich einen Bissen von dem Kuchen in den Mund, der inzwischen an den Tisch gebracht wurde.

Ich schüttele die Haare und streiche mir mit der Hand über die Stirn, suche nach einem Minimum an Gelassenheit, das es mir erlaubt, hier sitzen zu bleiben. So sehr ich auch aufstehen und zur Tür rennen möchte, etwas in seinem Ton lässt es nicht zu.

"Hör zu, du kennst mich nicht. Wir waren ein paar Wochen zusammen in diesem verdammten Programm, du bist großartig, du wirst alles bekommen, was du so sehr willst, und du brauchst mich dafür nicht. Also, bitte lass mich in Ruhe, mach mit deinem Leben weiter und vergiss mich", die Worte werden vorsichtig abgewogen und in einem übertrieben langsamen Ton gesprochen, als hätte er Schwierigkeiten zu verstehen.

"Ich verstehe, dass du sauer bist, und ich kann dir jetzt meine Gründe nicht erklären, aber das spielt auch keine Rolle. Du kommst zurück, machst das Programm bis zum Ende, und ich bin sicher, dass du einen Platz in der Mission oder im Zentrum bekommen wirst, war es nicht das, was du wolltest?"

Ich wollte, ich wollte es mehr als alles andere, vor ein paar Monaten, denke ich. Jetzt, jetzt ist alles anders, ich weiß nicht, was ich will, aber ich bin sicher, dass ich Jacqueline nicht wieder gegenübertreten kann.
"Ich werde nicht zurückkommen", sage ich entschieden, stehe auf und ziehe mir die Lederjacke an, die über dem Stuhl hing.
Er packt mich am Arm und sieht mich kalt an: "Du wirst in zwei Wochen dort sein, oder du wirst am Ende dafür sorgen, dass Jacqueline geht."
Ich verstehe nicht, was er meint, ist das eine Feststellung oder eine Drohung?
"Hör zu, ich fehle dem Programm nicht, lass Jacqueline in Ruhe."
"Sie kann das Programm nicht verlassen, sonst..."
"Sonst was? Dein Vater wird wütend?", ich setze mich wieder, vielleicht ist es besser, dieses Gespräch zu Ende zu führen, Rafael sieht zu Boden und scheint nachzugeben.
"Sonst ist das Programm beendet. Einer der Hauptgeldgeber verlangt Jacquelines Anwesenheit. Glaubst du, sie wäre eingeladen worden, wenn es nicht dafür wäre? Alles war gut, sie ist diskret, war es immer, bis du da reingekommen bist, war alles unter Kontrolle."
"Ist dir klar, dass das, was du sagst, keinen Sinn ergibt, oder? Ich werde was trinken, vielleicht hilft das, willst du auch was?" Er schüttelt vehement den Kopf und ich bestelle ein Bier.
"Es ist besser, du weißt es, vielleicht akzeptierst du dann, worum ich dich bitte. Du wirst gewinnen, gewinnen und zwar viel. Es ist einfach, einige der Geldgeber würden niemals akzeptieren, jemanden wie Jacqueline im Programm zu haben, genauso wie sie solche Kandidaten nicht akzeptieren, deshalb müssen wir diskret sein. Natürlich konnten wir die Leute nicht

danach im Bewerbungsformular fragen, was dazu führte, dass du und Paul zugelassen wurdet. Bei ihm war es einfach, es brauchte nur ein paar Gespräche, um herauszufinden, wo er die meisten Schwierigkeiten hatte und fertig, eine gut gemachte Prüfung, das war alles, was nötig war. Bei dir lagen die Dinge anders, du bist gut, sehr gut. Dich zu fragen, ob du bei mir abgeschrieben hast, war nur eine kleine Waffe, die ich gegen dich einsetzen konnte, falls es nötig wäre. Danach hast du es mir leicht gemacht, du hast in einem Club getanzt, bei der Bewerbung gelogen, es schien, als wolltest du mir Gründe und Argumente liefern, damit sie dich rauswerfen können, nur da war es schon zu spät, sie war in dich verliebt."

"In mich verliebt? Jacqueline?", ich lache laut auf, aber Rafael stimmt nicht mit ein.

"Gestern, als sie merkte, dass du aufgegeben hattest, war sie völlig verstört. Sie hat alle angeschrien, mich fertiggemacht, bis zu dem Punkt, an dem sie mich aus der Sitzung warf. Ich bin mir fast sicher, dass sie sich darauf vorbereitet, das Programm zu verlassen."

"Toll für alle, oder? Am Ende wollen sie Leute wie uns nicht", die Worte schneiden durch die Luft. Trotz des Sarkasmus schaffe ich es nicht, sie auszusprechen, ohne mich angegriffen und gedemütigt zu fühlen.

"Nein, anscheinend bin ich nicht deutlich genug. Wie gesagt, einer der großen Geldgeber verlangt Jacquelines Anwesenheit. Wenn sie geht, wird die Finanzierung zurückgezogen, das Programm ist beendet und das CTC auch. Verstehst du? Du musst zurückkommen. Ich gebe morgen Bescheid und in zwei Wochen bist du wieder da. Jacqueline macht weiter und wir gewinnen alle." Ich verziehe das Gesicht und stoße einen Laut aus, der kein

Wort wird, aber Rafael lässt mich nicht zu Wort kommen: "Sag nicht nein. Ich kann dir einen Platz bei der Elitemission garantieren. Das ist es, was du willst, oder? Das ist es, was du bekommen wirst."

"Warum? Warum unterwirfst du dich dem?"

"Ich habe auch meinen Platz garantiert. Gefälligkeiten unter Freunden."

Kapitel 27

Freitag, 15. November

Jacqueline

"Was ist los? Warum hast du mich angerufen und gebeten, niemanden zum Abendessen einzuladen? Ich hatte schon alles organisiert. Außerdem hast du die ganze Woche kaum mit mir geredet, und jetzt das. Du bist komisch, komischer als sonst." Olga steht mit dem Rücken zu mir und erledigt etwas, das sie auf der Küchenplatte hat. Es riecht gut, denke ich und versuche mich wieder zu konzentrieren, mich nicht ablenken zu lassen.

"Geht es Carl gut?"

"Wieso willst du das von Carl wissen? Er ist super drauf. Endlich alles geklärt mit diesem Mädchen von der Schule. Weißt du, dass er sich in einem Verfahren verantworten musste? Zum Glück war unsere Anwältin hervorragend, und alles wurde zu den Akten gelegt. Es ist unglaublich, wozu diese Mädchen fähig sind."

'Unsere Anwältin', stelle ich fest. Deshalb brauchte sie wohl Geld, so ergibt es Sinn.

"Schön für ihn."

Wir setzen uns zum Essen und während des Essens antworte ich nur einsilbig und lasse sie das Gespräch führen. Sie spricht über die Schule, über Antonio, über Pläne für eine Reise mit einer Gruppe von Lehrern und natürlich über Carl.

Unfähig, mich länger zurückzuhalten, platze ich heraus: "Ich habe dich mit ihm gesehen."

"Mit wem?", fragt sie gleichgültig.

"Mit Carl. Willst du mir etwas erzählen?"

"Wovon redest du? Heute bist du unmöglich! Ich glaube, nicht nur heute. Dieses verdammte Programm hat alles nur noch schlimmer gemacht, wenn es dir nicht gut geht, sag es gleich, komm nicht mit solchen Gesprächen, die niemand versteht, oder zumindest ich nicht verstehe. Spar dir das für deine intelligenten Freundinnen auf, du weißt, ich bin sehr einfach gestrickt", sie lacht schrill, steht auf und trägt die Teller in die Küche. Es ist ihre Art, ein Gespräch zu beenden, das sie nicht interessiert. Wenn ich mich nicht irre, wird sie mit dem Nachtisch zurückkommen, mir einen Kuss geben und fragen, ob ich Kaffee möchte, alles mit der Miene einer hingebungsvollen Ehefrau.

Sie kommt mit einem Kuchen in der einen und zwei Kaffees balancierend in der anderen Hand zurück ins Zimmer. Sie stellt die Teller auf den Tisch, geht um ihn herum und küsst mich auf die Lippen. "Es ist Orangenkuchen. Ich habe die Kaffees mitgebracht. Wollen wir auf dem Sofa essen?"

"Hör auf, Olga! Bitte hör auf", sage ich laut. Die Überraschung zeigt Wirkung und sie hält inne, noch bevor sie sich wieder setzt. Sie sieht mich an, und für einen Moment habe ich das Gefühl, dass sie bleich wird, aber fast sofort bekommt sie wieder Farbe ins Gesicht und setzt sich.

"Ich habe euch zusammen gesehen. Ich kam in der Nacht von der Party nach

Hause und sah euch zusammen in unserem Bett." Die Worte sprudeln heraus, ohne dass ich Zeit habe, über sie nachzudenken. Sie sind nicht die eloquentesten, nicht die, die ich gewählt hätte, wenn ich darüber nachgedacht hätte, aber sie sind die reine Wahrheit.

Ohne zu antworten, greift sie nach der Tasse, rührt den Kaffee um und trinkt ihn in einem Zug aus.

"Wie lange schon?", ist das einzige, was mir einfällt zu fragen, als ob das irgendeine Bedeutung hätte.

"Nicht lange. Es ist nichts Wichtiges. Willst du mir sagen, dass du nicht deine Abenteuer hattest?", die Einstellung überrascht mich. Ich stehe auf, ohne den Kaffee anzurühren, und laufe hin und her, ohne zu wissen, was ich sagen soll. "Du kannst so tun, als hättest du nichts gesehen. Ich habe es dir schon gesagt, es ist nicht wichtig. Wir machen mit unserem Leben weiter wie immer. Komm schon, Jacqueline, es ist nicht das erste Mal und wird nicht das letzte Mal sein", sie kommt zu mir und breitet die Arme aus.

Instinktiv strecke ich die Hand gegen ihre Schulter aus und lasse sie nicht näher kommen. "Ich glaube, wir sind am Ende angelangt, Olga. Uns geht es nicht gut, wahrscheinlich ging es uns nie gut, es ist Zeit, dass jede ihren eigenen Weg geht." Wenn ich es recht bedenke, kommen mir die Worte mit einer Ruhe, die nicht widerspiegelt, was ich fühle, in meinem eigenen Bett?

Sie setzt sich wieder an den Tisch und schenkt sich ein Glas Wein ein. "Wenn du glaubst, dass du mir sagst, ich soll aus dem Haus gehen und mit meinem Leben weitermachen, liegst du falsch", der Ton und auch der Ausdruck haben sich verändert. Ich glaube, am Ende ist sie besser auf dieses Gespräch vorbereitet, als ich ahnen konnte. "Ich habe meine Rechte."

"Welche Rechte? Ich habe nicht gesagt, dass du aus dem Haus gehen sollst."
"Aber du wolltest es sagen, oder?"
"Du weißt, dass das Haus mir gehört, oder? Wir können eine Frist vereinbaren, bis du etwas findest, es eilt nicht."
"Ich habe mit der Anwältin gesprochen. Auch ohne gesetzlich verheiratet zu sein, leben wir seit Jahren zusammen, ich habe meine Rechte."
Ich kann nicht glauben, dass sie mit der Anwältin gesprochen, das vorbereitet hat, und ich bin voll darauf reingefallen. "Du machst wohl Witze! Ich habe das Haus gekauft, ich habe alles bezahlt, welche Rechte glaubst du zu haben? Wer ist dieser Star der Anwaltschaft?"
"Carls Anwältin."
"Natürlich! Also steckt ihr beide unter einer Decke?", ich kann nicht mehr still sitzen. Ich will zur Tür raus und ihr Gesicht nie wieder sehen. Wie ist das möglich? Eine Person, mit der ich Jahre zusammengelebt habe. "Was willst du? Los! Wenn du dich schon um alles gekümmert hast, wenn du dich schon über alles informiert hast, los, sag, was du willst!"
"Die Hälfte des Hauses und Unterhalt. Du weißt, dass du viel mehr verdienst als ich, das ist fair. Ich will nichts von der Wohnung in der Innenstadt, die kannst du behalten. Ich bin sicher, du willst nicht, dass all deine Kollegen erfahren, dass du mich ohne alles dastehen lässt."
Ohne zu antworten, durchquere ich das Zimmer und knalle die Haustür zu. Draußen merke ich, dass es kalt ist und ich keinen Mantel anhabe. Ich öffne das Tor, um Ben rauszulassen, und laufe fast den ganzen Weg zum Haus meiner Schwester, nicht nur wegen der Kälte, sondern weil mich die Wut antreibt. Ich halte vor der Tür an, aber drinnen ist alles dunkel. Klar, sie ist

bei den Schwiegereltern. Ich greife zum Telefon und rufe sie an. Komm her. Ich setze mich auf einen Stuhl auf der Veranda und lasse Ben zu mir hochkommen, es ist immer eine Möglichkeit, mich warm zu halten. Ohne zweimal darüber nachzudenken, greife ich wieder zum Telefon und rufe Francesca an, die beim ersten Klingeln abnimmt.

"Liebes, wie schön, deine Stimme zu hören. Woher wusstest du, dass ich dich vermisst habe?" Francesca ist immer dieselbe, die verführerischste, die loyalste Freundin.

"Ich brauche dich." In einer Zusammenfassung der Ereignisse erzähle ich ihr von meinem Gespräch mit Olga, nicht ohne die Party und alles, was passiert ist, zu erwähnen.

"Ganz ruhig. Eins nach dem anderen", beginnt sie mit rauer, langsamer Stimme, die sie immer hat, wenn sie über ernste Themen spricht. "Ich freue mich!"

"Worüber?", unterbreche ich, "Ich sehe nichts, worüber man sich in all dem freuen könnte."

"Es war längst überfällig, dass du diese Ehe beendest, die nie hätte existieren dürfen. Schick mir die Unterlagen vom Haus, von der Wohnung und von Ben."

"Von Ben? Wovon sprichst du?", manchmal glaube ich, dass unsere Gespräche keinen Sinn ergeben, aber so war es immer. Sie denkt zu schnell, sogar für mich.

"Ich schließe daraus, dass dir dieses Haus, in dem sie wohnt, egal ist, auch wenn es dir gehört, aber dass du die Wohnung und Ben behalten willst. Nun, die Anwälte werden ihr am Montag ein Abkommen zukommen lassen, das

sie unterschreiben soll. Ich bin sicher, sie wird nicht mal mit der Wimper zucken. Gib ihr das ganze Haus, damit vergisst sie den Unterhalt und belästigt dich nie wieder. Liebes, wenn es dir so viel bedeutet, schenke ich dir selbst ein anderes Haus, vorzugsweise weit weg von dieser Frau."
"Würdest du das wirklich tun?"
"Was, dir ein Haus schenken?"
Ich lache laut auf, als ich ihr Lachen am anderen Ende der Leitung höre.
"Nein, natürlich nicht. Bittest du wirklich die Anwälte darum und kümmerst dich darum?"
"Das ist bereits in Arbeit. Alexis ist hier bei mir und hat einen Teil unseres Gesprächs mitgehört. Er schickt dir einen Kuss und sagt, er ruft dich am Montag an. Du kannst die Sache vergessen."
Beeindruckend!
"Du hast mir von der Party des Programms erzählt. Ich bin enttäuscht, kein Foto, nichts. Was hattest du an?", ich höre sie wieder lachen und sie murmelt etwas, das ich nicht verstehe. Ich glaube, sie sprach mit jemand anderem, vielleicht mit Alexis.
"Jetzt hör auf! Warum hast du mir nicht gesagt, dass du das Programm finanzierst?"
"Weil ich es nicht finanziere."
"Klar, deine Firma finanziert es, das ist dasselbe."
"Das ist ganz anders. Deshalb wirst du nie eine Geschäftsfrau sein. Du solltest hier sein, du ahnst nicht, was für Champagner sie gerade ausschenken. Übrigens, habe ich dir schon gesagt, dass mein Besuch dort bestätigt ist?"

Francesca lässt das Gespräch nicht weitergehen und legt fast sofort auf. Ich nehme Ben und drücke ihn an meine Brust. Ich glaube, sogar ihm ist kalt. Da ich weiß, dass ich noch mindestens zehn Minuten warten muss, greife ich wieder zum Telefon und rufe diesmal Anna an.

Ich habe das Handy noch in der Hand, als Carol das Auto parkt, aussteigt und auf mich zuläuft.

"Geht es dir gut? Du bist eiskalt. Steh auf, komm rein", sagt sie, während sie gleichzeitig die Tür öffnet und mich hineinschiebt. "Ich mache die Heizung an. Komm in die Küche, du brauchst einen Tee, deine Lippen sind blau."

Ben kam hinter mir herein und legte sich klugerweise neben die Heizung, den Kopf zwischen den Pfoten und die Augen fest auf uns gerichtet. Bedeckt mit der Wolldecke, die sie geholt hat, und mit einer dampfenden Tasse Tee in den Händen schaffe ich es endlich, mich zu erholen, und erzähle ihr nach und nach, was passiert ist.

"Eines Tages musst du mich Francesca vorstellen", ist alles, was sie sagt, nachdem ich über fünfzehn Minuten am Stück geredet habe.

"Das wird früher sein, als du denkst. Sie hat mir gerade gesagt, dass sie nach Barcelona kommt."

"Bist du sicher, dass du nicht hier schlafen willst?"

"Nein, ich habe es dir schon gesagt. Anna müsste gleich kommen, ich fahre mit ihr. Unter der Woche, wenn Olga in der Schule ist, komme ich, um das Auto und meine Sachen zu holen." Endlich ist mir nicht mehr kalt und ich stehe auf und gehe zu Ben, der friedlich eingeschlafen ist. "Wenn ich weg bin, kannst du ihn einfach zu Hause absetzen? Du musst nur das Tor öffnen. So ist es besser. Wenn alles geklärt ist, nehme ich ihn mit in die Wohnung.

Der Arme wird den Unterschied merken."

Ich steige in Annas Auto, als wäre es etwas Gewöhnliches. Ohne etwas zu sagen, lehne ich den Kopf zurück und schließe die Augen, während sie Carol ein letztes Tschüss zuruft und den Gang einlegt. Wir verbringen einen Großteil der Fahrt schweigend, zu einer Playlist, die meine sein könnte. Als wir gerade in die Stadt fahren, fragt sie: "Willst du zu dir oder zu mir?"

Auf dem Sofa im Wohnzimmer der Wohnung sitzend, nehme ich ihre Hände in meine. "Danke!"

"Danke, dass du mir vertraust", antwortet sie und drückt meine Hände. "Deine Schwester ist anders. Ich weiß nicht, was es ist, sie scheint mehr Energie zu haben."

"Das ist der Reiz der Arbeit. Sie ist aufgeregt wegen der Premiere. Ich habe sie seit Jahren nicht so gesehen. Ich hoffe, die Sache mit der Sozialversicherung klappt. Es ärgert mich zu denken, dass der Schein wichtiger ist als alles andere."

"Das ist er nicht, wenn es darauf ankommt. Da zählen andere Dinge." Ich bin mir nicht sicher, ob ich genau weiß, worauf sie sich bezieht, aber ich akzeptiere die Antwort und ordne sie in meine eigene Realität ein.

"Schläfst du hier?", mache ich weiter, führe ihre Hand an meine Lippen und küsse ihre Handfläche.

"Ich schlafe hier. Aber ich will mit dir reden."

"Reden? Ich dachte, du wolltest andere Sachen, aber wir können reden", sage ich und entlocke ihr ein Lächeln.

"Wir können alles machen, was du willst, aber vorher müssen wir reden. Schluss mit Missverständnissen zwischen uns. Wir haben nicht den Luxus der Zeit, und wir können es uns nicht leisten, nicht alles zu sagen, meinst du nicht?"

"Klar, worüber genau willst du reden? Man kann nicht sagen, dass ich heute Abend nicht schon genug geredet hätte", fahre ich mit einem halb sarkastischen Lachen fort, das mein Unbehagen überspielt.

"Ich habe es geliebt, mit dir zusammen zu sein, ich habe es geliebt, all das zu fühlen, was ich gefühlt habe. Es war..."

"Außergewöhnlich", schließe ich ab.

"Ja, es war außergewöhnlich. Aber..."

"Aber es ist nicht dasselbe. Es ist nicht dasselbe wie das, was wir mit achtzehn hatten, es ist nicht dasselbe wie das, was wir all die Jahre in unseren Erinnerungen aufgebaut haben."

"Nein, ist es nicht." Anna sieht mich auf eine Art an, die sich von allen unterscheidet, die ich von ihr kenne. Ein zärtlicher und gleichzeitig reifer, freier Blick. "Ich liebe dich, eine Liebe fürs Leben, eine erste Liebe..."

"Aber es ist nicht mehr magisch", beende ich wieder den Satz.

Ich beschreibe ihr, was meine Mutter mir in unserem letzten Gespräch erzählt hat, während ich sie gleichzeitig zu mir ziehe und sie sich mit dem Kopf auf meinem Schoß hinlegen lasse.

"Deine Mutter ist mit dem Alter besser geworden. Schade, dass sie nicht die gleiche Klarheit hatte, als wir Mädchen waren. Wenn wir das akzeptieren, können wir vielleicht alles haben. Eine Freundschaft, die von einigen Momenten der Lust geprägt ist, was meinst du?"

"Merkwürdig, dass du das Wort Klarheit benutzt, um eine Person mit Demenz zu beschreiben."

Kapitel 28

Samstag, 23. November

Elizabeth

Der Saal allein ist schon überwältigend, Ränge mit roten Sitzen, Logen und eine Bühne, so grandios wie einschüchternd. In solchen Momenten wird mir klar, dass ich, so sehr ich auch gerne tanze, nie dort sein möchte. Ich kuschle mich in den Samt, der den Sitz bedeckt, und schaue mich um. Es ist eine halbe Stunde bis Beginn und die Leute fangen an, den Saal zu füllen. Wenn Gloria nicht so darauf bestanden hätte, wäre ich nicht gekommen. Es ergibt keinen Sinn, ich bin gerade erst gestern angekommen, ich bin erschöpft und allem überdrüssig. Diese Reise hätte nicht passieren sollen, oder vielleicht war sie unvermeidlich, aber gleichzeitig gebe ich zu, dass sie Recht hat, es waren zu viele Jahre an Kates Seite, um jetzt ihre Rückkehr zu verpassen. Es ist dennoch bewundernswert, nach so vielen Jahren zurückzukommen, wenn Kate doch nur ein wenig von dem, was sie als Tänzerin ausmacht, auf die Liebe übertragen könnte - die Leidenschaft, den Mut und vor allem die völlige Hingabe.

"Hast du schon gesehen, wer sich da gerade hingesetzt hat?", fragt Gloria und macht eine Geste, die mich nach links schauen lässt. Ein paar Reihen vor uns, ganz nah an der Bühne, sitzt Kates Freundin, begleitet von zwei

anderen Mädchen, die mit uns getanzt haben.
"Ich hoffe, sie genießen es, soweit ich gehört habe, haben sie sich alle im Club zerstritten, ich weiß nicht, wie lange das noch gut geht." Ich schaue demonstrativ in die entgegengesetzte Richtung und versuche, mich nicht von den Erinnerungen stören zu lassen, die darauf bestehen, meinen Kopf zu besetzen. Ich bin hier, um Spaß zu haben, um eine Ballettaufführung zu sehen, und das werde ich tun, sage ich mir selbst.
"Vergiss es, ich weiß gar nicht, warum ich dich darauf aufmerksam gemacht habe. Ignoriere sie, sie verdienen keine Minute deiner Aufmerksamkeit. Wirst du mir erzählen, was bei deinen Eltern passiert ist? Gestern habe ich dich schlafen lassen, aber heute hast du das Thema den ganzen Tag vermieden. Du weißt, dass du früher oder später darüber reden musst, oder?", lacht sie und tätschelt mir liebevoll den Arm.
"Es ist ein abgeschlossenes Kapitel in meinem Leben." Ich streiche die Haare zurück, die mir in die Stirn fallen, und lächle, als ich die blaue Haarsträhne vor meinen Augen vorbeihuschen sehe. Ich brauchte eine Veränderung. "Ich habe Zeit und Geld verschwendet." Bevor ich weitermachen kann, fängt das Licht im Saal an zu dimmen und ein akustisches Signal ertönt, in fünf Minuten wird die Vorstellung beginnen.
"Sag mir nur eine Sache, die mich beunruhigt, danach reden wir über den Rest. Wirst du zum Programm zurückgehen?"
"Ich weiß nicht", antworte ich, ohne sie anzusehen. "Es ist eine unmögliche Entscheidung, ich will nicht zurück, ich muss zurück, und am Ende werde ich sicher ausgeschlossen werden. Sie werden mich nicht bis zum Ende mitmachen lassen. Schade, dass ich das nicht gemerkt habe, bevor ich

angefangen habe."
"Auch wenn du es nicht bis zum Ende schaffst, hat es sich schon gelohnt, du hast Jacqueline gefunden." Beeindruckend, wie Gloria in solchen Momenten immer den treffenden Satz parat hat.
"Es war eher eine schicksalhafte Begegnung, die sich verpasst hat, willst du sagen. Eine weitere Zeitverschwendung." Die Plätze sind praktisch alle besetzt, auch die Logen. Ich blinzle, um mich an das schwache Licht im Saal zu gewöhnen, für einen Moment habe ich das Gefühl, Jacqueline in einer der mittleren Logen sitzen zu sehen. Wirklich? Ich wusste nie, dass sie Ballett mochte, aber eigentlich wusste ich überhaupt nichts.
Sobald das Stück beginnt, vergesse ich alles um mich herum und lasse mich auf eine traumhafte Reise zwischen den Tänzern, den Sprüngen und den unmöglichen Posen, die die Grenzen des Körpers herausfordern, ein. Eine Stunde verging, die wie fünf Minuten schien, als die Lichter für die Pause angehen.
"Großartig! Kate ist in Topform zurück. Es stimmt, dass ich sie noch nie so tanzen gesehen habe, aber für mich wirkte sie perfekt." Gloria zieht mich aus dem Saal und behauptet, sie müsse ihre Beine ausstrecken. Als wir uns an den Leuten vorbeibewegen, schaue ich nach oben, aber die Loge ist leer.
"Ich fand sie auch großartig. Ich weiß nicht, ob sie ihrem Knie vollig vertraut, manchmal habe ich das Gefühl, dass sie sich zurückhält, aber das ist wahrscheinlich nur meine Angst, die da spricht." Die frische Luft tut mir gut, und ich fühle mich energiegeladener. Ich sollte öfter mit Gloria ausgehen.
"Zum Schluss hast du mir nicht geantwortet, hast du dich schon entschieden,

was du tun wirst?", beharrt sie und zündet sich eine Zigarette an.
"Du musst mit dem Rauchen aufhören."
"Wenn die Ausstellung vorbei ist, höre ich auf. Ich verspreche es!", hebt sie die Hand in meine Richtung und kreuzt zwei Finger.
"Wie lange dauert es noch?"
"Nicht lange, sehr wenig. Ich habe das Gefühl, dass wir nie alles rechtzeitig fertig bekommen."
"Und der Fotograf? Dieser..."
Ohne mich ausreden zu lassen, "Ich weiß, jetzt, wenn wir "der Fotograf" sagen, ist es immer er. Glaubst du, die Agentin hat uns informiert, dass er statt zwei Fotos vier schicken wird? Niemand hat sie je gesehen, und so wird es bis zum Vorabend der Eröffnung bleiben. Aber es gibt noch mehr, sie hat auch mitgeteilt, dass er anwesend sein wird, stell dir vor, er kommt extra dafür."
"Er wird wohl zu allen Ausstellungen gehen."
"Glaubst du? Niemals. Ich kann nicht verstehen, wie wir es geschafft haben, dass er in unserer Galerie ausstellen will, aber egal. Ich muss mich darauf konzentrieren, alles rechtzeitig fertig zu bekommen", lacht sie und löscht die Zigarette. "Ich weiß nicht, ob du es bemerkt hast, aber ich habe immer noch keine Antwort bekommen, was wirst du tun?"
Wir eilen schnell zu unseren Plätzen zurück und in dem Moment, in dem wir uns setzen, gehen die Lichter vollständig aus. Ich wurde nicht durch die Glocke gerettet, sondern durch die Dunkelheit, denke ich, ohne aufzuhören zu lächeln.
Der zweite Teil ist noch besser als der erste. Kates Beteiligung ist größer

und die Schönheit ihrer Sprünge unvergleichlich, ich hatte es schon fast vergessen. Tränen laufen mir übers Gesicht, als ich aufstehe, um zu applaudieren. Nach mehr als fünf Minuten stehenden Ovationen und Verbeugungen beginnen sich die Leute schließlich zu zerstreuen.

"Ich habe meine Meinung geändert", sage ich, greife nach Glorias Arm und lenke sie zur Seite, um den vorbeigehenden Leuten Platz zu machen. "Lass uns zum Empfang gehen. Egal, was passiert ist, ich muss mit Kate reden, ich muss ihr gratulieren."

"Nun, ich habe mich schon gefragt, wann du zu diesem Schluss kommen würdest", als hätte sie nur auf meine Worte gewartet, dreht sie sich um und geht in Richtung der Tür, die uns hinter die Bühne führt.

Ein kleines Fest ist in einem der Räume hinter der Bühne aufgebaut. Toasts und der Geruch von Champagner vermischen sich mit Schreien, Gelächter und Tränen. Inmitten einer Gruppe von Tänzern, von denen viele noch im Trikot sind, posiert Kate für ein weiteres Foto. Als sich unsere Blicke treffen, winkt sie mir zu und bedeutet mir, näher zu kommen.

"Schön, dass du gekommen bist, ich vermisse dich", flüstert sie mir ins Ohr und schließt mich in eine Umarmung. "Ich möchte dir jemanden vorstellen, den du kennenlernen musst", ohne mir Zeit zu geben, auch nur ein Wort zu sagen, zieht sie mich zu einer Frau, die sich in Umarmungen und Glückwünschen verliert. "Carol, das ist Beth. Beth, das ist die Verantwortliche für alles, was du gerade gesehen hast."

"Herzlichen Glückwunsch, es war fantastisch. Eigentlich ist fantastisch untertrieben, ich habe schon lange nichts mehr so Gutes gesehen." Carol lächelt und wird rot, als wäre ich die erste, die sie an diesem Abend lobt. Sie

scheint eine liebenswerte Person zu sein.
"Beth, die berühmte Beth. Kate hat mir schon ein paar Mal von dir erzählt. Die Spielerin der deutschen Nationalmannschaft, die den Fußball gegen den Tanz eingetauscht hat. Tanzt du noch?"
Zum ersten Mal seit vielen Jahren weiß ich nicht, was ich auf diese Frage antworten soll, aber ich muss es auch nicht.
"Carol, herzlichen Glückwunsch! Jetzt verstehe ich, was du meintest, du musstest wirklich zurückkommen!"
Ich lasse den Klang der Stimme in meinem Kopf nachhallen, bevor ich mich umdrehe - Jacqueline. Ihre Überraschung ist nicht geringer als meine, so dass sie auf halbem Weg stehen bleibt, die Arme schon in Carols Richtung ausgestreckt.
Carol bemerkt nichts und nimmt sie in die Arme. "Jacqueline, Anna, schön, dass es euch gefallen hat. Lasst mich die Vorstellungen machen, Kate, die ihr tanzen gesehen habt, Beth eine Freundin und..."
"Gloria", ergänze ich und lasse alle sich begrüßen, bevor ich es auch tue. Wer ist diese Anna? Neulich der Ehemann, heute eine Frau, Jacqueline hört nicht auf, mich zu beeindrucken, nicht immer aus den besten Gründen.
"Kommt, gesellt euch zu uns, wir haben einen Tisch da drinnen, lasst uns die Gelegenheit nutzen und etwas essen, wir haben schließlich nicht zu Abend gegessen."
"Es freut mich zu hören, dass du heute Hunger hast", sagt Jacqueline und schaut Carol liebevoll an.
"Man sagt, der Erfolg habe diesen Effekt", antwortet sie lachend und führt uns hinter sich her in den anderen Raum.

Wir laufen hintereinander her, und ohne dass ich es merke, ist Jacqueline neben mir, kommt noch näher und flüstert: "Wir müssen reden. Ich warte morgen um halb zehn in der Bar auf dich."
Die Strecke ist kurz und der Schreck hindert mich daran zu antworten. Ich setze mich neben Anna und lasse Gloria sich neben Jacqueline niederlassen. Im Nu unterhalten sie sich, als würden sie sich schon lange kennen. Ich versuche, nicht aufzufallen, und lausche dem Gespräch. Zeitweise dachte ich, sie könnten über mich reden, was für eine Idiotin, warum sollten sie?
"Du wirst die Ausstellung eröffnen, ich muss hingehen, ich liebe Fotografie." Es scheint nicht dieselbe Jacqueline zu sein, sie ist leichter, lockerer. "Als ich in New York war, habe ich einige der besten kennengelernt."
"Du hast mit ihnen fotografiert", mischt sich Anna ein, nimmt ihre Hand und gibt ihr einen Kuss darauf, "Jack fotografiert sehr gut."
"Du bist zu meiner Eröffnung eingeladen. Hast du nie ausgestellt?", schaltet sich sofort Gloria ein und lässt sich die Gelegenheit nicht entgehen, "Was für eine Art von Fotografie machst du?"
"Menschen", die Antwort ist lakonisch und Jacqueline scheint nicht mehr hinzufügen zu wollen. Sie führt das Champagnerglas zum Mund und nimmt einen Schluck, bevor sie es hebt: "Ein Toast auf die schönen Dinge."
Gloria lässt ihr Glas klingen und fügt hinzu: "Ich würde gerne etwas davon sehen."
"Das ist unmöglich", entgegnet Anna, "sie lässt nie jemanden etwas sehen, ich glaube, sie fotografiert nur für sich selbst, eine echte Verschwendung.
"Wer weiß, vielleicht stelle ich ja eines Tages in deiner Galerie aus, ich muss

mit meiner Agentin sprechen", Jacqueline lehnt sich auf ihrem Stuhl zurück und lacht laut auf.
"Du hast eine Agentin?", fragt Gloria mit einem Gesichtsausdruck, der nicht versteht, ob der Kommentar ernst gemeint ist.
"Natürlich nicht, das war ein Scherz. Ich bin Ärztin", erklärt sie, als wäre das die offensichtlichste Rechtfertigung.
"Ich weiß, Orthopädin", kann sich Gloria nicht zurückhalten.
"Natürlich weißt du das", der Satz wird zwischen den Zähnen hervorgepresst, aber laut genug, dass ich ihn höre.
"Bist du auch Tänzerin?" Ich brauche eine Minute, um zu merken, dass Anna sich an mich wendet.
"Nein, ich bin Journalistin."
"Wie, nein?", mischt sich Kate ein. "Sie tanzt seit Jahren mit mir. Bis ich hier anfing, tanzten wir in diesem Club im Zentrum, neben dem Paseo de Gracia, weißt du, welchen ich meine? Unsere Gruppe tanzt immer noch am Wochenende, da müsst ihr unbedingt mal hin."
"Und du, Anna, bist du Ärztin?", ich muss den Verlauf dieses Gesprächs so schnell wie möglich ändern, und trotzdem bin ich schon zu spät dran.
"Nein, ich bin Biologin. Die Ärztin ist sie", ergreift Anna erneut Jacquelines Hand und führt sie wieder an die Lippen, um einen Kuss darauf zu hauchen. "Als Mädchen dachten wir, wir würden beide Ärztinnen werden und zusammen in der ganzen Welt arbeiten. Es kam nicht ganz so, ich habe die letzten Jahre in München verbracht, aber hier sind wir. Genug über die Arbeit geredet, ich weiß nicht warum, aber seit ich dich gesehen habe, glaube ich, dein Gesicht schon mal irgendwo gesehen zu haben."

"In München?", lehne ich mich nach vorn, greife nach dem Glas und fülle es erneut.

"Ja, warum?"

"Ich bin in München geboren", sage ich und beobachte aus den Augenwinkeln Jacqueline, die dem Gespräch aufmerksam folgt.

"Wie ist dein ganzer Name?"

"Elizabeth Meyer", ich spähe wieder zu Jacqueline. Sie sitzt neben Gloria, die sich jetzt angeregt mit Carol unterhält, die Ellbogen auf den Tisch gestützt und das Kinn in den Händen.

"Das ist es, Meyer. Alison Meyer. Du siehst genauso aus wie sie", Anna macht eine Siegesgeste mit der Hand, als hätte sie etwas gewonnen.

"Sie ist meine Mutter, kennst du sie?", natürlich kennt sie sie, aber was soll ich sonst sagen?

"Sehr gut. Gill, meine Frau, ist mit ihr befreundet. Wie kommt es, dass wir uns nie über den Weg gelaufen sind?"

"Ich habe München vor langer Zeit verlassen und sagen wir, unsere Beziehung ist nicht die beste", während ich antworte, versuche ich die Informationen zu verarbeiten. Anna ist mit einer Frau verheiratet, die mit meiner Mutter befreundet ist, wenn das nicht mit mir wäre, würde ich sagen, es ist wie in einem Roman

"Ich habe Fotos von dir gesehen, du hast Fußball gespielt, warst in der Nationalmannschaft, stimmt's? Du warst jung, so um die zwanzig, oder?"

"Siebzehn."

§

Wir sind nicht in der Verfassung zu fahren, also lassen wir das Auto auf dem

Parkplatz stehen und gehen zu Fuß weiter, es wird mindestens eine Stunde Fußmarsch sein, aber die frische Luft tut uns gut. Nach langen Minuten, in denen keine von uns etwas sagt, ist es Gloria, die das Schweigen bricht.
"Wer ist diese Anna? Hattest du nicht auch den Eindruck da läuft was zwischen ihr und 'deiner' Jacqueline?"
"Sie ist nicht 'meine' Jacqueline, sie hat nichts von mir und wird es auch nie haben", antworte ich gereizt und beschleunige meine Schritte. "Natürlich läuft da was. Hast du nicht zugehört? Sie sind zusammen gekommen, soll ich es dir aufmalen? Ich habe keine Ahnung, wer sie ist, anscheinend ist sie verheiratet, aber die andere war nicht hier, oder?"
"Ganz ruhig, Mädchen, nicht auf mich solltest du sauer sein."
"Ich bin nicht sauer", ich gehe immer schneller, bis Gloria zurückbleibt, weil sie nicht mithalten kann. Ich halte ein paar Meter weiter an und warte, bis sie zu mir aufschließt. "Entschuldige, du hast recht, ich bin sauer, aber nicht auf dich." So sehr ich auch nicht will, ich kann nicht vermeiden, ihr zu erzählen, was mit Jacqueline passiert ist. "Kannst du dir die Dreistigkeit vorstellen? Nach allem sagt sie mir, wir müssen reden, und legt Tag und Stunde fest, als ob ich jederzeit zur Verfügung stünde. In einer Sache hast du recht..."
"Nur in einer?", provoziert sie mich.
"Ich wähle immer die falschen Leute aus."
"Das habe ich nie gesagt", erklärt sie, greift nach meinem Arm und bringt mich zum Stehen. "Kate tut dir nicht gut. Du hast mich nie ein Wort über Jacqueline sagen hören, ich fand es sogar toll, mit ihr zu reden. Sie ist sympathisch und versteht eine Menge von Fotografie, mehr als viele Leute

vom Fach. Ich hoffe wirklich, dass sie zur Eröffnung kommt."

Kapitel 29

Samstag, 23. November

Jacqueline

"Deine Schwester ist außergewöhnlich. Ich hatte nie die Gelegenheit, sie richtig kennenzulernen, aber ich würde gerne mehr mit ihr reden. Die Choreografie ist mit das Beste, was ich je gesehen habe", auf meinem Wohnzimmersofa liegend, bis zum Hals in die Karodecke gewickelt, scheint Anna an nichts anderem interessiert zu sein, als über die Aufführung zu reden. Ich lehne mich in meinem Lieblingssessel zurück und antworte einsilbig. "Gloria fand ich toll. Kanntest du sie schon?"

"Nein."

"Wir sollten Carol überreden, ein Abendessen oder so was zu organisieren. Meinst du nicht? Gloria arbeitet mit Fotografie, du liebst das, das könnte eine nette Gruppe sein. Am wenigsten interessant wirkte diese Kate, die Tänzerin. Immer still, und wie Beth andeutete, eine Primadonna", sie wechselt die Position, stützt sich auf den Ellbogen und sieht mich mit einem schelmischen Lächeln an, das ich schon immer von ihr kenne. "Und Beth? Hast du mir was zu erzählen?"

Die Frage erwischt mich unvorbereitet, ich konnte nicht aufhören, an sie zu denken, seit wir das Theater verlassen haben. Das Letzte, was ich erwartet hatte, war sie heute dort zu sehen. Ich muss es schaffen, damit aufzuhören, ich verstehe nicht, warum es mich so beschäftigt. Sie ist ein Mädchen, viel jünger, aus einer anderen Welt, was ist los mit mir? Wie aus einer Parallelwelt höre ich die Stimme meiner Mutter in unserem letzten Gespräch, ich schüttele den Kopf und bemühe mich, mich auf Anna zu konzentrieren, "Elizabeth? Was ist mit ihr? Sie ist meine Schülerin im Programm, oder war es, denn wie es aussieht, hat sie aufgegeben. Was für ein Zufall, dass wir uns getroffen haben."

"Ernsthaft, Jack, du weißt, dass ich es bin, die hier ist, oder? Elizabeth ist deine Schülerin? Nur deine Schülerin?"

"Ich habe immer noch nicht verstanden, worauf du hinaus willst", antworte ich und nutze die Gelegenheit aufzustehen. "Ich hole mir ein Bier, willst du was?"

"Tee. Genug Alkohol, ich mache uns Tee", mit einem Satz springt Anna auf, lässt die Decke auf den Boden fallen und geht in die Küche, als wäre es ihre. "Setz dich da hin, ich mache den Tee. Du kannst anfangen zu reden."

Ich tue, was sie sagt, ohne zu antworten, "Ich weiß nicht, was du hören willst."

"Ich habe die Blicke zwischen euch gesehen, ich habe gesehen, wie 'du' sie ansiehst. Ich brauche nichts weiter, um zu wissen, dass da was läuft. Ich weiß nicht, ob du es merkst, aber dein Ausdruck ändert sich, wenn sie spricht, wenn sie dich ansieht. Was zum Teufel ist zwischen euch? Gill ist mit ihrer Mutter befreundet."

"Ich habe gehört, wie du ihr das gesagt hast, anscheinend warst sogar du schon im Haus ihrer Eltern. Du kennst Elizabeth besser als ich", antworte ich, stehe auf und gehe zum Schrank, um ein Glas herauszuholen. "Vergiss den Tee, ich brauche ein Glas Wein." Ich ignoriere ihr Schulterzucken und den missbilligenden Blick und schenke mir eine großzügige Menge Rotwein ein.

Mit der Teetasse in der Hand geht Anna hinter meinem Stuhl vorbei, bevor sie sich auf die andere Seite des Küchentisches setzt, und streichelt mir liebevoll über die Schultern. "Ihre Eltern leben in München, Gill ist mit ihrer Mutter befreundet."

"Das hast du schon gesagt."

"Ganz ruhig, du bist angespannt", sagt sie ironisch. "Und so neugierig darauf, mehr über die Eltern einer Schülerin zu erfahren, einer Schülerin, die den Kurs sogar schon abgebrochen hat. Was für eine engagierte Lehrerin du geworden bist."

Ich trinke den Wein aus, den ich im Glas habe, "Ich habe mit ihr geschlafen. Ich habe mit ihr geschlafen, bevor ich wusste, dass sie eine Schülerin im Programm ist. So, jetzt weißt du es."

"Wow! Das klingt nach einer Filmgeschichte. Sie schlafen miteinander und am nächsten Tag stellen sie fest, dass sie zusammen im Programm sind. Was halten deine Militärfreunde von der Geschichte? Die müssen begeistert sein!", Ironie war schon immer eines von Annas Markenzeichen, und die Zeit hat es nur noch perfektioniert.

"Sei nicht albern", ich denke nicht daran zuzugeben, dass es nicht nur eine Nacht war. "Erzählst du mir, was du weißt, oder nicht?"

"Ich schließe daraus, dass ihr keine Zeit zum Reden hattet", lachend gibt sie zwei Löffel Zucker in den Tee und rührt um, wobei sie die Situation sichtlich genießt. "Also gut, hier ist, was ich über die traurige Geschichte deiner Geliebten weiß. Beths Mutter war eine der besten Fußballspielerinnen der deutschen Nationalmannschaft. Soweit ich es zwischen den nie ausgesprochenen Zeilen verstanden habe, wurde sie schwanger und hatte nicht den Mut, die Schwangerschaft abzubrechen. Sie bekam das Mädchen, überzeugt davon, dass sie ein paar Monate später zurückkehren würde, aber die Geschichte verlief anders. Sie kam nie wieder in Form, und als sie wieder spielte, war sie nicht mehr dieselbe. Sie versuchte es noch fast zwei Jahre lang, wurde aber nicht mehr aufgestellt. Laut Gill gab es einen Groll, eine Art Schuld, die auf Elizabeth lastete. Die Mutter wurde Trainerin und Beth fing an zu spielen, und ich weiß nicht, ob durch Glück oder Zufall, aber sie spielte gut. Sie wurde für die Auswahlmannschaften nominiert und gewann mehrere Preise, bis zu dem Tag, an dem sie beschloss, alles aufzugeben, um sich dem Tanzen zu widmen", Anna hält inne, um den Tee zu trinken, und ich fülle mein Glas erneut.

"Und dann?"

"Nach dem, was Gill erzählte, war es nicht nur der Tanz, dem Beth sich widmen wollte. Da war Kate, die Tänzerin, die Primadonna. Beth verließ das Haus, um zu tanzen und mit ihr zusammen zu sein. Die Mutter hat ihr nie verziehen. Sie fing ein Medizinstudium an, machte ihren Abschluss, soweit ich weiß mit ausgezeichneten Noten, aber danach verließ sie das Haus und kam Kate hinterher nach Barcelona."

Ich kann so viele Informationen nicht verarbeiten. Elizabeth war Fußballspielerin? Ist Ärztin? War mit Kate zusammen, die jetzt Tänzerin in Carols Aufführung ist? Das ist zu viel.

"So, jetzt weißt du es. Beths Mutter spricht nie über die Sache, und abgesehen von ein paar Fotos, die sie im Wohnzimmer hat, ist es, als gäbe es sie nicht", Anna seufzt und steht auf, "Komm, lass uns ins Wohnzimmer gehen, ich bin sicher, du hast mir viel zu erzählen. Glaub nicht, dass ich es dabei belasse."

Wir kehren zu denselben Plätzen zurück, an denen wir waren, "Ich weiß nicht, was ich sagen soll. Es stimmt, ich habe sie zufällig in einer Hotelbar gesehen, und wie schon so oft bei anderen Frauen, habe ich ihr einen Drink spendiert. Der Abend endete im Zimmer, und..."

"Und sie war keine Frau wie die anderen?"

"Nein, war sie nicht. Frag mich nicht warum, ich habe mir diese Frage schon eine Million Mal gestellt und habe immer noch keine Antwort. Ein paar Tage später treffe ich sie im Programm wieder. Kannst du dir den Schreck vorstellen, den ich bekam? Captain Grassi auf der einen Seite und Elizabeth auf der anderen. Sie war diskret und tat so, als würde sie mich nicht kennen, aber es ist schwierig."

"Warst du nicht wieder mit ihr zusammen?" Sie trifft ins Schwarze und weiß es. Sie blinzelt mehrmals provozierend, sieht mich lächelnd an und sagt nichts weiter.

"In den Bergen." Mit wenigen Worten erzähle ich ihr, was bei der Fortbildung passiert ist, wie Rafael an unsere Tür klopfte und ich fast fluchtartig ging.

"Du hast sie dort allein gelassen, ohne ein Wort, ohne eine Erklärung?"

So ausgedrückt klingt es nicht schön. Ich dachte, ich müsste da raus, es gab nichts zu sagen, die Situation ließ sich nicht erklären, aber ich dachte nicht darüber nach, was Elizabeth fühlen würde, wenn sie meine Abwesenheit bemerkte.

"Bist du verliebt?"

"Was? Natürlich nicht. Sie ist viel jünger als ich, sie ist meine Schülerin, ich kann nicht..."

"Ich habe nicht gefragt, ob du kannst. Außerdem ist sie nicht mehr deine Schülerin. Ich habe gefragt, ob du in sie verliebt bist."

"Ich möchte mit dir zusammen sein, ich mag, was wir zusammen haben, es ist unsere Chance", ich spüre Tränen in meinen Augen aufsteigen und wische sie mit einer mechanischen Geste mit dem Handrücken weg.

Anna kommt zu mir und setzt sich auf meinen Schoß, küsst mich auf den Mund. Ich spüre die Wärme ihrer Zunge und die Weichheit ihrer Lippen.

"Niemand wird je ändern, was wir haben. Dreißig Jahre waren nicht genug, weder die Stärke deiner Mutter noch meiner Eltern, weder Kilometer Entfernung, noch andere Frauen und andere Orgasmen. Aber Jack, was wir jetzt haben, ist keine Leidenschaft, das weiß ich, und du weißt es auch. Du bist die Frau meines Lebens, und nichts wird das ändern, aber das hindert dich nicht daran, dich zu verlieben oder mich daran, mich zu verlieben."

"Es kommt mir vor, als würde ich Francesca zuhören."

"Ich habe von der Besten gelernt." Sie umarmt mich und legt ihre Nase an meinen Hals, lässt mich die Wärme ihres Atems und den Duft ihres Haarparfüms einhüllen. "Bist du in sie verliebt?", fragt sie erneut.

"Ich glaube schon", flüstere ich, wie besiegt von der Kraft einer Tatsache, die ich nicht länger leugnen kann.

"Was wirst du tun?"

"Ich weiß es nicht. Sie hat das Programm abgebrochen und mir nichts gesagt." Trotz allem, was ich schon erzählt habe, fühle ich mich nicht in der Lage, mit Anna unsere letzte Nacht im Hotel zu teilen. "Dort im Theater habe ich sie gebeten, sich morgen mit mir zu treffen, wir müssen reden, aber ich weiß nicht, ob sie kommt."
"Hast du gebeten oder befohlen?", lächelt sie, es ist offensichtlich, dass Anna gehört hat, was ich zu Elizabeth gesagt habe. "Vielleicht muss ich mir noch mal überlegen, was ich dir gesagt habe, dass die Schwester ein Abendessen organisiert", lacht sie laut auf und steht wieder auf. "Ich werde hier schlafen", stellt sie fest, als wäre es die offensichtlichste Feststellung. "Aber eins ist sicher, ich will nochmal mit Gloria reden. Glaubst du, es wäre sehr seltsam, in der Galerie aufzutauchen?"
Schon im Bett, im Dunkeln, komme ich ohne Umschweife auf das Gespräch zurück. "Elizabeth ist mit Rafael zusammen. Hättest du sie auf der Party des Programms gesehen. Außerdem habe ich sie schon mehr als einmal mit einer älteren Frau gesehen, die zufällig auch auf der Party war. Ich weiß nicht, was los ist, aber es ist zumindest ein ganz schönes Durcheinander. Als ich sie das erste Mal sah, stritt sie sich mit dieser Frau, in der Hotelbar. Danach sah ich sie nochmal, wie sie sich küssten. Gleichzeitig läuft sie Händchen haltend mit Rafael herum. Hast du nicht gesehen, wie sein Vater sie behandelt hat?"
"Auf der Party, auf der du mit deinem Mann aufgetaucht bist?", lacht sie laut auf und legt ihr Bein über meine, eine Geste, die mich nicht kalt lässt. "Wie viele Schauspielertalente da verloren gingen."
"Du weißt, warum ich mit Antonio gehen musste. Ich wollte wirklich erreichen, dass sie mich für eine der Missionen nominieren. Einen Ehemann

zu haben ist das Mindeste auf der Anforderungsliste."

Kapitel 30

Sonntag, 24. November

Elizabeth

"Eigentlich schon, du kannst aus meinen Augen verschwinden."
Es ist schon später Nachmittag, als ich die Sitzung beende. An ihren Gesichtern erkenne ich, wie erschöpft sie sind und wie hungrig sie sein müssen. Ich bleibe hier sitzen. Ich werde nichts runterbekommen, vielleicht Suppe, überlege ich. Bei dieser Überlegung beschließe ich, in die Bar zu gehen, ich will ihnen nicht in der Kantine begegnen. Merkwürdig, denke ich beim Gehen, Grassi ist letztendlich nicht aufgetaucht, umso besser. An der Theke sitzend führe ich methodisch einen Löffel nach dem anderen zum Mund, ohne zu merken, was ich esse. Ich halte mein Handy und schreibe Carol eine Nachricht, seit mehreren Tagen habe ich nicht mit ihr gesprochen. Wie mögen die Proben laufen, und noch wichtiger, wie überlebt sie die Schwiegereltern?
Nachdem ich den Text gesendet habe, ruft sie mich an: "Hallo! Du ahnst nicht, das hier ist der reinste Wahnsinn. Guter Wahnsinn, meine ich. Aber vorher, wie geht's dir?"
"Wie lange habe ich diese Stimme nicht mehr gehört", antworte ich lachend,

"ich nehme an, es läuft gut."
"Mehr als gut, hervorragend. Ich weiß nicht, wie ich so lange weg sein konnte. Und die neue Tänzerin, sie ist fantastisch. Gut, dass sie zu uns gestoßen ist. Stell dir vor, sie hat seit Jahren nicht mehr in einer Kompanie getanzt."
"Toll, schön, dass es gut läuft", stelle ich fest, mehr um sie zu unterbrechen, damit sie wenigstens atmen kann. "Und Amy? Und deine Schwiegereltern?"
"Auch super, sie verstehen sich prächtig, sie beschäftigen sie und sie lässt ihnen keine Minute Ruhe. Alle profitieren."
"Verstehe", bestätige ich ohne Begeisterung.
"Thomas ist wieder weg. Er kommt gerade noch rechtzeitig zu Weihnachten und wird nicht bei meiner Premiere dabei sein."
"Du klingst nicht traurig." Das Telefon zeigt eine Nachricht an und dann noch eine.
"Ich habe nicht mal Zeit, darüber nachzudenken. Und du, hast du dich mit Olga versöhnt?"
Carol hat keine Ahnung, was passiert ist, aber ich werde es ihr auch jetzt nicht erzählen. Außer Anna habe ich es niemandem erzählt. Ich habe sehr schnell mit Olga telefoniert und so getan, als wäre nichts passiert, im Moment muss das so sein. Die Nachricht hat mich nervös gemacht, ob sie es wohl ist? Mit zwei oder drei weiteren Sätzen beende ich das Gespräch mit Carol und verspreche, am Wochenende zu ihr zu kommen.
"Jack, wollen wir heute Abend essen gehen?", "Ich würde gerne deine Wohnung kennenlernen."
Mit Anna essen zu gehen ist eine gute Idee, denke ich, ohne die

Enttäuschung zuzugeben, die ich empfinde, weil es nicht Elizabeth ist. Wie könnte sie auch? Sie hat nicht mal meine Nummer.

Anna klingelt zur vereinbarten Zeit. Ich habe Essen von einem thailändischen Restaurant bestellt, den Tisch in der Küche gedeckt und eine Flasche Prosecco di Valdobbiadene aus der Reserve geöffnet.

"Erinnerungen an Mailand wecken?", fragt sie mit hochgezogenen Augenbrauen, als sie das Glas zum Mund führt.

"Vielleicht neue italienische Erinnerungen schaffen", antworte ich lachend, beuge mich über den Tisch und lege meine Lippen auf ihre, "Dein Geschmack vermischt mit dem Wein."

"Du siehst nicht gut aus, ist was passiert?"

"Nichts Wichtiges, Sachen aus dem Programm", bestätige ich und wechsle sofort das Thema, "Weißt du, dass du die erste Person bist, die ich in diese Wohnung einlade?"

"Wirklich? Ein perfekter Ort für eine Nacht der Lust, und du hast noch nie jemanden hierher gebracht."

"Niemanden, nicht mal Olga. Klar, sie war schon hier, das ist es nicht, aber wir haben nie hier übernachtet." Ich habe das hier immer als meine letzte Zuflucht betrachtet, nur für mich, ohne andere Gerüche, andere Erinnerungen, ein vollkommen sicherer, vollkommen kontrollierter Raum.

"Entschuldige, dass ich vorgeschlagen habe, hierher zu kommen, ich wusste das nicht."

"Du musst dich nicht entschuldigen. Ich will mit dir hier sein."

Wir essen zu Ende und gehen ins Wohnzimmer. Wir setzen uns auf den Teppich, verteilen mehrere Kissen um uns herum, die Weingläser auf dem

Boden und eine Musik, die zum Erinnern ausgewählt wurde.
"Du hast ein gutes Gedächtnis", sagt Anna, rückt näher und legt ihren Kopf auf meine Beine. "Soll ich daraus schließen, dass du andere Absichten hast?"
"Du glaubst nicht an Zufälle, oder? Wir haben das fast jeden Abend gehört, als wir im Urlaub campen waren, erinnerst du dich?"
"Das könnte ich nicht vergessen."
Wir liegen da, Anna bewegt sich, um mich von vorne ansehen zu können, lächelt und gibt mir einen Kuss. "Du hast mich nie gefragt, wie Lucas geboren wurde."
"Du hast gesagt, du seist nach Mailand gegangen, Francesca hätte dir deine Frau vorgestellt, ich weiß nicht, ich bin nicht darauf gekommen", sage ich fast wie eine Entschuldigung.
Sie lacht leise auf und schüttelt den Kopf, um die Haare aus den Augen zu bekommen. "Francesca hat mein Leben gerettet. Ich habe die Arbeit in Mailand angenommen und sie kurz darauf auf einer Party kennengelernt."
"Francescas Partys".
"Genau! Du weißt ja. Wir haben uns an dem Abend und an einigen folgenden unterhalten. Nach und nach wurden wir Freundinnen."
"Freundinnen?"
"Von all den Worten, die ich benutzen könnte, um zu beschreiben, was wir sind oder waren, ist das das wichtigste", antwortet sie lachend und zuckt mit den Schultern. "Francesca wusste, dass ich mir sehr ein Kind wünschte, aber nicht schwanger werden konnte. Gill war schwanger und allein. Sie hat uns vorgestellt und der Rest, der Rest war Schicksal. Es lief gut, sogar sehr gut, aber jetzt ist es vorbei."

"Ich weiß nicht, was ich sagen soll."

"Sag nichts."

Ich schaue auf ihre Brust und fahre mit dem Finger über die feine Narbe, die zu sehen ist, "Geht es dir gut?"

"Laut den Ärzten bin ich geheilt."

"Warum hast du mir das nicht schon früher erzählt?"

"Weil du mich dann anders angesehen hättest. Ich wollte wieder mit dir zusammen sein, aber ich wollte sicher sein, dass du es nicht aus den falschen Gründen tust."

Ich kenne die vorherige Übersetzung nicht, aber hier ist mein Versuch, den Text zu korrigieren und idiomatischer zu gestalten. Die Änderungen sind fett markiert:

Ich weiß nicht, was ich antworten soll. Als hätte ich irgendeine Macht, Jacqueline zu verletzen? Nach allem, was sie mir gesagt hat, nach allem, was sie getan hat, kann ich sie verletzen? "Ist sie gegangen? Hat sie etwas gesagt?"

"Geh nach oben. Sie ist im Zimmer. Geh langsam, sie wird dich brauchen. Warte kurz, ich bin gleich wieder da." Er steht auf und kommt Minuten später mit dem Schlüssel eines Zimmers in der Hand zurück.

Ich sollte gehen, denke ich schon auf dem Flur, oder vielleicht ist es wirklich notwendig, ein Gespräch zu führen und damit abzuschließen. Ich kann nicht aufhören, über das nachzudenken, was Marcus gerade gesagt hat, ich kenne die Jacqueline nicht, die er beschreibt.

Ich bleibe vor der Tür stehen, es ist dasselbe Zimmer, in dem wir zusammen waren. Ich lehne mein Ohr an das Holz in der Hoffnung, etwas zu hören, nur

Stille. Ich atme tief durch, streiche mir mit der Hand die Haare aus dem Gesicht und klopfe sanft mit den Knöcheln. Wieder nichts, Stille. Seltsam, ob sie eingeschlafen ist? Ich schaue auf den Schlüssel in meiner Hand und höre in meinem Kopf Marcus' Worte: "Sie wird dich brauchen." Getrieben von einem Anflug von Mut öffne ich die Tür. Die Lichter sind aus, aber das Leuchten vom Fenster reicht aus, um sie in der Dunkelheit auszumachen. Sie sitzt in einer Ecke des Sofas, barfuß, in Jeans, die Knie angezogen und ein Glas in einer Hand.

"Jacqueline, darf ich hereinkommen?", ohne eine Antwort abzuwarten, gehe ich zu ihr und knie mich neben sie. Auf dem Boden liegen mindestens vier kleine leere Flaschen. "Gib mir das Glas", ich strecke den Arm aus, um danach zu greifen, aber sie hält es fest, führt es zum Mund und leert mit einem Schluck, was auch immer darin war. "Du musst aufhören zu trinken. Ich glaube, für heute reicht es", sage ich sanft und schaffe es, ihr das Glas wegzunehmen und es auf den Beistelltisch zu stellen. Ich stehe auf und setze mich auf das Sofa. Ich versuche, näher zu rücken, aber ihre Knie versperren mir den Weg, und sie scheint nicht bereit zu sein, sie wegzubewegen. Als ich meine Hand auf ihren Arm lege, spüre ich die Anspannung ihrer Muskeln. Sie ist steif und regungslos. Plötzlich steht sie auf und läuft Richtung Badezimmer, ich folge ihr sofort. Sie übergibt sich schon bevor sie es schafft, sich über der Toilette zu positionieren und hinterlässt eine saure Spur auf dem Boden. Wortlos halte ich ihr die Haare und lege meine Hand auf ihre Stirn, in dem Versuch ihr ein wenig Erleichterung zu verschaffen.

Zurück im Schlafzimmer setzt sie sich aufs Bett. "Geh. Bitte geh!"

Ich werde sie unter diesen Umständen niemals hier lassen. "Lass mich dir helfen dich hinzulegen. Zieh die Jeans aus, du wirst dich wohler fühlen. Möchtest du ein Glas Wasser?"

"Geh!", wiederholt sie, diesmal fast schreiend.

Neben dem Bett stehend schließe ich sie in meine Arme. Zuerst versucht sie mich wegzustoßen und verletzt mich dabei fast, nach und nach lässt sie zu, dass ich ihren Körper an meinen ziehe und ihre Stirn an meiner Brust ruhen lässt. Nach einem Moment, in dem sich keine von uns bewegt, ist sie es, die ihre Arme um mich legt, sich an mir festhält mit der Kraft, mit der man sich an einen Rettungsring klammert, und hemmungslos schluchzt. Sie weint krampfhaft, in einem Tränenschwall, der sogar durch den Stoff meines Hemdes dringt. Ich setze mich aufs Bett und lasse ihren Kopf in meinem Schoß ruhen, erlaube ihr so lange zu weinen wie sie muss. Ich weiß nicht wie viel Zeit vergeht bis sie sich beruhigt.

"Geh nicht weg", spricht sie zwischen zusammengebissenen Zähnen, meine Hand ergreifend, "Geh nicht weg."

"Ich gehe nirgendwohin. Vielleicht nur bis dorthin, um dir Wasser zu holen."

Ich helfe ihr die Jeans auszuziehen und sich bequem hinzulegen, positioniere mehrere Kissen hinter ihrem Kopf. Nachdem ich sie gezwungen habe ein Glas Wasser zu trinken, ziehe ich meine Schuhe und ebenfalls meine Hose aus, lege mich auf die andere Seite des Bettes und schalte das Licht auf dem Nachttisch an. Sie sieht nicht aus wie die Jacqueline, die ich kenne. Die Frau neben mir hat nichts Starkes oder Redegewandtes, sie ist blass, fast durchsichtig, mit dunklen Ringen unter den Augen und dem traurigsten Gesichtsausdruck an den ich mich erinnern kann. "Geht es dir etwas besser?"

"Wir müssen reden."

"Jetzt?", dies ist nicht der richtige Moment.
Jacqueline lehnt sich zu mir und küsst mich. Sanft weiche ich ihrem Kontakt aus.
"Möchtest du nicht?"
"Ich möchte. Ich möchte mehr als du dir vorstellen kannst, aber nicht so, nicht mit dir in diesem Zustand. Wenn du mich nüchtern noch immer willst, gehöre ich dir, aber nicht so." Sie legt sich wieder auf die Kissen zurück und schaut mich entsetzt an. Sie blinzelt und reibt sich mit dem Handrücken über die Augen. "Schlaf. Du musst dich ausruhen. Mach dir keine Sorgen, wenn du aufwachst werde ich hier sein."
Ich wache auf ohne zu wissen wie spät es ist. Ich stütze mich auf den Ellbogen und hebe den Kopf. Im Hintergrund scheint Licht durch den Spalt unter der Badezimmertür. Ich hoffe sie übergibt sich nicht schon wieder. Bevor ich Zeit habe weiter zu denken öffnet sie die Tür. Soweit ich im Gegenlicht erkennen kann, sieht sie viel besser aus.
"Entschuldige, ich wollte dich nicht wecken."
Ich mache das Licht an. Sie hat den Rest der Kleidung ausgezogen und trägt jetzt ein lilagestreiftes Hemd, das ihr bis zur Mitte des Oberschenkels reicht. Sie hat wieder Farbe bekommen und die Augen sind nur noch leicht geschwollen, aber dennoch von den Tränen gezeichnet. "Geht es dir gut? Möchtest du etwas essen?"
"Schokolade."
Ohne mich zurückhalten zu können lache ich laut auf. "Die muss in der Minibar sein." Nachdem ich gefunden habe wonach ich gesucht habe, reiche ich ihr ein Stückchen und stecke mir selbst eines in den Mund. "Gute Wahl."

"Bist du müde?"

"Nein." Tatsächlich bin ich hellwach, obwohl wir nur zwei Stunden geschlafen haben.

"Ich schulde dir eine Entschuldigung und eine Erklärung."

"Du schuldest mir nichts. Entschuldigungen sind nicht nötig", ich glaube was ich sage und lasse deshalb die Möglichkeit einer Erklärung offen.

"Du warst die unwahrscheinliche Begegnung, die Fantasie die Wirklichkeit wird, du hast meine Barrieren durchbrochen noch bevor ich Zeit hatte sie zu errichten, und sieh mich an, ich bin gut, sehr gut darin meine Schutzwälle aufzubauen. Sie haben Jahre überdauert, Grenzen überschritten und nur selten gewankt."

Auf der Matratze sitzend, den Rücken gerade und die Beine überkreuzt, weicht Jacqueline keinen Zentimeter mit dem Blick aus während sie spricht.

"In dieser Nacht, als wir das erste Mal zusammen waren, hat sich etwas in mir verändert. Ich gebe mich niemandem hin. Ich weiß wie man Lust bereitet und ich denke, ohne falsche Bescheidenheit, dass ich gut bin in dem was ich tue, aber dabei bleibt es auch. In dieser Nacht habe ich mich dir für einige Momente hingegeben, mich in deine Hände gegeben, mich in deinem Körper verloren. Als du in meinen Armen zerschmolzen bist, hat mein Orgasmus den deinen begleitet. Diese Person bin ich nicht, oder war ich nicht."

Kapitel 31

Sonntag, 24. November

Jacqueline

Unfähig mich länger zurückzuhalten, lehne ich mich in ihre Richtung, drücke sie fest in meine Arme und küsse sie, lege all meine momentanen Gefühle in diesen Kuss. Diesmal weicht sie nicht zurück, ich spüre ihre Zunge, ihren Geschmack, spiele mit ihr, beiße sie leicht in die Lippe, lasse zu, dass ihre Hände begierig meinen Körper erobern.

Die Emotion die ich fühle ist als wäre es das erste Mal, dass wir zusammen sind. Ich spüre die Wärme ihres Körpers durch den dünnen Stoff des T-Shirts das sie trägt. Ich strecke mein Bein aus und lasse meinen Fuß über ihre nackte Haut bis zum Oberschenkel gleiten. Elizabeth lehnt sich zurück in die Kissen, streckt die Arme über den Kopf und schaut mich an. Magie liegt in ihrem Blick, unendliche Zärtlichkeit und das Funkeln der Erregung. Ohne etwas zu sagen, genieße ich diesen Körper, den ich in diesem Moment mehr begehre als alles andere. Ich lasse meine Hand an der Innenseite ihres Arms entlang gleiten, von den Fingerspitzen bis zur Schulter, lache als sich ihre Härchen aufstellen. Unter dem T-Shirt kann ich ihre Brustwarzen spüren und berühre jede von ihnen, kreise mit den Fingern bevor ich fest zudrücke. Bei jeder Bewegung erschaudert ihr Körper, aber sie ändert ihre Position nicht.

Wenn sie nur wüsste wie sehr es mich erregt sie so zu haben, komplett ergeben, meiner Gnade ausgeliefert, vielleicht weiß sie es ja.

Ich drehe mich und positioniere meinen Körper über ihrem. Lasse zu, dass sie meinen Nacken küsst, mein Haar zwischen den Fingern ergreift. Ich richte mich leicht auf, gerade genug um sie wieder küssen zu können. Mit beiden Händen ziehe ich ihr Shirt hoch und öffne den BH. Da sie merkt, dass ich die Aufgabe nicht ganz zu Ende führen kann, streift sie die Kleidung selbst ab, bleibt nur mit Slip bekleidet. Sie hat einen schönen Körper, einen Tänzerinnenkörper, kann ich nicht anders als zu denken.

Minutenlang lasse ich meine Finger über ihre Rippen gleiten, über den Bauch, um den Bauchnabel herum, wieder hoch, umfasse ihre Brüste mit den Händen, spüre erneut die Härte der Brustwarzen. Ich ersetze die Berührungen durch Küsse, und küsse mit den Lippen viele Male den gleichen Weg, hinterlasse eine heiße, feuchte Spur auf ihrem ganzen Körper. Unfähig still zu halten bewegt sie ihre Hüften, sucht mehr Kontakt zu meinem Körper, und lässt ein raues Stöhnen hören, das mein Verlangen nur noch steigert und meinen Kuss intensiviert.

"Ich bin dein, tu was du willst", murmelt sie an meinem Ohr. Die Worte erregen mich bis an die Grenzen des Möglichen, in diesem Moment habe ich das Gefühl meinen Orgasmus nicht mehr kontrollieren zu können, ich konzentriere mich, spanne meine Muskeln an und atme bis ich ein Minimum an Kontrolle über mich selbst zurückgewinne.

"Dreh dich um", befehle ich und gebe ihr Raum der Aufforderung nachzukommen.

Sie hat einen perfekten Rücken, ich wandere mit den Lippen vom Nacken

bis zum Bund ihres Slips hinab, lasse die Hände reglos auf ihrem Po ruhen. Ich spüre ihren Körper gegen die Matratze pressen und ahne wonach sie sucht.
"Stopp. Wo willst du hin?", mein Mund ist trocken und ich lecke mir über die Lippen.
"Berühr mich."
"Hier?", frage ich, schiebe den Stoff des Slips zur Seite und berühre die Innenseite ihrer Schenkel. Sie ist so erregt wie zu erwarten war, aber dennoch bringt mich die reale Feststellung, die Feuchtigkeit an meinen Fingerspitzen, dazu mein Verlangen auf ein neues Level zu heben.
"Hör nicht auf, bitte hör nicht auf."
Ich lasse meine Finger in einem besonders langsamen Rhythmus gleiten. Sie winkelt die Knie leicht unter sich an, was dazu führt, dass sich ihre Hüften heben und sie völlig entblößt daliegt. Ohne zu wissen wie, schaffe ich es ihr den Slip auszuziehen und lasse ihn zu Boden fallen. Ihren Körper in dieser Position zu sehen, völlig nackt, ist zu viel für mich, ich berühre meinen eigenen Körper und mehrere Wellen der Lust überrollen mich ohne dass ich versuche sie aufzuhalten. Ich konzentriere mich auf sie und erkunde ihr Inneres, lerne mit jeder Bewegung mehr, bis ich genau weiß wo ich Druck ausüben muss um sie in den Wahnsinn zu treiben. Ich ziehe den Moment so lange wie möglich hinaus, bis es unerträglich wird. Mit einem Schrei windet sie sich, drückt meine Hand immer fester, bis sie mit einem letzten Lustschrei erschöpft aufs Laken sinkt.
Elizabeth ist die erste, die die Stille unterbricht, "Ich glaube ich schulde dir einige Erklärungen."

"Du musst nichts erklären." Ich wünschte dieser Moment würde nie enden, dass wir für immer hier liegen bleiben könnten in der Dunkelheit, ohne dass Worte oder Erklärungen nötig wären. Unsere vollkommen entspannten Körper erlauben keine Bewegungen, also bleiben wir beide reglos, den Blick zur Decke gerichtet. Ich strecke den Arm aus und greife nach dem Handy, vier Uhr zwanzig. Ich seufze tief, zum Glück dauert es noch lange bis zum Morgengrauen, drücke die seitliche Taste und lasse die Musik, die ich gehört hatte bevor sie kam, leise im Hintergrund spielen. Ihre Hand streicht über mein Gesicht, liebkost mich. Ich halte sie fest und küsse ihre Fingerspitzen.
"Jacqueline, es gibt Dinge über mich die du nicht weißt. Ich möchte sie dir erzählen. Oder besser gesagt, ich möchte nicht, aber ich muss."
"Warum?" So könnten wir einfach bleiben, denke ich.
"Du hast es selbst gesagt, wir müssen reden. Du hast mir deine Geschichte mit Anna erzählt, du hast keine Ahnung wie wichtig das war. Das Mindeste was ich tun kann ist dir etwas von mir zu geben, wenn du es hören möchtest."
Ich richte mich auf und schaue ihr in die Augen, "Natürlich möchte ich es hören, aber ich will nicht, dass du dich dazu verpflichtet fühlst. Bevor du sprichst möchte ich dir etwas sagen - Anna hat mit mir über deine Mutter gesprochen."
"Stimmt", sagt sie mit einem traurigen Seufzer "Sie ist eine Freundin meiner Mutter."
"Nicht direkt. Gill ist eine Freundin deiner Mutter. Aber auch das spielt keine Rolle, was ich dir sagen wollte ist, dass ich weiß, dass du von zu Hause weggegangen bist, dass du aufgehört hast zu spielen, und..."
"Und meine Mutter nie wieder mit mir sprechen wollte."

"Hast du es versucht?"
"Ich weiß nicht. Manchmal glaube ich, dass ich es versucht habe, dann wieder, dass ich es nicht genug versucht habe. Wie dem auch sei, es hätte nichts geändert. Sie wird mir nie verzeihen und ich..."
"Du was?" Es ist lustig, wie mich diese Angewohnheit Sätze nicht zu Ende zu sprechen berührt, mir den plötzlichen Wunsch gibt sie zu umarmen, sie zu beschützen.
"Ich hätte nicht anders gehandelt, selbst wenn ich noch einmal von vorne anfangen könnte. Ich mag es nicht zu spielen. Ich spiele gut, aber ich mag es nicht. Niemand scheint das zu verstehen."
"Und die Ausbildung?"
"Welche Ausbildung?", für einen Moment sehe ich Angst in ihrem Gesicht.
"Die, aufgrund derer eine Journalistin weiß was ein Kreuzbandriss ist, die sie ohne zu zögern durch den Schnee laufen ließ, bei den Dreharbeiten sofort einen Armbruch diagnostizieren konnte und für alle Fälle immer Schokolade in der Tasche hat", schließe ich lachend.
"Stimmt, das war das Letzte was ich getan habe um zu versuchen das zu sein was meine Eltern von mir wollten."
"Du wolltest es nicht?", ihr Blick ist in die Ferne gerichtet, fixiert einen Punkt an der dunklen Wand.
"Ich weiß nicht, ich konnte nie herausfinden ob es mir gefiel, ob es mir gefallen musste oder ob ich es hasste, weil es das war was sie wollten. Als ich fertig war, hat sie mich nicht einmal beglückwünscht, ist nicht zur Abschlussfeier gekommen, hat nie etwas gesagt, so als ob es nicht passiert wäre. Ich habe mir selbst geschworen nie wieder an Medizin zu denken, nie

wieder."
"Aber du hast daran gedacht. Du denkst in jeder Situation daran. Ich war Zeugin. Es ist in dir drin, du kannst es nicht vermeiden, es sind nicht mehr sie, du bist es. Vielleicht ist die Lösung nicht es zu vergessen, sondern das Gegenteil." Ich fühle mich als würde ich mich auf Treibsand bewegen, aber ich wäre nicht ich selbst, wenn ich es ihr nicht sagen würde.
"Als ich nach Barcelona kam, habe ich mich für einen Journalismuskurs eingeschrieben. Ich habe es geliebt, und noch mehr alles was mit Fotojournalismus zu tun hatte. Kate bekam einen Job in einem Club und schaffte es, dass ich dort auch tanzen konnte. Was ich verdiente reichte nicht um die Ausgaben zu decken, aber sie half aus, bis...", wieder ein nicht zu Ende gesprochener Satz, aber diesmal kenne ich die Antwort, bis sie sich in jemand anderen verliebte.
"Als Kate mich verließ, wusste ich nicht was ich tun sollte. Ich tanzte weiter mit ihr aus Mangel an Alternativen. Es war nicht leicht, ich war kurz davor nach Hause zurückzukehren, aber was hätte ich sagen sollen? Und was wenn mir niemand die Tür geöffnet hätte? Das Schicksal nimmt seltsame Wendungen, und eines Tages führte es mich zu Gloria. Ich betrat die Galerie, erschöpft, ohne einen Ort wo ich hätte hingehen können, ich lebte immer noch in Kates Wohnung und hatte täglich mit ihrer neuen Leidenschaft zu tun. Ich blieb vor dem Bild einer Frau stehen, die lächelnd auf ein Baby blickte, inmitten von Trümmern sitzend. Ich werde Glorias Worte nie vergessen "Es tut uns gut Dinge zu relativieren." Mit ihr zusammenzuleben war als hätte ich eine neue Familie gefunden."
"Anna war sehr beeindruckt von Gloria", schaltete ich mich ein.

"Wirklich?", das Erstaunen in Elizabeths Gesicht ist so echt, dass ich selbst perplex bin.
"Ist sie mit jemandem zusammen?"
"Nein, darum geht es nicht, ich hätte nur diesen Kommentar nicht erwartet. Ich dachte..."
Ich vervollständige den Satz "Dass ich mit Anna zusammen bin. Bin ich nicht, nicht so wie du denkst. Ich liebe Anna. Sie ist gerade dabei sich zu trennen. Vielleicht können wir mal ein Abendessen organisieren."
"Vielleicht", antwortet sie ohne Überzeugung. "Und Antonio?"
"Das war eine Farce, um auf diese Party gehen zu können, manchmal tue ich auch was andere von mir erwarten", sage ich mit einem Lächeln, "Und du? Rafael?", da dies der Moment der Enthüllungen ist, beschließe ich es zu riskieren.
"Rafael ist ein Idiot, er glaubt die Welt existiert um ihm zu dienen, ich habe noch nie jemanden wie ihn getroffen. Ich werde dir jetzt nicht davon erzählen, nicht heute."
"Ihr seid nicht zusammen?", bohre ich nach.
"Was? Nein! Sagen wir er hat mich erpresst und ich habe nachgegeben. Er hat mich im Club tanzen gesehen, mich bedroht. Er hat mich in deinem Häuschen gesehen. Er ist ein Mistkerl!"
"Und die Frau in der Bar?", ich stelle die Frage in einem lockeren Ton, der überhaupt nicht dem entspricht was ich fühle. Ich weiß nicht warum, aber ich glaube dies ist die entscheidende Frage.
"Luiza."
"Ich weiß, ich habe auf der Party mit ihr und ihrem Mann gesprochen",

antworte ich prompt. "Diese Party war ein Nest voller Überraschungen!"
"Was willst du, dass ich sage? Du hast es gesehen." Elizabeth setzt sich mit gekreuzten Beinen auf das Bett und macht das Licht an. Ich sage kein einziges Wort und zwinge sie mit meinem Schweigen fortzufahren. "Luiza kommt regelmäßig in den Club. Es ist eine Scheinehe. Wünsche und Vergnügungen die man kaufen kann." Eine Träne läuft über ihre Wange. Ich wische sie mit einem Finger ab, lasse die Liebkosung bis zum Hals wandern.
"Ich konnte ihr geben was sie wollte, was sie brauchte, und sie..."
"Sie hat es dir ermöglicht deine Ausbildung zu machen", schließe ich wieder einmal.
Elizabeth beugt sich vor, wie es nur eine Tänzerin kann, legt den Oberkörper nach vorne und versteckt ihr Gesicht. "Du wirst mich nie wieder mit den gleichen Augen ansehen", ich muss mich anstrengen um die von den Kissen gedämpften Worte zu verstehen.
Der Satz erinnert mich an einen fast identischen, den Anna gesagt hat. Wie viele Dinge können für immer die Art und Weise verändern, wie wir jemanden sehen?

§

Samstag, 30. November

Während ich mich fürs Abendessen fertig mache, denke ich über unser Gespräch vom Sonntag nach. Wir waren nicht mehr zusammen. Ich rief sie an und zu meiner Überraschung stimmte sie ohne zu zögern zu, ein Abendessen mit Gloria, Carol und Anna zu vereinbaren. Jetzt, da der Moment gekommen ist, erscheint es mir nicht mehr als eine so gute Idee. An jenem Tag unterhielten wir uns bis zum Morgen, sprachen über die

Vergangenheit und flohen vor der Gegenwart. Wir frühstückten zusammen und ich ging zuerst, ohne Verpflichtungen, ohne Pläne, ohne ein Danach.

Als ich das Restaurant betrete, sitzen die drei bereits dort und unterhalten sich angeregt. Ich geselle mich dazu und merke, dass sich das Thema um Gloria und die Fotoausstellung dreht, die sie vorbereitet.

"Ihr werdet es nicht glauben, aber ich glaube, 'der' Fotograf ist eine Frau."

"Warum sagst du das?", Elizabeth sieht sie an und zuckt mit den Schultern. "Hat sie mit dir gesprochen? Kennst du die mysteriöse Figur schon?" Ich bleibe still und nutze die Gelegenheit, um sie zu beobachten. Mit einem schwarzen Rollkragenpullover, Jeans und mit einer Spange hochgestecktem Haar sieht sie nicht nur jünger, sondern auch fröhlicher aus. Sie hat die Ärmel hochgekrempelt und lässt das Tattoo auf ihrem Arm sehen, '!...5,6,7,8!', ich lächle, ohne dass es jemand bemerkt.

"Gloria, zeig es Jacqueline, zeig ihr die Bilder, die du hast", bittet Anna und greift begeistert nach meinem Arm, während Gloria mir das Gerät reicht.

"Sie sind fantastisch", kommentiere ich. "Werden sie in der Ausstellung zu sehen sein? Warum sagst du, dass es eine Frau ist? Ich gebe zu, dass ich die Bilder schon gesehen hatte, aber soweit ich weiß, dachten alle, es sei ein Mann."

Gloria ist sichtlich zufrieden und sagt aufgeregt: "Ich habe ein paar E-Mails mit ihrem Agenten ausgetauscht, ich weiß nicht mehr, ob es er oder sie war, und irgendwann hatte eine der E-Mails unten eine Nachricht, ich bin mir sicher, dass sie vom Fotografen selbst war. Sie war nicht unterschrieben, nur mit einem 'J.', das ist dasselbe wie in der Ecke der Fotos. Fragt mich nicht warum, aber es war eine Frau, die schrieb."

"Ob Mann oder Frau, die Fotografien sind außergewöhnlich. Es ist alles, das Licht, die Kunst, die Botschaft. Jedes Bild sagt mehr über Diskriminierung aus als tausend Worte, Religion, Hautfarbe, Alter. Ich glaube, es versagt nur in einer Sache...", Elizabeth macht eine Pause und ich lasse sie den Satz nicht beenden.

"In was?"

"Die Frauen sind alle hübsch und schlank...", diesmal unterbricht die Ankunft des Kellners das Gespräch.

"Wo wir gerade von hübschen, schlanken Frauen sprechen, wie wäre es, wenn wir bestellen?", sagt Anna lachend. "Ich bin weder hübsch noch schlank, aber ich sterbe vor Hunger." Gloria und ich stimmen in ihr Gelächter ein.

"Worüber lacht ihr?", vor lauter Verwirrung bemerken wir gar nicht, dass Carol angekommen ist, die mich in eine Umarmung hüllt.

"Du hättest keinen passenderen Moment erwischen können, wir sprachen gerade über dünne Menschen."

"Und über Menschen wie mich, die immer hungrig sind", fügt Anna hinzu.

"Elizabeth argumentierte, dass es Diskriminierung gegenüber Frauen gibt, die nicht dünn sind."

"Das stimmt, aber es gibt auch Diskriminierung gegenüber dünnen Frauen."

Ich schaue Carol an, man sieht immer noch die Knochen durch den Ausschnitt ihres Hemdes, aber es ist unbestreitbar, dass sie besser aussieht.

"Irgendwelche Neuigkeiten von den Sozialdiensten?", frage ich, um das Thema zu wechseln.

Bevor Carol mir antworten kann, greift Anna ein und beginnt ein Gespräch über Kinder, Adoption und Vorurteile, das bis zum Nachtisch andauert. "Sollen meine Schwiegereltern sich doch verpissen, sie und ihre Vorurteile. Wenn sie helfen wollen, großartig, wenn nicht, gibt es nichts, was ich tun kann. Ich werde nicht aufhören zu arbeiten, ich kann nicht, das ist weder für mich noch für Amy gerecht. Ich hoffe aufrichtig, dass die Sozialarbeiterin das versteht."

Kapitel 32

Dienstag, 10. Dezember

Elizabeth

Ich bin mitten im Training, als das Telefon klingelt. Ich gehe nicht ran, wer auch immer es ist, wird warten müssen. Trotz meiner Entscheidung klingelt das Telefon immer wieder. Genervt von der Hartnäckigkeit unterbreche ich, was ich gerade tue, und greife nach dem Gerät, ohne auch nur zu schauen, wer es ist.

"Beth", es ist Kates Stimme, sie weint, mein Herz rast, etwas ist passiert.

"Geht es dir gut? Was ist los?"

"Komm zu mir, bitte! Ich brauche dich."

"Wo bist du?"

Weniger als eine Stunde später komme ich im Krankenhaus an. Als ich die Tür zum Wartebereich der Notaufnahme durchquere, sehe ich Carol. "Was ist passiert? Wo ist sie?"

"Da drin, sie ist bei Untersuchungen. Sie ist gestürzt. Wir waren beim Training, sie ist gesprungen und bei der Landung hat ihr Bein nachgegeben, das Knie ist umgeknickt. Als ich es bemerkte, lag sie schon am Boden und wand sich vor Schmerzen. Ich wusste nicht, was ich tun sollte, sie wollten den Arzt rufen, der uns betreut, aber ich habe Jacqueline angerufen", Carol

läuft nervös auf und ab und reibt sich die Hände an der Hose.
"Jacqueline ist bei ihr?", ich atme tief durch, wenigstens das, sie könnte in keinen besseren Händen sein.
In dem Moment erscheint eine Krankenschwester am Eingang des Flurs und kommt auf uns zu. "Ist eine der Damen Elizabeth Meyer? Könnten Sie bitte mit mir kommen?", sagt sie, als ich mich zu erkennen gebe.
Kate liegt bereits mit ruhiggestelltem Bein auf einer Trage, sie trägt noch das Oberteil ihres Tanzbodys. "Gut, dass du hier bist."
"Es wird alles gut", ist alles, was ich herausbringe, als ich mich zu einer Umarmung vorbeuge. Sie zieht mich zu sich und küsst mich auf die Lippen.
"Elizabeth", Jacquelines unverwechselbare Stimme ist zu hören, ich hatte nicht bemerkt, dass sie auch im Raum ist. "Ich habe Kate schon gesagt, dass sie operiert werden muss, sie hat einen kompletten Riss des äußeren Seitenbandes und eine Meniskusverletzung."
"Ich werde nie wieder tanzen können, Beth", im Gegensatz zu sonst klingt Kates Stimme schwach, fast wie ein Klagen.
"Alles zu seiner Zeit", schaltet sich Jacqueline ein, "Alles zu seiner Zeit."

§

Freitag, 13. Dezember

Die Operation ist gut verlaufen, aber Kate ist unerträglich. Die Freundin ist nie da, ich habe sie hier noch kein einziges Mal gesehen. Soweit ich verstanden habe, erträgt sie keine Krankenhäuser. Ich hingegen habe die letzten Tage in diesem Zimmer an ihrer Seite verbracht. Die Zeitschrift, die mich einstellen wollte, hat einen Termin für ein Vorstellungsgespräch festgesetzt, vielleicht ist die Stelle noch frei. Wenn nicht, muss ich mir

schnell etwas anderes überlegen, das gesparte Geld wird nicht mehr lange reichen und ich kann nicht auf Glorias Kosten leben.
"Wirst du wirklich nicht mehr tanzen?", in den letzten Tagen hat Kate ständig davon angefangen.
"Ich nicht, du hast mich gegen deine Freundin eingetauscht, erinnerst du dich? Aber du wirst wieder tanzen", antworte ich, müde vom selben Gespräch.
"Entschuldige." Wäre das das Schlimmste, was Kate mir je angetan hat, müsste sie sich für so viel mehr entschuldigen, aber das spielt jetzt keine Rolle.
"Nächste Woche fängst du mit der Physiotherapie an und im Nu bist du wieder dabei", erwidere ich und ignoriere die Entschuldigung.
"Vielleicht fange ich wieder an, vielleicht auch nicht, aber die Show muss weitergehen."
Wegen Kates Verletzung hat das Theater die Aufführungen für eine Woche unterbrochen.
"Carol wird schon jemanden finden."
"Vielleicht muss sie gar nicht suchen."
"Wie meinst du das? Gibt es etwa schon einen Ersatz für dich?"
"Du!"
"Was? Ich?", frage ich mit erhobener Stimme.
"Carol war gestern Abend hier, sie kam mit Jacqueline. Sie ist am Boden zerstört, es gibt niemanden, der meine Rolle übernehmen kann, das Budget ist knapp und sie braucht unbedingt einen Erfolg, es ist ihr Comeback, ihr Ruf steht auf dem Spiel. Hättest du sie gesehen, es ging ihr noch schlechter

als mir. Ich habe ihr vorgeschlagen, dass sie mit dir spricht. Du hast all diese Bewegungen schon geübt, es ist ähnlich wie bei unserer Show im Club damals, nicht die letzte, sondern die davor, erinnerst du dich? Wie spät ist es?", fragt sie unvermittelt.

"Fast drei", antworte ich mit einem Blick auf die Uhr.

"Carol kommt hierher, sie müsste jeden Moment da sein. Bitte geh mit ihr und mach ein Vortanzen."

Ich komme zurück ins Krankenhaus, ich wollte Kate die Neuigkeiten aus erster Hand berichten, aber als ich das Zimmer betrete, schläft sie tief und fest, der Fernseher läuft auf einem Musiksender und alle Lichter sind an. Ich schalte den Fernseher und das Licht aus, gebe ihr einen sanften Kuss auf die Stirn und gehe.

"Beth!", ich drehe mich überrascht um, als ich meinen Namen höre.

"Anna!"

"Entschuldige, ich wollte dich nicht erschrecken, ich war hier, um Jacqueline zu besuchen und wollte mich noch von Kate verabschieden, bevor ich gehe", ich gehe auf sie zu und begrüße sie mit zwei Küssen.

"Sie schläft. Möchtest du etwas trinken? Einen Kaffee, an der Bar?", ich weiß nicht, was mich dazu bringt, sie zu fragen, aber jetzt ist es raus.

"Gerne, aber wie wäre es, wenn wir die Bar hier gegen das Café drüben eintauschen, das ist immer gemütlicher", sie lächelt und geht neben mir her, hakt sich unerwartet vertraut bei mir unter.

Einander gegenüber sitzend, nicht mit Kaffee, sondern mit dampfendem Tee, erzähle ich, was beim Vortanzen mit Carol passiert ist.

"Sie ist unglaublich, schade, dass sie aufgehört hat zu tanzen. Oder vielleicht

auch nicht, vielleicht ist Choreografin ihre wahre Berufung. Ich hoffe, der Adoptionsprozess ist bald abgeschlossen, diese Situation zermürbt sie von Tag zu Tag mehr", Anna unterbricht sich und ich meine Tränen in ihren Augen zu sehen.
"Du hast einen Sohn, nicht wahr?"
"Lucas", sie reicht mir ihr Handy und zeigt mir ein Foto von sich selbst, den Arm um einen lächelnden blonden jungen Mann mit Locken gelegt. "Er ist mit Gill in München."
"Wenn ihr euch trennt, bei wem wird er dann bleiben?" Mir wird sofort klar, wie unangebracht das war, ich und meine Angewohnheit zu reden, ohne nachzudenken. "Entschuldige. Jacqueline hat erwähnt, dass du und Gill euch trennen werdet. Es tut mir leid, mich geht das nichts an."
"Du musst dich nicht entschuldigen, es stimmt ja. Lucas bleibt bei ihr. Ich versuche mir einzureden, dass es das Naheliegendste ist, er hat seine Schule dort, die Freunde, alles, aber..."
Diesmal bin ich es, die den Satz einer anderen beendet "Aber du glaubst, dass er die andere Mutter bevorzugt."
"Sie war diejenige, die schwanger war."
"Du warst von Anfang an da."
"Stimmt, und er sagt immer, dass er mir viel ähnlicher ist als ihr. Wir werden sehen. Und du?"
Ich verstehe nicht, worauf die Frage abzielt, wir haben gerade eine halbe Stunde lang über mich gesprochen. "Was ist mit mir?"
"Jetzt muss ich mich entschuldigen, aber ich frage trotzdem, wenn du nicht antworten möchtest, dann lass es, du und deine Mutter?"

"Du kennst meine Mutter, oder? Dann weißt du auch, dass da nichts zu machen ist. Sie ist ihren Weg gegangen, so gut es ging, und ich meinen, das sind Wege, die sich nicht kreuzen, da ist zu viel Schmerz. Lass uns das Thema wechseln", sage ich und streiche meine blaue Strähne hinters Ohr, "Geht es Jacqueline gut? Ich habe sie seit über einer Woche nicht gesehen."
Ich kann nicht anders, als nach Jacqueline zu fragen.
Anna schaut mich an, in ihrem Blick liegt eine fast verstörende Intensität, sie nimmt einen Schluck von ihrem Tee und scheint nicht gewillt zu antworten. "Jack ist die außergewöhnlichste Frau, der ich je begegnet bin. Es vergeht kein Tag, an dem ich mich nicht frage, ob unser Schicksal nicht anders hätte verlaufen können", sie atmet tief ein und lässt die Luft langsam entweichen, "Aber das ist es nicht. Wir haben Entscheidungen getroffen und meine war, auf sie zu verzichten", wieder fixiert sie mich mit ihrem Blick, "Mach nicht den gleichen Fehler."

§

Sonntag, 15. Dezember

Es ist das erste Mal, dass wir uns außerhalb des Krankhauses oder der Tanzstunden bei Tageslicht sehen, überlege ich, während ich darauf warte, dass Jacqueline kommt. Das Gespräch mit Anna hat mich dazu gebracht, über das nachzudenken, was ich seit meiner ersten Begegnung mit Jacqueline immer vermieden habe, die Zukunft. Ohne mir Zeit für weitere Gedanken zu lassen, sehe ich, wie sie hereinkommt.
"Es ist kalt", sagt sie, setzt sich neben mich, ohne den Mantel auszuziehen und ohne mich zu begrüßen.
Ich schaue durch die Plastikfolie, die die Terrasse umgibt und sehe das Meer

in seinem Wintergrün mechanisch vor uns auf und ab wogen. Der Sand des leeren Strandes hat eine eher orangene Farbe, hervorgerufen durch die Sonnenstrahlen, die zwischen den Wolken hindurchbrechen. "Kalt, aber schön", antworte ich, unsicher, wie ich fortfahren soll.
"Kate geht es super, sie wird morgen entlassen."
"Danke."
"Wofür? Dafür, dass ich meinen Job mache?"
"Nein, dafür, dass du hier bist." Ich halte ihre Hand auf der Tischplatte fest, was dazu führt, dass sie mich ansieht, zum ersten Mal, seit sie sich gesetzt hat.
Für einen Moment lässt sie unsere Hände ineinander ruhen, aber dann zieht sie ihre zurück, "Wir können so nicht weitermachen. Du bist mit Kate zusammen, mit Luiza, mit Rafael, du kannst mit allen zusammen sein, ich bin niemand, der das beurteilen sollte, aber ich kann kein Teil davon sein."
Jacqueline steht auf und ich springe wie von der Tarantel gestochen ebenfalls auf. "Warte, bitte geh nicht", sie schaut mich an, dann nach draußen zum Horizont und setzt sich wieder. "Ich bin nicht mit Kate zusammen. Ich weiß, dass du gesehen hast, wie sie mich geküsst hat, so ist sie, sie glaubt, ich gehöre ihr, dass ich immer für sie da sein werde und sie hatte Recht, das war ich, all die Jahre hat ein Fingerschnippen von ihr gereicht, aber das ist vorbei. Kate ist ein Teil meines Lebens, von dem, was ich bin, aber wir sind nicht zusammen. Ich glaube, du verstehst mich besser, als du zugeben willst. Was den Rest angeht, das ist nicht fair, ich war nie mit Rafael zusammen und Luiza, Luiza..."
"Entschuldige, ich weiß nicht, warum ich das gesagt habe. Ich habe dich mit

Kate gesehen und sie hört nicht auf, von dir zu reden."
"Eifersucht?", wage ich mit einem Lachen zu fragen.
"Ich bin nie eifersüchtig", erwidert sie, kann aber ein Lächeln nicht verbergen. "Für einen Whiskey ist es zu früh, wie wäre es mit Kaffee?", ich sehe, wie sie seufzt, die Schultern sinken lässt und merke, dass sie sich entspannt. "Anna war bei mir und hat mir von eurem Gespräch erzählt." Wie schnell sich Neuigkeiten verbreiten, denke ich unwillkürlich. "Muss ich dir gratulieren? Hörst du wirklich mit dem Programm auf?"
"Ich habe die Einladung deiner Schwester angenommen, in der Show mitzumachen, ich übernehme Kates Rolle, auch wenn Carol sie gekürzt und deutlich vereinfacht hat. Ich liebe es zu tanzen und werde auch noch dafür bezahlt."
Das Eintreffen des Kaffees und der Toasts unterbricht das Gespräch für einige Minuten.
"Du hast mir nicht geantwortet", beharrt sie noch kauend.
"Ich werde nicht zurückgehen, ich kann nicht. Aber ich habe viel über das nachgedacht was du über Medizin gesagt hast."
"Elizabeth", ich ahne, dass mir nicht gefallen wird was sie sagen wird, "Ich kann nicht. Zu einem anderen Zeitpunkt, unter anderen Umständen hätte unsere Geschichte anders verlaufen können, aber jetzt kann ich nicht."
"Aber...", Jacqueline lässt mich nicht ausreden.
"Ich weiß was du sagen willst, ich fühle dasselbe, du kannst nicht daran zweifeln, du kannst nicht an dem zweifeln was wir in diesem Zimmer erlebt haben, aber ich kann nicht. Vielleicht eines Tages, vielleicht treffen wir uns irgendwo wieder, aber bitte such mich nicht."

Ich sehe ihr nach wie sie geht, ohne zu versuchen sie aufzuhalten, ohne zu argumentieren.

Kapitel 33

Donnerstag, 19. Dezember

Jacqueline

Ich ziehe meinen Mantel an und sehe mein Spiegelbild. Anna muss an der Tür klingeln. Als wir in der Galerie ankommen, sehe ich sofort Gloria, die uns vom hinteren Ende des Raums zuwinkt und sich ihren Weg durch die vielen bereits anwesenden Gäste zu uns bahnt.

"Es ist unglaublich", sagt Anna und umarmt sie. Ich fange ein verschwörerisches Lächeln auf und lächle ebenfalls. Die beiden haben sich fast täglich getroffen.

Gloria zieht uns buchstäblich hinter sich her und geht auf die Kuratorin zu, die darauf besteht, uns jedes Detail zu zeigen. Wir halten vor einer Wand an, an der einige von Glorias Fotografien glänzen, und hören eine detaillierte Erklärung zu jeder einzelnen. Ich könnte die ganze Nacht hier bleiben, es ist faszinierend.

Ich sehe das Erstaunen auf Annas Gesicht, die plötzlich die Erklärung unterbricht, ohne sich zurückzuhalten. "Francesca!", ruft sie fröhlich und läuft zur Tür.

Nach einigen Erklärungen und vielen Entschuldigungen schließe ich mich ihnen an. Nicht, dass ich überrascht wäre, ich wusste, dass sie kommen

würde, aber wir haben uns lange nicht gesehen. Nichts hat sich geändert, sie ist eine dieser Frauen, die alles andere anhalten lässt, die alle Köpfe sich drehen und alle Stimmen verstummen lässt, und ich könnte nicht einmal sagen, warum.
Sie nimmt mich in die Arme und küsst mich ohne Umwege auf die Lippen. "J., Liebling, welche Nostalgie!", hält sie den Arm um meine Taille, während wir durch den Raum gehen. Ein paar Meter weiter steht Elizabeth mit einem Glas in der Hand. Ihre Lippen sind leicht geöffnet und ihre Haare sind mit Gel nach hinten gekämmt. Dem Ausdruck nach zu urteilen, hat sie Francescas überschwänglichen Auftritt gesehen. Ich beschließe so zu tun, als hätte ich sie nicht gesehen und gehe weiter. Der Raum wird immer voller, diese Ausstellung sorgt für Furore.
Anna zieht mich in eine Ecke und überlässt Francesca Glorias Charme. "Hast du schon gesehen, wer da ist?", deutet sie diskret auf eine Gruppe von Leuten. Sie sind weit weg und im ersten Moment erkenne ich sie nicht, aber dann identifiziere ich zuerst Grassi mit jemandem, von dem ich annehme, dass es seine Frau ist, und direkt daneben niemand Geringeres als Rafael, sein Vater, Luiza und ihr Mann. Das war das Letzte, was ich heute Abend brauchte.
Unbeeindruckt von meinen Ängsten gesellt sich Francesca zu uns. "Wie gefällt Ben die Wohnung?"
Es ist Anna, die antwortet: "Er liebt sie. Er hat die Küche für sich beansprucht und ist der König. Du kannst es dir nicht vorstellen, er ist schon das beliebteste Wesen auf der Straße. Lass es mich dir sagen! Neulich bin ich mit ihm ausgegangen und es haben mehr interessante Leute mit mir

geredet als auf den meisten Partys, auf die ich gehe", lässt sie ihr so charakteristisches Lachen hören.
"Alexis war unermüdlich. Bedanke dich bei ihr von mir", sage ich feierlich und schaue Francesca an.
"Ich habe mich schon bei ihr bedankt!", antwortet sie, ohne etwas hinzuzufügen.
Ich schaue sie und dann Anna an, und wir lachen alle drei schallend. Francesca wird immer Francesca bleiben.
"Ich muss dir etwas sagen, was du noch nicht weißt", wenn es nur eine Sache wäre, denke ich. "Erinnerst du dich an die Geschichte, die du mir von dem Mädchen erzählt hast, das wegen Carl die Schule verlassen hat? Es kam dir seltsam vor und ich war auch unsicher. Ich habe Alexis erzählt, was ich wusste, und sie hat ihre Informationsmaschine in Gang gesetzt. Ich habe nie verstanden, wie sie an so viele Informationen kommt, sie muss bei den Belohnungen großzügig sein", wir lachen wieder. "Tatsache ist, dass sie das Mädchen gefunden und mit ihr gesprochen hat. Es gab Beweise, dass er wirklich rassistische Kommentare abgegeben hat, und das nicht nur bei diesem Mädchen. Am Ende sammelte sie Aussagen von mehr als einem Dutzend junger Leute, sogar von der Schule, an der er vorher war. Carl ist suspendiert und läuft Gefahr, ins Gefängnis zu kommen. Alexis ist eine harte Nuss, sie ruhte nicht, bis sie ein Strafverfahren eröffnete, sie ist entschlossen, aus all dem eine Geschichte zu machen, die als Beispiel dient. Du weißt, dass ich Olga nicht mag", Francesca dreht sich zu mir um und drückt einen Kuss auf meine Lippen. "Ich kann nicht verstehen, wie du mit ihr zusammen sein konntest."

"Das ist Vergangenheit."
"Und es war auch höchste Zeit. Aber trotzdem, auch wenn ich sie nicht mag, wünschte ich ihr nicht, in dieser Verwirrung zu stecken. Sie ist auch suspendiert. Eins ist sicher, sie wird sich von dir fernhalten. Aber genug von traurigen Dingen, erzählt mir, wie es euch geht. Es ist schön, euch zusammen zu sehen." Francesca ist verschwenderisch darin, von einem Gespräch zum anderen überzugehen, ohne Pause, es ist ein fortlaufender Film, der mit der Geschwindigkeit ihrer eigenen Ideen abläuft. "Anna hat mir von jemandem erzählt, der es geschafft hat, dich zu beunruhigen, J."
"Ich kann es nicht glauben", sage ich und klopfe Anna auf den Arm, die sich krümmt und so tut, als hätte sie Schmerzen, während sie hemmungslos lacht.
"Hast du gedacht, ich würde dieses Geheimnis vor ihr bewahren? Niemals! Ich will Francesca nicht gegen mich haben, niemals."
"Mädels, hört auf, klärt das später, wie ihr wollt, jetzt erklärt mir bitte, wer sie ist. Ich bin neugierig."
"Dort", sagt Anna und deutet mit dem Kinn in Elizabeths Richtung. "Siehst du sie dort, in Schwarz, mit den blauen Haaren? Sie ist der Blitz, der Jacks Herz getroffen hat. Sie sagt nein, es war nur eine Affäre. Sie sagte der Unglücklichen, dass sie sie nicht mehr sehen will, stell dir vor, die Arme!"
"Dann ist es also ernst", antwortet Francesca und schaut diskret in Elizabeths Richtung. Ich könnte schwören, dass sie uns beobachtet, aber ich riskiere es nicht, noch einmal den Kopf zu heben, um es zu bestätigen.
In der Nähe der Fotografien des berühmten mysteriösen Fotografen, vier Schwarz-Weiß-Bilder von Frauen in sinnlichen Posen, die den Sinnen nichts preisgeben und doch die Fantasie beflügeln, unterhalten sich Elizabeth und

Gloria.
"Weiß man schon von wem sie sind?", fragt Anna und versucht ein Lächeln zu verbergen.
"Ich glaube nicht", antworte ich und gehe ein paar Schritte vor, um zu hören was sie sagen, ohne dass sie mich sehen.
Ich nehme wahr wie Gloria ihre verschiedenen Theorien über die Identität des Fotografen darlegt, aber ich höre auf zuzuhören als ich einen Satz von Elizabeth aufschnappe: "Seltsam dieses neue Foto, es bringt mich fast dazu an Zufälle zu glauben." Ihr Blick ist auf das Bild von zwei Frauen gerichtet, die Seite an Seite liegen, die Arme über dem Kopf verschränkt und sich gegenseitig durchs Haar streichend, so dass die Gesichter von den angewinkelten Ellbogen verborgen werden. Eine von ihnen hat einen perfekten, bildhauerischen Körper, die andere einen fettleibigen, die Fotografie verbirgt nicht die schlaffen Falten an Bauch und Oberschenkeln, in einer so schonungslosen Realität, dass sie schön wird.
"Diese Dinge sind wichtig, viel wichtiger als wir ahnen können. Wenn ich sie ansehe, muss ich ständig an Junior denken", obwohl er leise spricht, ist Grassis Stimme deutlich zu verstehen. Ich hätte nie gedacht, dass er diese Art von Kunst bewundern könnte.
"Zum Glück hatte er immer Unterstützung um alles zu tun was er wollte. Erinnerst du dich an ihn als Kind, an die ersten Male als er mit uns sprach? Glaubst du, er fühlt sich diskriminiert?", auch wenn ich sie noch nie zuvor gesehen habe, ist es zweifellos Grassis Frau
"Ich glaube schon und es macht mich unruhig, dass ich nicht mehr für meinen Sohn tun kann." Ohne dass ich es erwarte, dreht Grassi sich um und

steht mir gegenüber. "Jacqueline, was für eine Überraschung, ich wusste nicht, dass du kommst." Er schaut zu der Frau neben sich, die mir zulächelt, "Meine Frau. Das ist Jacqueline von der ich so viel erzähle, die Beste", bekräftigt er, mal sie, mal mich ansehend und uns vorstellend.
Gloria kommt auf uns zu und lächelt Anna verschwörerisch zu, die ihr folgt und mich Grassi und der Überraschung dieser Enthüllung überlässt.
Der Abend ist schon weit fortgeschritten als Francesca auf einer improvisierten Bühne um das Wort bittet.
"Viele von Ihnen kennen mich, aus verschiedenen Gründen und in sehr unterschiedlichen Zusammenhängen, was aber die wenigsten wissen ist, dass ich heute Abend zu einem ganz besonderen Anlass hier bin. Ich habe die Ehre die Person zu vertreten, die die Fotos gemacht hat über die alle reden, im Guten wie im Schlechten, aber niemand ist gleichgültig geblieben, das ist unsere Mission."
Ein so lauter Applaus brandet auf, dass Francesca gezwungen ist innezuhalten.
"Als Agentin könnte ich nicht zufriedener sein. Die Fotografien sind alle verkauft, ich kann verkünden, dass dieses ans Centre Georges Pompidou geht", sagt sie und zeigt auf das Foto der zwei Frauen mit islamischen Schleiern, "Dieses nach New York und dieses an die Stiftung der ich in Italien vorstehe. Das letzte Foto dieser Serie geht an eine private Sammlerin, die anonym bleiben möchte", schließt sie und deutet auf das Foto der adipösen Frau.
Erneut bricht tosender Applaus los.
"Das wäre alles schon außergewöhnlich genug, aber ich habe noch etwas mit

Ihnen zu teilen. Soeben wurden die Preisträger des Fotofestivals von Chicago bekannt gegeben und das Foto, das den Jurypreis gewonnen hat, ist dieses", Francesca hat Tränen in den Augen als sie erneut den Arm hebt und auf das Foto zeigt.

Ich streiche mit dem Handrücken über mein Gesicht und versuche die Tränen zu verbergen, die mir übers Gesicht laufen. Neben mir drückt Anna meinen Arm, auf der anderen Seite des Raumes treffen sich Elizabeths Augen mit meinen.

Kapitel 34

Donnerstag, 19. Dezember

Elizabeth

Als Francesca ihre Rede beendet, ist der Saal von einer unglaublichen Atmosphäre erfüllt. Die Gruppen zerstreuen sich wieder, aber niemand schafft es, über etwas anderes zu reden. Erst als ich sie dort vor allen sah, wurde mir klar, dass sie die gleiche Frau ist, die als Mäzenin des Programms vorgestellt wurde, die Italienerin, die Technologiemagnatin. Als ob die Teile plötzlich alle zusammenpassen würden, ist das Puzzle in meinem Kopf vollständig. Rafaels Worte, die Notwendigkeit, Jacqueline im Programm zu halten, ihr Vater, der von Zugeständnissen spricht, alles ergibt einen Sinn. Sie ist die Freundin aus Mailand.

Nachdem ich zwischen den Gruppen zirkuliert bin, sehe ich schließlich Francesca auf den Balkon zugehen. Als ich sehe, dass niemand sie begleitet, beschleunige ich meine Schritte.

An die Balustrade gelehnt, mit einer Zigarette zwischen den Fingern, lässt sie eine Rauchwolke los und sagt, ohne sich umzudrehen: "Ich habe mich gefragt, wann du kommen würdest." Sie dreht sich um und sieht mich an, küsst mich auf die Wange.

"Ich schließe daraus, dass Vorstellungen nicht nötig sind", sage ich und führe meine Hand automatisch an die Stirn, um die Haare zurückzustreichen, ohne mich daran zu erinnern, dass sie mit Gel fixiert sind. "Entschuldigen Sie, dass ich so auftauche, aber ich muss Ihnen etwas sagen." Ich atme tief durch und versuche, Mut zu fassen, jetzt ist es zu spät für Bedauern. So zusammenhängend wie möglich gebe ich alles wieder, was Rafael mir gesagt hat, ohne meine Befürchtungen auszulassen, dass Jacqueline am Ende unter allem leiden wird, was passiert ist. "Entziehen Sie dem Programm nicht Ihre Unterstützung. Jacqueline wird nicht gehen, nur weil ich gegangen bin, es ist ihr Leben, ihr Traum", schließe ich erschöpft.

"Vielleicht", sagt sie, als wäre ein Wort die Antwort, die man nach meinem langen Monolog erwartet. "Du hast Recht, es ist ihr Leben, aber es ist nicht ihr Traum." Sie holt eine weitere Zigarette aus einer dünnen, goldenen Packung, die eigens für sie gemacht zu sein scheint, und reicht sie mir. "Willst du?"

Ich akzeptiere, aus der einfachen Unfähigkeit heraus, abzulehnen.

"Ich verstehe, was J. in dir gesehen hat." Der Satz ist kurz und sie scheint nicht zu glauben, dass sie eine weitere Erklärung braucht. Ohne noch etwas zu sagen, löscht sie die fast ganze Zigarette und geht wieder hinein, lässt mich wie angewurzelt stehen.

Ich fühle mich viel leichter, es scheint, als hätte ich das Gewicht der Welt von meinen Schultern genommen. Es ist Zeit zu handeln, es liegt an mir, die Welt ein wenig besser zu machen. Ich atme tief ein und lasse einen letzten Schwall Rauch aus, bevor auch ich den Saal betrete. Geradewegs durchquere ich die Anwesenden, bis ich zu der Gruppe komme, zu der Grassi, Rafael, sein Vater, Luiza und ihr Mann und einige andere Personen gehören, die ich nicht kenne. Seltsamerweise, oder vielleicht auch nicht, sind wir uns heute Abend noch nicht begegnet. Ohne nachzudenken, gehe ich auf Luiza zu und küsse sie auf den Mund, wobei ich sie an der Taille halte. "Liebling, was für eine lange Zeit, schön dich hier zu treffen. Wann sehen wir uns? Diese Woche? Im Hotel?" Die Stille um uns herum ist eisig. "Entschuldigung, eine alte Freundin, die ich lange nicht gesehen habe. Ich hoffe, ich habe euer Gespräch nicht unterbrochen." Ohne dass irgendjemand in der Lage ist zu reagieren, drehe ich mich um und gehe mit einem Lächeln weg. Francesca steht neben Jacqueline und sie betrachten die Szene, auch sie mit einem Lächeln. Ich nähere mich ihnen. "Willst du mitkommen?", frage ich und lege meine Hand auf Jacquelines Arm.

"J., nach dem hier hast du keine Möglichkeit abzulehnen. Wir sprechen morgen", antwortet Francesca, als ob die Frage an sie gerichtet wäre. "Wenn du kannst", fügt sie lachend hinzu.

"Anna...", Francesca lässt sie den Satz nicht beenden.

"Ich kümmere mich darum, falls sie es braucht." Sie dreht den Kopf und lässt uns ihrem Blick mit unseren folgen. Auf einem der Sofas sitzend, lachen Anna und Gloria lauthals, die Hand der einen auf der der anderen liegend.

Wir gehen zusammen hinaus, ohne uns von irgendjemandem sonst zu verabschieden. "Wohin gehen wir? Nehmen wir ein Taxi zum Hotel?" Ich fühle mich von einem Vertrauen überflutet, von dem ich nicht dachte, dass es existiert. Ich will mit ihr zusammen sein und ich werde nicht aufhören, dafür zu kämpfen, bis zu dem Tag, an dem sie mir sagt, dass sie mich nicht will. Nicht, dass sie nicht kann, nicht darf, sondern dass sie nicht will. Bis dahin werde ich alles in meiner Macht Stehende tun, um ihr zu zeigen, dass

es eine gute Idee sein kann, die beste Idee.
"Ich will nicht ins Hotel, ich habe eine bessere Idee." Ohne zu erklären, was sie vorhat, fängt sie an zu laufen. Wir gehen mehrere Blocks, bis wir vor der Tür eines alten Gebäudes anhalten. "Gehen wir hoch?"
Die Wohnung ist gemütlich, eine sanfte Version von Jacqueline selbst. Es ist leicht, Spuren von ihr in den Möbeln, den Fotos und den an den Wänden arrangierten Bildern zu erkennen. Es ist die Darstellung ihrer wärmeren Seite, denke ich, obwohl ich nicht viel Gelegenheit habe, den Raum zu betrachten, angesichts der Begeisterung von Ben über meinen Besuch. Ich knie mich auf den Teppich und tauche meine Hände in sein weiches Fell, den Kopf aufgestützt. Ich könnte für immer hier bleiben, aber heute sind die Pläne andere.
Jacqueline, die nach drinnen verschwunden war, kehrt ins Wohnzimmer zurück, in Jeans und einem Hemd gekleidet. Die nackten Füße verleihen ihr einen Hauch von Zerbrechlichkeit, der mich an die Nacht im Hotel denken lässt, an ihre Tränen, an ihre Verzweiflung. Wir haben nicht mehr darüber gesprochen, tatsächlich weder darüber noch über fast nichts. Das ist unsere Geschichte: Sex, Leidenschaft und wenige Worte.
"Herzlichen Glückwunsch!", sage ich lächelnd.
"Herzlichen Glückwunsch, wofür?" fragt sie stirnrunzelnd.
"Für den Preis!"
Die Überraschung in ihrem Gesicht wird fast sofort durch ein verschwörerisches Lächeln ersetzt. Sie zuckt mit den Schultern und setzt sich neben mich auf den Boden.
"Wie viele Geheimnisse noch?", frage ich, während ich die Kissen vom Sofa

auf den Boden ziehe und es mir bequem mache.
"Möchtest du etwas trinken?", fragt sie, während sie aufsteht.
Ich stehe auch auf, setze mich wieder hin und greife nach ihrem Arm. "Heute nicht. Heute ist ohne Hilfsmittel. Wir haben Champagner getrunken und das reicht." Sie scheint keine Lust zu haben zu diskutieren. Ich ziehe sie nach unten und wir machen es uns auf dem Teppich liegend mit Ben an unseren Füßen gemütlich. "Neulich, in jener Nacht im Hotel..."
"Ich will nicht darüber reden, bitte, du kannst es vergessen." Ich drehe mein Gesicht in Richtung Fenster. Ich lege meinen Arm über ihre Brust und versuche ihr zu zeigen, dass ich für sie da bin.
"Wir müssen reden. Wie oft machst du das?"
"Was? In jemandes Armen weinen? Nie!"
"Nein, trinken bis zum Umfallen."
"Oft. Manchmal muss ich alles vergessen, um am nächsten Tag weitermachen zu können. Marcus ist ein guter Freund."
"Daran zweifle ich nicht. Aber ich verstehe es nicht." Ich mache nicht weiter und lasse einen Moment der Stille zu. Die Strategie zeigt Wirkung und sie dreht sich zu mir um. Ihr Gesicht ist weich und ihr Atem ruhig.
"Was verstehst du nicht?"
"Was ist es, das du um jeden Preis vergessen willst?"
"Ein Leben voller Lügen, ein Theaterstück, das nie endet."
"Du musst mir den Rabatt geben, dass ich erst nach der Pause in den Saal gekommen bin." Meine Worte entlocken ihr ein Lachen, das die Stimmung ein wenig auflockert.
"Was willst du wissen?"

"Alles. Wirklich alles, besonders das, was du nicht erzählen willst."
"Hast du schon daran gedacht, das Praktikum in Psychiatrie zu machen?"
"Viele Male." Die Antwort ist scherzhaft, aber es könnte nicht ernster sein.
"An diesem Abend hast du etwas gesagt, das ich nicht vergessen konnte, aber ich kann es nicht verstehen."
"Nur eine Sache?", ironisiert sie.
"Du hast gesagt, dass du dich niemandem hingibst. Dass die Person, die du warst, als du mit mir zusammen warst, nicht du selbst warst."
"Vielleicht sind das meine besten Auftritte."
"Lass mich dir eine Geschichte erzählen. Als Luiza mich zum ersten Mal küsste, wusste ich nicht, was ich tun sollte. Ich wollte fliehen und gleichzeitig bleiben. Es war so anders als alles, was ich mit Kate erlebt hatte. Ich erinnere mich, dass wir hinter der Bühne waren, in den Umkleidekabinen, es war schon spät. Luiza war oft dorthin gekommen, aber an diesem Tag ging sie weiter. Ich spürte ihre Lippen auf meinen und konnte nicht aufhören zu denken: "Ich werde es nie schaffen, ich werde es nie schaffen, mich dieser Frau hinzugeben." Ein paar Tage später lud sie mich ein, mit ihr ins Hotel zu gehen. Ich ließ die Dinge geschehen und kurz darauf waren wir in einem Zimmer. In dieser Nacht gab sich diese fast noch fremde Frau mir so vollständig hin, dass sie meine Barrieren durchbrach. In diesem Moment vertraute sie mir ihren Körper und ihre Seele an. Ich nahm sie als die meine und gab mich ihrem Vergnügen hin, das auch zu meinem wurde. Luiza gehört zu meiner Vergangenheit, aber sie hat mich viel gelehrt."
"Vielleicht sind unsere Geschichten ähnlich. Ich hatte viele Luizas, viele Frauen, die sich mir hingegeben haben, die in meinen Armen Lust

empfanden. Ich glaube, der Unterschied ist, dass ich es nie geschafft habe, mich einer von ihnen hinzugeben. Immer wenn ich es versuche, kommt mir das Bild von Anna in den Sinn und mit ihm der Schmerz ihres Abschieds, und das war's, da endet es."

"Du hast gesagt, dass sie dich nicht mehr erreichen kann."

"Das habe ich gesagt, und es ist wahr."

"Du hast auch gesagt, dass sie das beste Heilmittel war, aber du hast mir nicht erklärt, wofür sie ein Heilmittel war", ich weiß genau, dass ich den Bogen überspanne. Mein Herz schlägt unregelmäßig, glücklicherweise ist Ben eingeschlafen und sein tiefer Atem gibt mir einen Punkt der Ruhe.

Ich stütze mich auf den Ellbogen, um ihr mit der anderen Hand das Hemd aufzuknöpfen, gehe etwas tiefer und öffne die Knöpfe der Hose, berühre mit den Fingerspitzen die Haut darunter. Sie macht es mir nicht leicht, aber sie hindert mich auch nicht daran. Ich mache fertig, was ich angefangen habe, und lasse sie nur in Slip und BH zurück. Ich ziehe meine Schuhe aus, aber ich ziehe mich nicht vollständig aus und lege mich wieder neben sie auf den Boden. Ohne sie zu berühren, fahre ich mit den Augen über jeden Zentimeter ihres Körpers, spüre, wie die Erregung von jeder von uns Besitz ergreift. Ich küsse sie sanft, lege meine Lippen auf ihre und führe langsam meine Zunge zwischen ihre Lippen, schmecke ihren Geschmack. Jacqueline dreht ihren Körper zu meinem, ohne aufzuhören mich zu küssen und zieht an meinem Pullover, versucht ihn mir auszuziehen. Ich helfe ihr, es zu schaffen und werfe den Pullover weit weg. Sofort legt sie ihre Hände an meine Hose.

"Zieh dich aus", fordert sie, als wäre es das Offensichtliche, was man tun sollte.

"Nein." Ich lasse unsere Körper wieder herumrollen und liege nun auf ihr. Ich fahre mit den Fingern über die Innenseite ihrer Arme, vom Ellbogen bis zum Handgelenk, und positioniere beide ausgestreckt neben ihrem Kopf. Ich lasse sie los, aber sie weicht nicht von der Position ab. Ich fixiere meinen Blick auf ihren, ein Lächeln ist alles, was ich brauche, um zu wissen, dass es der richtige Weg ist. Ich gleite an ihrem Körper entlang, küsse sie am Hals, über die Linie der Schultern, auf der Brust. Ohne Widerstand öffne ich den BH und entblöße beide Brustwarzen, nehme sie in meinen Mund. Unter mir spüre ich ihren Körper bei jeder Bewegung erzittern, ich schaue nach oben und lächle, als ich sehe, dass die Arme in derselben Position bleiben. Ich fahre mit den Händen über ihren Bauch und male Kreise aus Küssen um den Nabel.

"Dreh dich um", sage ich leise. Es kommt mir wie eine Ewigkeit vor, bis sie sich endlich bewegt, und für einen Moment durchzieht mich eine Welle der Panik, dass ich vielleicht die Grenze überschritten habe. Doch dann, zurück in der Realität, spüre ich, wie sich ihr Körper unter mir dreht. In dieser Position kann sie mich nicht sehen, ihr Kopf liegt auf einem der Kissen und ihr Gesicht ist zum Fenster gerichtet, obwohl es wahrscheinlicher ist, dass sie die Augen geschlossen hat. Ich streiche über ihren Rücken auf dieselbe Weise, wie ich vorher ihre Brust gestreichelt habe, ich mische Liebkosungen mit Küssen, lasse meine Zunge gleiten und hinterlasse eine nasse Spur, die ich sofort mit meinem eigenen Körper berühre, lasse meine Brustwarzen über ihre Haut wandern. Es ist unvermeidlich, ihre Beine zu berühren, die Schenkel hinauf bis zum Becken zu streicheln, den Stoff des Slips zu umkreisen. Es wird immer schwieriger, das zu unterdrücken, was ich fühle.

Ich atme tief durch, eine Sekunde bevor ich aufstehe, um mich selbst ausziehen zu können. Jacqueline dreht sich wieder um und fixiert ihre Augen auf meinen nackten Körper vor ihr. Ihre Pupillen sind geweitet und es liegt ein Glanz von Lust in ihrem Blick. Ohne die Augen abzuwenden, zieht auch sie ihren Slip aus, so dass sie nun ebenfalls nackt ist. Sie spreizt die Knie, ohne irgendetwas zu sagen. Ich positioniere mich zwischen ihren Beinen und berühre sie zum ersten Mal dort.
"Beth!", mein Name gemischt mit ihrem Stöhnen ist fast zu viel. Ich intensiviere die Bewegungen, erkunde die Empfindungen und lasse sie jeden Moment intensiv spüren.
"Beth, ich halte es nicht aus!"

Kapitel 35

Epilog

Jacqueline

Sie antwortet beim ersten Klingeln, manche Dinge ändern sich nie.

"J., woher wusstest du, dass ich dich später anrufen würde?", Francescas Stimme zu hören, reicht aus, um mich zum Lächeln zu bringen.

"Ich hatte es geahnt. Wir können es jetzt nicht mehr verbergen, oder?"

"Willst du diejenige verstecken, die als eine der Persönlichkeiten des Jahres gilt? Bist du verrückt? Verrückter als du es schon immer warst? Hast du eine Ahnung, wie wertvoll jedes dieser Fotos ist?", stellt Francesca eine Frage nach der anderen, nur um die einfache Freude zu haben, mich antworten zu hören.

"Nun, wenn das so ist, komme ich nach New York.", sage ich lachend, als wäre es schwer gewesen, mich zu überzeugen. "Galakleider, Reden und Lächeln für die Kameras, alles, was wir verdienen."

Ich höre ein lautes Geräusch und kann nicht verstehen, was sie sagt. "Jack, Jack, hörst du mich?", hallt Annas Stimme am anderen Ende der Leitung wider.

"Was machst du da?"

"Das spielt keine Rolle, wir fahren nach New York! Die beste Fotografin der

Welt wird endlich die Anerkennung bekommen, die sie verdient! Gloria ist hier und lässt dich grüßen."

Ohne mir die Gelegenheit zu geben, irgendetwas zu sagen, merke ich, dass Anna nicht mehr am Telefon ist, und ich höre wieder Francescas Stimme.

"Tut mir leid, aber sie hat mir das Telefon aus der Hand gerissen."

"Wie geht es ihnen?"

"Super gut. Gloria hat bereits das Team der Stiftung kennengelernt, ich denke, es wird wunderbar laufen. Anna vermisst Lucas, aber es geht ihr gut. Er kommt in den Ferien nach Mailand und alles wird sich wieder einrenken. Und du? Wie läuft unser Programm?"

"Es geht zu Ende. Sechs Monate vergehen wie im Flug. Grassi ist immer noch der Alte, aber der Abgang von Rafael und Elizabeth hat Spuren hinterlassen. Zum Glück. Es gibt Dinge, die gesagt werden müssen, die Gruppe ist enger zusammengewachsen, wir alle sind gewachsen, mich eingeschlossen."

"Ohne Zugeständnisse."

"Ohne Zugeständnisse", antworte ich lachend, "Jetzt zahlst du, jetzt bestimmst du", schließe ich mit einem weiteren Lachen. "Im Ernst, Mia fliegt nächste Woche nach Venezuela. Ein Toast auf unsere erste Mission."

"Ich weiß nicht, ob du ein Glas in der Hand hast, aber ich nehme auch für dich einen Schluck von meinem Champagner", antwortet Francesca ohne zu zögern.

"Das CTC ist eröffnet und wird in 6 Monaten voll funktionsfähig sein. Ich hoffe nur, dass die nächsten sechs Monate nicht so turbulent werden wie die letzten."

"Ist das eine Beschwerde?"

"Nein, überhaupt nicht. Nur eine Reflexion von jemandem, der den Frieden gefunden hat, den er gesucht hat."

"Wo wir gerade von Frieden sprechen, wie geht es Elizabeth?"

"Elizabeth hält keine Sekunde still. Die Show ist ein Erfolg und Beth ist Carols rechte Hand geworden, unersetzlich. Sie wurde für die Facharztausbildung in Psychiatrie zugelassen, sie beginnt nächstes Jahr. Du wirst Gelegenheit haben, alle Neuigkeiten aus ihrem Mund zu hören, wir kommen zusammen nach New York."

"Zusammen?"

"Du kannst dich auf die Titelseiten der Klatschblätter gefasst machen", ist alles, was ich lachend sage.

"Du hast dich verliebt, J."

Index

Über die Autorin

Maggy McAndrew ist Ärztin, Mutter von fünf Kindern und eine leidenschaftliche Schriftstellerin mit Sitz in Lissabon. Mit einem vielfältigen Portfolio, das wissenschaftliche Publikationen und fesselnde fiktionale Werke umfasst, liegt Maggies eigentliche Liebe in der Erschaffung von bewegenden lesbischen Liebesromanen. Aufbauend auf ihrer umfangreichen Erfahrung im medizinischen Bereich und im akademischen Umfeld, verwebt sie geschickt "Ausschnitte aus dem Alltag" mit den Komplexitäten der Krankenhaus- und Universitätsdynamik.

Maggies einzigartige Perspektive und ihr scharfes Verständnis für menschliche Beziehungen ermöglichen es ihr, authentische und emotional berührende Geschichten zu schaffen, die die Freuden, Herausforderungen und Triumphe von Frauen zeigen, die Frauen lieben. Ihre Romane bieten eine kraftvolle und kompromisslose Darstellung der lesbischen Liebe in all ihren Facetten.

Um mit Maggy in Kontakt zu bleiben und exklusive Angebote, kostenlose Auszüge aus ihren kommenden Werken und die neuesten Nachrichten über ihre Reise als Schriftstellerin zu erhalten, schreiben Sie bitte an maggy.mcandrew@gmail.com.

Maggy freut sich über die Gelegenheit, mit ihren Lesern zu interagieren, und ist dankbar für jegliche Kommentare, Rückmeldungen oder Fragen, die Sie haben könnten.

@maggymcandrew

Beschreibung der Sphären-Serie

Die Sphären-Reihe umfasst eine Sammlung von lesbischen Liebesromanen voller Erotik und Leidenschaft, erzählt in portugiesischer Sprache, mit eigenständigen Geschichten, die in der Gegenwart spielen und die Realität verschiedener lesbischer Frauen in ihrem Arbeitsumfeld beschreiben, sei es im medizinischen oder universitären Kontext.

Das verbindende Element dieser Geschichten ist die Existenz der "Sphäre".

Die "Sphäre" ist eine Organisation, die von Frauen, meist Lesben, aus ganz Europa gegründet wurde. Sie wurde in den 1920er Jahren in Frankreich von einer Amerikanerin ins Leben gerufen, die während ihres Aufenthalts in Paris eine Gruppe von prominenten Frauen aus verschiedenen Bereichen der Kunst und Wissenschaft um sich scharte. Die Frauen trafen sich, um berufliche Angelegenheiten zu diskutieren, sich zu unterhalten oder in einigen Fällen, um Beziehungen an einem sicheren Ort zu pflegen. Das Geheimnis der Gruppe wurde gewahrt durch die Notwendigkeit jedes einzelnen Mitglieds , die eigene Identität zu schützen. Im Laufe der Zeit wuchs die Gruppe und schloss bemerkenswerte Frauen aus verschiedenen Bereichen ein, insbesondere viele Frauen in Machtpositionen, sowohl wirtschaftlich als auch politisch. Die Mitglieder der Gruppe unterstützen sich gegenseitig, tauschen Einfluss aus und verfolgen weiterhin das ursprüngliche Ziel, sichere Räume für lesbische Frauen zu schaffen.

Printed in France by Amazon
Brétigny-sur-Orge, FR

29750863R00202